KB236728

넋가
너간다

최성배 장편소설

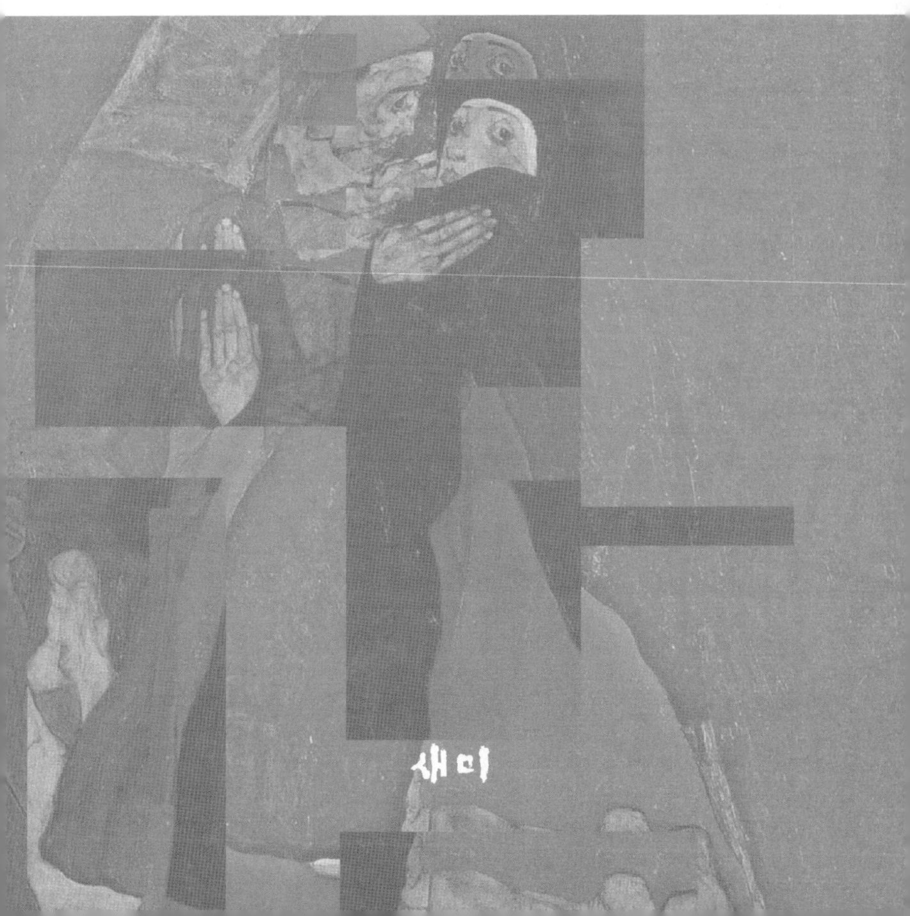

차 례

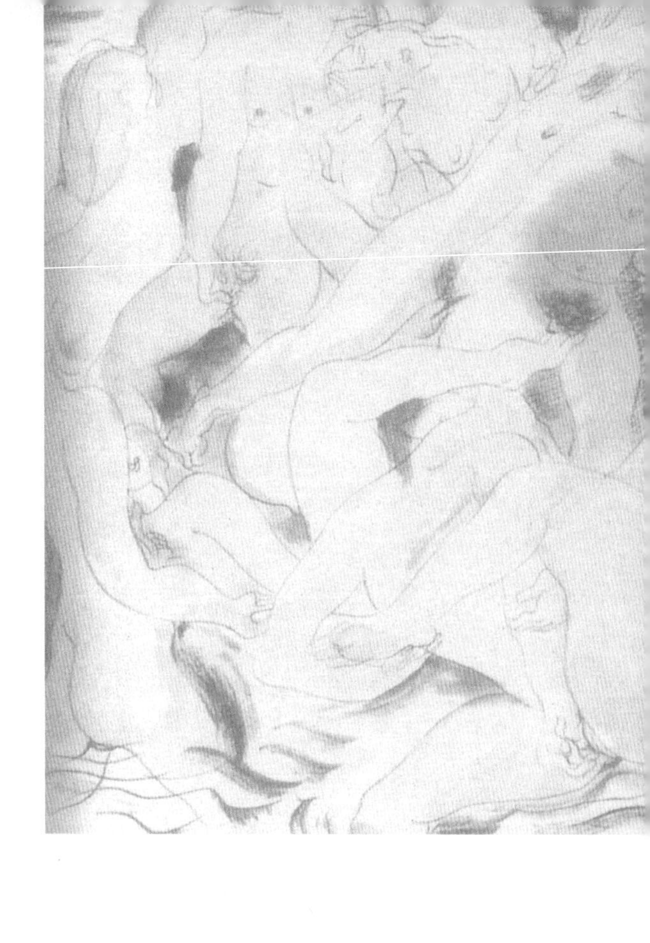

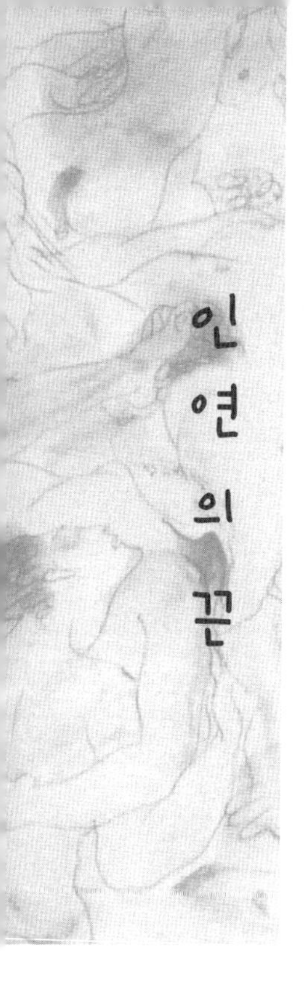

*

　　살아 있는 모든 것은 그 자신이 주인이다. 사람이 술을 유혹했다. 술은 악마를 꼬드겼다. 어지간히 퍼마셨던 간밤은 도깨비처럼 달아났다. 실핏줄까지 게릴라로 침투한 알코올은, 이미 땀과 오줌으로 빠졌거나 피와 살로 편입이 되었을 것이다. 몸뚱이는 자연이다.

　　햇빛 쨍쨍하여 눈이 부셨다. 태양은 타오르는 불꽃의 불길로 위세를 떨쳤다. 사정없이 내리쬐는 불볕의 열기가 사내의 몸 안으로 뭉글뭉글 들어와 온몸에서 땀이 질금질금 나왔다. 비실한 몸은 진노한 햇볕을 견디기 어렵다. 숨 가쁘게 바뀌는 빛과 어둠에 적응하려면 몸은 비굴해질 수밖에 없다. 등을 굽힌 사내가 가로수 아래 서있다. 얼굴이 동글고 다부진 몸은 진청색 반팔 셔츠를 입었다. 청색 티셔츠와 몸의 껍질이 땀으로 범벅되어 붙어 있다. 땀을 몽땅 빨아 내지 못한 섬유조직 때문에 몸뚱이가 귀찮다. 아무것도 걸치지 않은 알몸이라면 땀이 흐르다가 말라 버리겠지. 어깨에 멘 가방끈이 후줄근하게 젖은 현식의 몸을 욱조였다. 그 언젠가, 죽이고 죽었을 적에도 햇볕은 법칙을 어기지 않았다.

푸른 신호등이 켜지며 아래 표시등의 숫자가 줄어들고 있다. 횡단보도를 건너는 사람들의 걸음을 재촉하는 숫자. ……5,4,3,2,1. 늦게 출발해서는 건너편까지 갈 여유로움이 없다. 갈까 말까 망설이는 사이에 빨간불이 들어왔다. 불현듯 밑도 끝도 없는 뭔가가 현식의 뇌리를 스쳤다. 피안에 도달한 이들도 그럴까. 기계는 사람이 아니다. 그러므로 융통성이란 눈곱만큼도 없다. 기계와 거래를 할 적에는 이쪽의 감정만을 요구하는 입맛에 맞춰야 한다. 더 정확하고 간교하게. 맴 맴 맴 한낮을 벌레가 발악하며 울고 있다. 나무 그늘이 이다지 고맙게 느껴지는 것이 새삼스럽다. 간선도로 네거리의 신호등 앞에서 몇 대뿐인 승용차들이 엔진 소리를 죽이며 서있다.

　도시는 배불리 먹고 식곤증에 걸린 사람들처럼 축 늘어졌다. 우뚝우뚝한 고층 건물들 사이로 내뱉는 냉방기의 열기가 그 사내, 현식을 할퀴고 있다. 검은 도로에 달궈진 복사열이 어우러져 후텁지근했다. 흐느적거리는 발길로 걸었다. 고층 빌딩을 지나서 상가들이 즐비한 곳을 헤집고 현식은 안으로 들어섰다.

　학교 운동장을 거치면 화방으로 가는 지름길이었다. 학교 건물과 건물 사이의 그늘을 지나갔다. 화단에는 채송화며 참나리, 장미 따위가 피었다. 화단 바로 밑은 보도블록으로 이어졌다. 시멘트 문화는 모든 지표면을 덮으려고 안달이다. 보도블록 위에서 까맣고 긴 것이 눈에 띠었다. 구부러진 철못 나부랭이인가. 현식은 걸음을 멈추고 허리를 구부려 그것을 내려다봤다. 담갈색의 지렁이는 뒹굴었다. 고통을 못 이겨 움직일수록 표적은 드러나게 마련이다. 많은 개미떼가 먹잇감에 붙었다. 멸치는 작은 플랑크톤의 천적이다. 층층 상위의 먹이사슬이 넓은 바다 어디에나 도사리고 있다. 그 언제 적 바다에서 건져 올린 멸치 떼를 말리고 있던 섬마을풍경이 불쑥 고개를 쳐들었다. 꿈틀거리는

지렁이는 개미떼의 이빨에 물려 곧 분해되어 흔적조차 잃
게 되리라. 뱀도 지렁이도 마지막의 천적은 흙이다. 흙은
물속에서 녹는다. 멸치를 말린 그 섬에서 일어났던 일들.
생각이 생각을 훔쳤기에, 주검들은 삭았어도 기억은 살아
있다.

　운동장은 짙푸른 인조 잔디가 깔려있다. 촘촘한 짝퉁 잔
디는 열기를 머금어 발산했다. 골대가 있는 곳에서부터 공
사를 하고 있었다. 인부들이 동물의 가죽을 벗겨내듯 조각
난 인조 잔디 블록을 들어냈다. 그들은 벗겨 낸 껍질을 둘
둘 말았다. 둥글게 말아진 고무판들은 트럭에 실렸다. 판을
칼로 쓱쓱 잘라낸 인부의 거무데데한 얼굴이 번들거렸다.
온몸에서 나온 땀과 기름이 햇빛과 함께 그 사람의 살갗을
태웠을 것이다. 검붉은 팔뚝을 드러낸 채 엉켜 붙은 고무
자국을 칼로 떼어내는 작업을 하던 다른 이가 뒤돌아보았
다.

　"빨리하고 좀 쉬자!"
　"그런 말할 시간에 빨리하기나 해!"
　새로 가져온 인조 잔디 블록을 트럭에서 내리던 남자가
큰소리로 대꾸했다. 빨리! 더 빨리! 빠르게 진화하는 인간

내가 너다

들의 끝은 어딘가. 사내들은 오후의 달궈진 땅 위에서 노동을 감내해야 한다. 식솔의 안위를 위해 주어진 운명 말이다. 원시의 깊은 동굴 안은 얼마나 시원할까. 오후의 햇덩이가 작열하면 밀림 속의 곤충들은 산들바람으로 흔들릴 것이다. 축구장에서 뛰어노는 아이들보다는 처자식을 위해 작업 인부들은 기꺼이 혹사한다. 물론 이 시간에, 휴가를 보내며 물놀이와 산으로 몸을 내던지는 사람들도 있으렷다. 애초에 몸을 유지하려는 인간에게 공평하게 적용되는 것은 죽음뿐이다.

화방들과 그림 가게들 앞을 지나다니는 손님이 별로 보이지 않았다. 골목길로 접어들었다. 반듯하고 육중한 빌딩 숲 뒤로 숨어든 나지막하고 낡은 집들. 그곳은 생존의 정글이다. 햇볕에 녹아 버린 듯 구조물들이 조용했다. 어디선가 얼핏 낑낑거리던 개소리가 들리다가 끊겼다. 거대도시 안에서 대낮의 개 짖는 소리를 들은 게 신기하다. 현식은 불현듯 보신탕과 도마에 썰어 놓은 수육을 떠올렸다. 제까짓 놈인들 별 수 없을 것이다. 개새끼와 인간이 다른 점은 무엇인가? 없다! 똑같다? 죽음의 그림자들만 보면 더욱 그렇다. 먹이사슬 관계에서 피지배자의 상태로 죽임을 당하여 먹잇감이 된 슬픔만 있을 뿐. 부드럽고 맛있는 개의 육질은 인간의 혓바닥과 다를 게 없다. 개가 죽을 때 입에서 길게 삐져나온 혓바닥은 인간 것보다 길다. 무더위 속에서 졸음이 밀려오면 경계의 본능조차 귀찮다. 시끄러움도 고요로 변하니까.

현식은 주머니에서 열쇠를 꺼내 출입문 구멍에 끼웠다. 문을 잡아당겼다. 문이 열리면서 문틈에 끼워진 전기세 고지서가 바닥으로 딸려 왔다. 더운 기운은 열서너 평 남짓한 화실 안에도 가득 차 있었다. 현식은 열어 놓은 문을 걸쇠로 고정시키고 에어컨을 틀었다. 비릿한 바람이 불었다. 물감 따위와 어우러진 매캐한 냄새가 떠돌았다. 밖에 오랫동안 있다가 들어올수록 짙은 냄새였다. 벽에 걸린 그림들과 바닥에 세워진 그림들은 그대로 있다. 하얀 식탁보 위에 놓인 과일들. 바다가 보이는 언덕과(언덕 위의 빨간 지붕이 있는 집은 없다) 울창한 숲. 산봉우리가 호수에 비친 그림 따위. 라디오는 텔레비전에게 잡혔고, 흑백은 컬러로 물들여졌다. 고층 아파트들이 도시에 촘촘히 들어서면서부터 동양화는 서양화에게 밀려났다. 날마다 수직으로 세워지는 집집마다 거실의 벽에 그림이 채워질 것이다. 욕망은 새

내가 너다

로운 욕망의 지배를 받았다. 지방 도시에 있는 화랑 주인이
그림 사진 2장을 가져왔었다. 그는 부탁하는 것처럼,

"그림 속의 집들만 빼면 근사한 자연 풍경이 되겠지요?"
라고 명령을 했다. 원화의 복사본을 재구성하여 그린 것들
이다. 짝퉁 싸구려 그림들은 현식의 땀과 시간이었다. 그리
고 돈이고 밥이다.

＊＊

세워진 이젤은 비어 있다. 한여름 철에는 주문이 뜸했다.
이젤 옆 조그만 서가에는 뒤섞인 책들이 꽂혀있다. 렘브란
트, 고흐, 모네 등의 화집과 소설책, 미술론 따위. 이젤과 서
가 사이의 벽에서 누군가 현식을 내려다보고 있다. 상상만
으로 그린 여자의 상반신. 흰 얼굴의 단발머리 소녀의 덜
그려진 윤곽선이 희미했다. 배경은 진초록의 산이 그려졌
지만 사람의 모습은 또렷하지 않았다. 도대체 완성되기 어
려운 것은, 뭔가 잡히지 않기 때문이리라.

현식은 벽에 걸린 작업복 바지를 잡아 내렸다. 물감이 얼
룩얼룩진 진청색 작업복이었다. 바지를 갈아입었다. 땀으
로 붙어 버린 바지가 피부에서 얼른 벗어지지 않았다. 이상
하게도 작업복으로 갈아입어야 편한 느낌이었다. 에어컨

의 엔진은 냉각이 되었는지 찬바람을 토했다. 썰렁한 기운은 열을 식혔다. 눈이 쌓인 산하의 풍경들. 문득 얼치기 미술 대학 강사가 떠올랐다. 변두리에서 부인에게 미술 학원까지 운영시키는 요령꾼이었다. 가끔 선물을 한답시고 한두 점씩 가져갔다. 그럴 때마다 강사는 너무나 바빠서 그림을 그릴 시간이 없다며 불평처럼 뱉었다. 그리고 검정 둥근테 안경을 코에 걸친 강사는 벽에 걸린 그림들을 휘휘 둘러봤다. 기른 머리를 자꾸 손으로 만지는 것은 강사의 버릇이었다. 종이커피를 한 모금 들다 말고 강사가 말했다.

"원두커피를 마시다가 인스턴트커피를 마시려니 목구멍에 안 넘어가네."

"그럼, 주스나 다른 거 드릴까?"

현식이 캔버스 뒤의 냉장고로 가며 말했다.

"그냥 됐어요. 노 화백? 이번 부탁은 정말 잘 해줘야 돼."

"뭔데요?"

"우리 학원에 아이를 맡겨 놓은 엄마가 선물할 데가 있다는데, 사업을 하나봐. 한 스무 점 정도가 필요하다는데, 알다시피 내가 강의 준비다 뭐다 어디 시간이 있어야지. 설경 이십호 에프 사이즈로 좀 그려봐! 한 이주일이면 되겠지?

내가 너다

솜씨 있는 노 화백이나 되니까, 내가 맡기는 거지 뭐. 이히 히히."

엄지를 턱에 대며 강사는 야비하게 웃었다. 이런 경우에 현식은 사무적으로 물었다.

"얼마나 줄 건데요?"

"저번에 가져간 그 가격보다 조금 더 줄게. 그래서 말인데, 이번 작품들은 노 화백 사인을 하지 말고 그냥 남겨둬요."

남의 그림에다 자신의 사인을 하겠다는 것이다. 마치 강사 자신이 그린 것처럼. 아니면, 전혀 다른 가공의 이름으로 몇 번을 바꿔 웃돈이 붙을지도 모를 일이다. 이것은 모방도, 짝퉁도 아닌 통째로 먹겠다는 야비한 짓이었다. 이런 수상한 거래는 벌써 두 번째였다. 이걸 해? 말아? 하긴, 화가의 자존심을 동업자가 서슴없이 짓밟으면서 피차 먹잇감을 획득했다. 양심은 자기 자신이 버린 셈이었다. 그럴 때의 체념은 자신을 합리화시켰다. 현식은 2주일 동안 20점을 다 그려 냈다. 흰 눈이 쌓인 산야이며, 과수원, 마을, 대나무 숲, 들판 따위의 시골 풍경을. 강사는 돈을 놓고 그림을 가져갔다.

한 달 후였던가. 화상인 김 씨가 헐레벌떡 뛰어오더니 숨 넘어가는 목소리로 말했다.

"저, 말이야. 겨울 풍경 그림들? 그걸 내가 백화점 갤러리에서 봤다고."

"확실해요?"

"아, 그럼! 그런데 분명히 노 화백 그림들인데, 어떤 미술대 교수의 최근 소품 전시회로 열리고 있어요. 벌써 다 팔렸는지, 빨강 스티커가 다닥다닥 붙어 있더라고. 자! 내가 팜플릿을 2권이나 사 왔어요."

도록에 찍힌 그림 사진들은 현식이 그렸던 것이 틀림없었다. 그림마다 밑부분에는 강사의 영문자 이름이 들어가 있었다. 이쯤이면 그저 헛웃음만 나올 뿐이었다. 돈이 예술을 잠식하는 사회에서는 창작의 혼마저 증발되는 모양이었다. 현실이 가파르면 그림은 더욱 꿈으로 달아나 버렸다.

주문이 없을 때면, 4F호의 소품을 그렸다. 누런 보리밭 속의 검정개 한 마리. 고무신을 신고 담장 아래서 쪼그리고 있는 늙은이. 산꼭대기를 걸어 다니는 검은 새. 몽환적인 환상들과 현실도피적인 사물들.

제대를 하고 들어간 직장이 변두리에 있는 극장이었다.

내가 너다

한 달에도 두서너 번씩 3층 건물 전면에 걸리는 영화 간판을 그렸다. 영화필름이 도착하기 전까지 무조건 완성되어야 하는 포스터 그림. 야간대학에서 배웠던 미술의 기본 이론은 아무짝에도 쓸모가 없었다. 극장 건물 구석진 창고가 작업실이었다. 형상의 크기와 가시거리가 무시된 채, 실물과 꼭 닮아야 되는 영화배우들의 얼굴. 사다리에 올라서서 오목렌즈와 볼록렌즈의 공식이 깨진 초점으로 캔버스에 대들었다. 포스터 한 장을 달랑 들고 수백 호짜리 캔버스를 붓질로 채웠다. 상영이 끝난 영화배우들의 얼굴을 새로 상영될 배우들의 얼굴이 뒤덮어 버렸다. 영화가 종영되기 전까지 다음 프로의 간판을 미리 제작해야 했기 때문이다. 얼굴도 보지 못한 배우들의 표정들. 일 년 내내 유명한 영화배우들은 현식의 머릿속을 떠나지 않았다. 실물을 보지 않고 허상을 쫓아 헤맸다. 시네마스코프 상영 극장들이 디지털 영화관으로 재편되기 전에 그만둔 것을 다행이라고 할까.

전기세 고지서와 함께 들어 있던 통지서가 눈에 들어왔다. 이번 달 임대료 통지서였다. 전번 달치 밀렸다고 가산금을 보탠 것이다. 언제까지 이 노릇을 유지하게 될지도 모를 일이었다.

이미 문학은 그림에게 밀려났고, 그림은 영상에게 쫓기는 중이다. 컴퓨터는 광범위하고 기발해서 인간의 눈과 귀를 꼬드겨 중독시켜 놓았다. 사마천이 사기를 저술할 적에는 대나무를 쪼개 만든 죽편이었다. 그 많은 양의 대나무 꾸러미에 상형문자로 각인된 이야기가 살아 있지 않던가. 후한의 채륜이 만든 종이 또한 그러했다. 캔버스의 그림 또한 당장 피폐하지는 않으리라.

녀석은 그다지 달라지지 않은 것 같았다. 몇십 년 전과 별다를 바 없었다. 용범은 지금 그 낫살임에도 여전히 술과 여자를 좋아했다. 술만 마시면 환각에 빠진 것처럼 멍청하게 실실 웃는 얼굴도 마찬가지였다. 그러나 웃는 얼굴 뒤에 여전히 형언할 수 없는 스산한 그림자가 드리워진 것을 새삼스럽게 느꼈다. 독한 술을 퍼마시고 자기 자신을 내버리려고 한 행동과 무슨 관계가 있는지 도무지 알 길이 없지만.

***

현식은 간밤의 기억들이 푸른곰팡이처럼 소소하게 떠올랐다. 땅거미가 질 무렵 전철역 앞에서 용범을 기다리고 있었다. 몇 번인가 만났고, 만날 적마다 함께 술을 마셨다. 마치 끊어졌던 인연의 공백이 억울한 것처럼. 현식은 계단 옆 느티나무 아래서 용범을 기다렸다. 뒤쪽 공중화장실에서 인기척이 느껴졌다. 용범이 선글라스를 쓴 모습으로 서 있었다. 그리고 물 묻은 손으로 현식의 손을 덥석 잡았다. 누가 보아도 스님이라고 알아보지 못할 정도였다. 외모의 변모가 그럴듯했다.

"여기서 하룻밤을 지내야 할 것 같아."

"왜? 절에 무슨 일이 있어?"

"그냥 마음이 혼란스러워서."

"스님이 그러면 보통 사람들은 어떻게 하나?"

"그럴 일이 있어. 자 내 차로 가자고!"

검정색 BMW745였다. 핸들을 잡은 용범의 팔목에서 롤렉스 금장 시계가 반짝거렸다. 현식은 순간적으로 그가 스님이라는 사실을 잊을 뻔 했다. 모텔을 잡아 놓고 둘은 나왔다. 바깥에 어둠이 드리워지고 네온사인과 불빛들이 밤을 밝히기 시작했다.

"밥은 밥이고, 우리 컬컬한데 우선 술 한 잔은 해야지?"

용범이 이쑤시개를 입안에 물고 우물거리다가 빼며 말했

다. 버릇처럼 입에 밴 용범의 제의였다. 자시고 마시고 할
까닭은 없었다. 스님이라는 상대방에 대한 느낌이 현식의
뇌리를 잡아당겼다.

삼겹살에 소주를 마시고도 끝나지 않았다. 2층의 네온사
인이 밝힌 〈여우와 늑대〉로 또 다시 자리를 옮겼다. 과일
안주에 양주와 맥주가 섞인 술을 주고받았다. 여종업원의
짧은 치마 밑으로 드러난 허벅지만큼 눈빛도 게슴츠레해졌
다. 자꾸 여자의 허벅지가 남자의 눈들을 끌어당겼다. 훔쳐
보고, 또 보고.

"벌써 한 시가 넘었어."

화장실에 다녀온 현식이 흔들거리며 말했다. 용범이 멀
뚱하게 현식을 쳐다보며 일어났다.

"그럼 가지 뭐."

용범이 카운터로 가서 카드를 긁었다. 큰 몸짓은 흔들리
더니 계단을 내려오며 혀 꼬부라진 말로 투덜거렸다.

"아이 시팔. 되게 많이 나왔네. 개 같은 년들이 바가지를
씌운 것 같아. 사십 만원이나 넘게 술값을 받아 처먹었어."

그게 스님이 할 소리인가. 현식은 픽 웃고 말았다. 누구
나 씹어뱉는 욕지거리인데 스님이 아니라면 탓할 까닭이

내가 너다

없는 일. 둘은 바깥으로 나왔다. 술의 힘은 강했다. 용범의 큰 몸뚱이가 조금 흔들렸다. 오랜만에 얼큰한 기운이 휩싸인 현식도 비척거리며 혼자 걸었다. 불빛들이 사위어져 어둠은 더 깊고도 넓게 도시의 변두리를 점령하고 있었다. 이튿날 열한 시까지 용범은 전화를 받지 않았다. 현식은 모텔 주차장에 서 있는 승용차를 확인했다. 객실 문을 두드렸다. 자고 있던 용범이 벌건 눈으로 문을 열었다.

"들어와. 으이그 피곤하다."

"벌써 점심때가 다 되었는데……."

"세상모르고 곯아떨어졌네. 아, 참! 오늘 점심때까지는 나와 같이 있을 수 있지?"

"무슨 일 있어?"

"누가 점심을 같이 하자는데, 같이 가자고!"

현식은 그가 샤워실로 들어가 씻는 동안 침대에 걸터앉았다. 베개 두 개가 뭉개져 있고, 하얀 시트가 어지럽게 널려 있었다. 또 다른 누군가 자고 간 흔적이 역력했다. 누구였을까. 여자였겠지? 현식은 술집 아가씨의 허벅지가 떠올랐다가 지워졌다. 아닐 것이다. 아가씨와 용범의 수작은 그다지 끈끈하지 않았다. 그렇다면 누가 왔다 간 것일까?

민둥하게 깎은 머리를 수건으로 문지르며 용범이 나왔다. 삼각팬티만 걸친 뱃살이 불룩했다. 현식이 입을 열었다.

"뱃속이 허전할 텐데 해장국이라도 해야지?"

"아니, 아냐! 말했잖아? 점심 먹으러 갈 곳이 있다고."

"참, 그랬지?"

"못 가? 갈 수 있지?"

"나야 뭐 남는 것이 시간뿐인데."

현식이 고개를 끄덕거렸다. 용범의 흰 바지는 진청색으로 바뀌었다. 승용차 안에는 몇 벌의 옷이 걸려 있었다. 모텔 주차장을 빠져 나오면서 용범이 휴대전화를 어디론가 눌렀다.

"내가 차를 가지고 그쪽으로 갈게."

승용차는 도시의 외곽 순환 도로를 탔다. 만남의 광장 휴게실 앞에서 누군가를 만나기로 한 모양이었다. 차량들이 햇빛에 반짝였다. 도시를 빠져나가고 들어오려는 사람들과 차량들이 서성거렸다. 용범의 승용차가 주차장으로 들어갔다. 현식은 앉아있었다. 용범이 차 문을 닫고 다가와서 스치듯 한마디하고 지나쳤다.

"한 사람 데리고 올게. 자넨 차 뒤에 타 있어."

사뭇 명령조였다. 무슨 까닭인지 대략 짐작이 되었다. 누군가 데려온다고 했으니까 오겠지. 용범은 나이키 운동모자를 쓰고 승용차 바깥으로 나갔다. 그리고 선글라스를 낀 채 주변을 휘휘 돌아보았다. 큰 체격의 체크무늬 점퍼 차림의 남자는 성큼성큼 휴게실 쪽으로 걸어갔다. 꼭 예전의 코미디 영화에서 본 간첩들이 접선하는 모양새였다. 현식은 불현듯 그 섬과 바다가 아스라이 떠올랐다. 아주 오래된 기억이 불쑥 고개를 쳐든 것이다. 박살난 주검들과 갈매기 떼와 바다.

한참 만에 용범은 웬 여인과 함께 나란히 걸어왔다. 초록색 민소매와 희고 긴 스커트차림의 갸름하고 가무잡잡한 얼굴이었다. 여인은 마흔 살 중반쯤.

"말했지요? 내 친구 노현식이라고. 이 분은 우리 절에 오시는 보살님."

용범이 운전석에서 여인에게 고개를 돌리며 말했다.

"처음 뵙겠습니다."

보조개가 팬 여인은 고개를 숙인 듯 마는 듯하며 조수석에 앉았다. 엔진에 시동을 건 용범이 앞을 보면서 말문을 텄다.

"잘 들어갔어요?"

"빨리 가기나 해요."

둘의 문답이 엇갈렸다. 난감한 빛이 여인의 얼굴을 스쳐 지나갔다. 어정쩡하게 대답했던 여인이 용범에게 고개를 돌리다말고 뒤쪽을 의식한 듯 입을 다물었다. 그녀가 용범을 바라보는 눈짓이 예사롭지 않다는 걸 현식은 느꼈다. 차는 한참을 달려 고속도로를 벗어나더니 요금소를 지났다. 휘돌아나간 승용차는 2차선 도로로 접어들었다. 울울창창. 산 정상으로부터 산자락까지 온통 진초록이었다. 푸른 산들이 첩첩한 계곡이었다. 그늘 속으로 물줄기는 맑았다. 물길은 계곡을 뒤지며 아래로, 더 아래로 흘렀다. 무더위는 숲 앞에서 따라오다가 멈추었다. 더위를 식혀 버릴 물줄기가 그늘 안에서 똬리를 튼 뱀처럼 지키고 있음이다.

더위를 피해 모여든 사람들이 제법 북적거렸다. 입구부터 먹을거리 식당들이 즐비하게 서있었다. 모두 차에서 내렸다. 여인이 앞장서서 걸었다. 그들이 들어간 식당은 닭볶음탕 집이었다. 카운터에 앉아있던 주인이 여인과 뭐라고 지껄였다. 홀을 지나 바깥으로 이어져 나간 곳에 평상이 놓여 있었다. 마루 밑으로 계곡에서 흘러나온 물이 흘렀다.

내가 너다

건너편에는 시원한 물에 발을 담그는 사람들도 보였다. 두 사람 맞은편에 현식이 앉았다. 미리 주문이 된 듯 음식이 나왔다. 벌겋게 끓은 닭기름이 둥둥 떠 있었다. 유리잔에 누런 맥주가 흰 거품을 띠었다. 세 사람은 유리잔을 부딪쳤다. 몹시 시장했던지, 용범은 토막 난 닭고기를 쭉쭉 빨며 잘 발라먹었다. 맥주를 들이켠 용범이 말했다.

"이곳에서는 이 집이 닭백숙으로도 제일 유명한데. 그렇지요?"

"여길 언제 와 봤던 모양이지?"

현식이 조심스럽게 여인의 눈치를 흘끔 보며 용범에게 되물었다. 순간, 용범이 여인을 흘깃 돌아보더니 능청스럽게 말꼬리를 흘렸다.

"저번엔가 왔었나?"

여인이 희죽 웃으며 고개를 끄덕였다. 여인의 눈 가장자리에 웃음기가 돌았다. 나근거리던 여인은 왠지 얼굴에 붉은 빛을 띠기 시작했다. 보조개 팬 얼굴을 슬쩍 돌렸지만 수줍은 표정이 아니었다.

"이 보살님은, 우리 포교원을 위하여 아주 수고를 많이 해주고 있어요."

용범, 아니 스님께서 잽싸게 보충 설명을 해주었다. 갑자기 존칭을 쓴 까닭을 몰라 현식은 어리벙벙했다. 여인에게도 반말을 했다가 존칭어를 썼다가 도대체 뭐가 뭔지 갈피를 잡을 수 없었다. 그리고 오랜만에 만난 남녀끼리 잘 들어갔다니? 오가는 말의 앞뒤가 안 맞는 것이 뭔가 이상했다. 켕기는 게 있는지 얼버무리는 용범의 태도 역시 그런 이유를 뒷받침했다. 그 순간 여인은 즉시 낭패한 빛을 보였다. 용범의 말을 무질러 버린 일도 그랬다. 현식은 깜냥으로 확실하게 느껴졌다. 그녀와 용범이 단순히 스님과 보살의 관계는 아니라는 점.

"참, 내가 정식으로 두 분을 소개할게요. 이쪽은 내 친구인 노 화백이고, 저쪽은 이현실 이사님."

"반갑습니다. 노현식입니다."

"예, 안녕하세요."

가늘고 조용한 말씨였다. 여인이 핸드백을 뒤지더니 명함을 꺼냈다. 그리고 현식에게 내밀었다. 엉겁결에 현식이 일어나서 명함을 받았다. 뉴 타임 금융컨설팅-영업 이사 이현실.

"이것도 좋은 인연인데, 자! 들자고. 이사님도."

내가 너 다

용범이 껄껄 웃으며 유리잔을 들어 부딪쳤다. 여인은 입이 짧은지, 뼈 붙은 닭고기 한 점을 뜯더니 파전에만 젓가락질을 했다. 용범의 볼따구니를 불룩불룩 움직이는 모습을 흘깃 훔쳐보며 현식은 비시시 웃었다.

"왜? 내 얼굴에 뭐라도 묻었어?"

"아냐! 감회가 새로워서……."

얼렁뚱땅 현식이 얼버무렸다. 군대에서 있었던 몇몇 장면들이 불쑥 튀어나왔다가 스치며 사라졌다. 그 때문에 대답이 잘못 튀어나왔던 것이다. 술잔이 몇 순배 오갔다. 알 듯 모를 듯 두 남녀의 대화가 현식을 넘나다니며 오갔다.

"종교의 자산은 세금이 안 붙죠."

"들어온 돈도 돈이지만, 나가는 돈도 꽤 무시할 수 없지."

"그러니까 호호호, 돈은 돌고 돈다는 거죠."

도무지 선문답 같았다. 낮술은 부모도 몰라본다던가. 현식은 불현듯 혼자라는 느낌이 들었다. 그랬다. 처음부터 이들이 우연히 이루어진 만남이라기에는 너무 어색했다. 어찌 보면 현식 자신은 들러리에 불과한 셈이었다.

현장의 이미지들은 또 다른 이미지를 불러 모은다. 이미지는 엉뚱한 이미지로 변신을 시도한다. 닭이 죽었다. 사람은 살기 위해 닭을 먹었다. 사람들에게 감회가 새로운 일로 닭은 하나뿐인 주검을 받쳤다. 현식은 가슴살이 붙어 있는 토막을 뜯었다. 생애의 전부를, 모이주머니를 위해 살았던 동물이 먹이사슬의 정점에 있는 동물을 위하여 죽은 것이다. 먹기 위하여 죽이고 살기 위하여 동족을 죽이는 사람들. 날마다 냉동공장에서 도살되어 뼈와 살이 분리된 가축들은 모두 어디로 갔을까. 공장이란 인간을 위해 뭇 동물들을 분해하고 처리하느니 주검이란 한낱 광물질에 불과한 것이 아닐까. 죽을 적에 동물들의 울음소리가 음산하게 공기에 섞일지도 모른다. 그렇게 산자락을 떠도는 혼들은 얼마나 될까.

흐르는 물은 거침이 없다. 돌이 막아서면 휘돌아나가서 흘렀다. 돌들이 켜켜이 막아 버리면 돌 틈새로 흘렀다. 물길을 막을 또 다른 길은 없다. 가두어진 물은 증발하여 구름이 되었다. 자연의 순리를 바꿀 인간은 어디에도 없다. 곤충의 울음소리조차도 여름과 함께 스러지며 울울창창한 숲 또한 찬바람 속에서 옷을 벗을 것이다.

맥주병들이 비워져 바닥으로 자빠졌다. 여인도 제법 술을 마셨다. 쨍쨍한 햇볕이 숨을 죽일 무렵 모두 그곳을 떠났다. 용범은 여인을 아쉬운 듯 보낸 표정이었다.

"뭐하는 여자야?"

"아까 명함 주는 것 같던데, 안 받았어? 명함에 있는 그대로겠지 뭐."

"금융 뭐던데."

"쉽게 말해줄게. 돈 가지고 노는 분! 더 가르쳐 줘? 사채업자!"

용범이 느닷없이 짜증을 냈다. 무엇 때문인지는 몰라도 현식은 용범의 변덕스런 성질 탓이려니 했다. 둘이서 아무 말 없이 한참을 차로 달렸다.

음주운전! 속도가 발악하는 차의 진동을 느끼면서도 현식은 말을 아꼈다. 용범은 조금 전까지의 표정은 금세 어디다 버리고, 뭐가 기분이 좋은지 연신 싱글벙글거렸다.

현식을 내려주고 용범도 사라졌다. 터덜터덜 걸었다. 그들이 주고받은 말본새에서 오늘 처음 만난 것이 아니라는 낌새를 눈치챘다. 스님과 사채업자? 아무리 접어주어도 조금 낯설고 어설펐다. 사회의 통념이란 편견을 만들었다. 우연히 용범의 들러리를 선 것이 분명했다. 하지만 그게 자신과 무슨 상관이랴. 가끔 자신을 챙겨주는 용범이 고마울 뿐이다. 이상한 틀에 걸린 느낌이 좀 꺼림칙했지만.

****

　용범 자신의 말처럼 전생 때문이었을까. 현식은 그를 스님으로 다시 만나게 된 것이, 흔히 말하는 인연일지도 몰랐다. 그러므로 한창 국방의 의무를 했던 지난날 군대 이야기는 입술을 지그시 깨무는 편이 좋으리라. 머리털을 깎았다고 다 스님은 아닐 터. 그렇지만 환속을 하지 않은 이상, 분명히 그는 스님이다. 다른 사람들이 부르는 것처럼, 그냥 풍각 스님이라든지 주지 스님이라고 불러야 했다. 우연찮게 만난 그의 이미지는 여전히 우락부락한 609 특공 부대원으로 남아있다. 예전의 버릇처럼 이름을 입에 올려 어쩌다 보니, 용범 스님이라고 부르게 되었다. 아니, 스님의 이미지를 너무 편견적으로 갖고 있는 탓도 작용했다.

　"백용범, 스님?"

　"뭐? 으흐흐."

　"어? 뭐, 잘못됐어?"

　"아냐. 그냥 옛날처럼 용범이라고 불러. 괜찮아."

　"그럼? 용범 스님! 이렇게 부를까?"

　"그러든가 말든가. 으흐흐흐, 난 자네가 그림을 그려서

내가 너다

밥 먹고 사는 일이 정말로 신기해.”

“나두 이상해, 자네가 스님이 되었다니…….”

용범은 한참 현식을 뚫어지라고 바라보더니 씨익 웃었다. 현식은 용범의 이름으로 부를 때 백씨 성을 뺐다. 다른 사람들처럼 풍각 스님이라고 부르는 게 맞겠지만. 현식에게는 바람처럼 떠돌며 생각하는 스님의 이미지는 낯설었다. 용감했던 이미지가 어울리는 용과 호랑이가 좋았다. 아무튼 실수가 굳어져도 용납이 된다면 법칙이 된다. 그들 사이에 호칭 따위가 무슨 대수이랴.

“밥 먹고 살 만한 게 얼마 되지 않았어.”

희끗한 머리털이 반쯤 섞인 현식이 말했다. 아현동에서 삼각지 바닥으로 옮겨온 지도 이십여 년쯤 되었다. 1980년대 무렵만 해도 용산에 주둔한 미군 부대는 근처 사람들의 주 수입원이었던 터. 나라 경제가 발전하고 수출이 잘되면서 미군 부대에 의존하던 게 점점 멀어졌다. 미군 PX에서 나오는 초콜릿이나 값이 싼 양주는 밀려났다. 솔향기 나는 투명한 술 진빔과 담갈색 죠니워커 위스키도 자취를 감추었다. 미국 비자가 점점 받기 쉬워지면서 미군과 가까이 행세하던 사람들도 차근차근 사라졌다.

용이 산을 감싸는 형국이라서 그랬을까. 도심 밖에 있던 삼각지는 전쟁 후 번성했다. 미군들에게 초상화와 싸구려 그림을 파는 가난한 화가들이 하나둘 모였다. 길가에 화상과 갤러리가 잡았고 골목길 안으로 화가들의 화실이 생겼다. 대다수의 화가들은 타고난 재주로 그림을 그렸다. 아등바등 살려고, 돈벌이를 하려면 유화물감을 캔버스에 칠했다. 물론, 가뭄에 콩 나듯 박수근 같은 유명한 화가가 없는 것도 아니었다. 그러나 죽어서도 살아서도 빛나는 화가는 거의 없었다.

네거리의 교통량을 분산하려고 교차 고가도로를 만든 것이, 삼각지 로터리였다. 용케도 한 십여 년간 자리를 지키더니 철거되고 말았다. 저음가수의 대중가요가사에서만 명칭이 불러질 뿐. 이제 왕복 12차선의 대로변 한쪽을 화구만 파는 곳, 그림 판매와 액자 제작을 함께하는 점포들이 서울역에서 한강 쪽으로 죽 서있다. 큰길을 보면서 다닥다닥 붙어 있는 가게들 틈새 골목들. 몇 십 군데의 화실들이 듬성듬성 자리를 잡고 있다.

"나이 사십 넘어서야 겨우 개인전 두 번 열었네."

붓으로 팔레트의 그림물감을 짓이기며 현식이 말했다.

내가 너다

용범은 밑그림이 반쯤 그려진 화폭을 눈으로 찌르며 반문했다.

"나는 이런 거 잘 모르지만, 그게 무슨 대수야? 돈 벌어서 먹고 살면 되는 거고 자네가 좋아서 하는 지랄인데…… 으흐흐흐."

"가끔은 그래. 남들이 왜 그렇게 무능했느냐고 물어보면 뭐 할 말이 있겠어? 그냥 남의 그림을 베껴서 팔아먹다 보니 사실 내 그림이라고 할 만한 게 있어야지. 세월이 가다 보니, 그리는 이것도 노하우라고 기술이야 많이 늘었지. 아마 미대 교수다 뭐다 하며, 일 년에 그림 몇 장 달랑 그려 놓고 호당 몇 백만 원입네 받는 이들보다 숫자로아 엄청나게 그렸어."

"잘했어! 많이 뿌려놓으면 그중에서 더러 명작도 나올 거 아냐?"

"어떤 이들은 예술의 혼을 내게 말하는데, 고마운 노릇이고말고. 그런데 내가 나한테 이렇게 말한다네. 남의 그림을 베껴 팔아먹는 놈에게 무슨 예술혼이 있겠느냐고."

"씨팔! 예술혼 좋아하네. 이봐? 세상에 전쟁이 따로 없다고. 산속이건 속세에 살건 사람 새끼로 태어났으니 먹고 사는 게 전쟁이야. 나는 예전이나 지금이나 현실에 순응하고 사는 자네가 마음에 들어.”

“허허허허, 칭찬으로 듣겠네만…… 이게 병신 짓이지.”

현식은 꾸깃꾸깃한 담뱃갑 속에서 손가락을 꾸무럭거리며 한 개비를 꺼내 입으로 가져갔다. 라이터로 불을 붙이던 현식이 용범을 보더니, 출입문에 세워 둔 20호 크기의 폐선 그림을 흘깃 내려다보았다. 아스라한 바다 멀리 수평선은 허연 하늘과 맞닿아 있고, 썰물이 지난 개펄에 얹힌 조그마한 배 2척. 망가진 폐선 옆구리의 어두운 그늘에 굴 껍데기들과 해초로 보이는 것들이 달래달래 붙어 있었다.

“저거는 내가 직접 현장에 가서 스케치하여 그린 건데……, 미술대전에 출품하려고.”

“난 그림을 몰라서 잘 모르겠지만, 저런 것을 누가 사 가긴 사 가나?”

“사 가니까, 밥을 먹지.”

“그림이 너무 쓸쓸하게 보이는데.”

“그런가?”

현식은 힘없이 용범의 말을 거들었다. 말을 함부로 지껄인 게 미안했는지 용범이 웃으며 던졌다.

내가 너다

"발가벗은 여자들 그림 같은 그런 것도 그리는 거야?"

"돈만 주면 그리지 뭐."

현식은 퉁명스럽게 말했다. 용범은 현식의 자존심을 건드렸다는 생각이 들었는지, 말꼬리를 슬쩍 돌렸다.

"아까 걸어올 때 보니까, 불탔던 건물 아직도 그대로 새까맣던데. 그렇게 방법이 없었나?"

"시간이 지나면 어떻게 해결되겠지 뭐."

거대하고 기형적인 이 도시. 결과가 있으면 원인도 있다. 비싼 권리금과 임대료를 물면서 장사를 했던 이들이었다. 용산 지역 일대를 화려하고 거대한 타운으로 만들겠다는 시장의 발표가 있었다. 공공의 이익 증진을 위한다는 명분 아래 집주인들은 제값을 받고 포기 각서에다 도장을 찍었다. 그러나 세입자들은 형편없는 보상 대책에 반발했다. 그날 새벽, 용산역 건너 큰길 맞은편 5층 건물. 재개발지역에서 세 든 철거민 6명과 진압하던 경찰관 1명이 불에 타 죽고 부상자만 24명이었다. 물대포와 화염병이 서로 맞붙어 사람들이 죽고 다쳤다. 기름이 일으킨 불길에 까맣게 탄 주검들. 숯덩이처럼 타들어간 사람들의 마음은 증발되었다. 누가 그 주검들에게 돌을 던지겠는가. 뒤에서 용역 깡패들을 조종하던 인간들은 발뺌하고 있었다. 거대도시의 뒷골목은 어둡다. 꺼져 가는 잿불처럼 불씨는 어렵사리 남아 있지만.

현식은 5층 건물의 2층 일본 식당을 쳐다볼 적마다 분노가 치밀었다. 화마가 날름거렸을 창문들과 간판은 한동안 검게 그을린 몰골로 서있었다. 낡은 권력에 대하여 냉소와 회의를 투영했던 에두아르 마네Edouard Manet의 그림들이 떠올랐다. 이름 없는 화가가 할 수 있는 일이란, 아작난 그 건물을 카메라에 담는 것이 고작이었다. 주문 그림이 아니라면, 생존의 슬픔을 화폭에 담고 싶었다.

그렇다마다! 욕망의 거리에서는 모두가 휘청거렸다. 재개발 아파트를 붙잡고 허덕거리는 인간들. 아파트 담보대출 이자를 갚느라 허리가 휘는 부모들. 학사 수료증을 안고 막노동 현장에도 가지 못하고 자빠져 노는 자식들. 일자리를 찾아 헤매는 젊은이들. 이 시대에는 욕망만 넘치고 노동의 조건들이 안 맞다. 누가 그렇게 만들었는가. 모두 피라미드의 정점이 될 수가 없지만, 인간이므로 희망이 상실된 채 밥만 가지고 살 수는 없다. 희망도 시간과 비례한다. 늙어 가는 육신에게 막연한 희망이란, 그저 남발된 당좌수

내가 너 다

표와 다를 바 없다. 비교 우위의 시대에는 타인과의 경쟁은 불가피하다. 죄업의 끝이 있다고 해도 마찬가지일 것이다.

인간들은 욕망의 화신이다. 그저 욕망을 향하여 서로를 잡아먹을 듯 투쟁하다가 짧은 목숨을 잃는다. 모든 욕망은 중심으로 향했다. 조명이 밝을수록 불나방 떼는 모여들고, 타들어가는 곤충의 수효 또한 늘어만 간다. 숱하게 모여들어 알을 까고 새끼들을 잉태한 사람 족속의 본거지. 마치 천국으로 올라가는 썩은 동아줄을 서로 잡으려고 다닥다닥 엉켜 붙어 싸우는 족속들. 개, 돼지가 아닌 사람들이 서로를 먹잇감으로 씹어 먹는 풍경은 도처에 너절했다. 탐욕이 하늘을 찌르는 순간마다 증오의 풍선은 빵빵하다. 얻어지는 것들이 많을수록 무참하게 살해된 동족들의 사체도 쌓여만 간다. 살아 있는 자들도 죽음은 두려울 테지. 어쩔 것이랴.

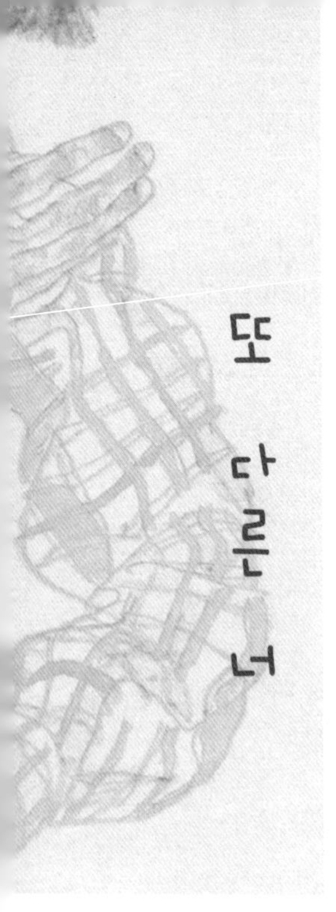

또 다른 너

*

가을 햇살이 산 너머에서 나타났다. 빛살은 드높은 파란 하늘에서 사방 천지로 흩뿌려지며 드넓은 바다 멀리까지 쪽빛으로 물들였다. 산맥에서 흘러나온 산세는 험준했다. 삐죽삐죽 돋아난 바위들은 꼭 오백나한처럼 우뚝우뚝 서있었다. 잿빛 바윗돌에 빛살이 떨어지면 마치 아라한들이 어깨를 움직이며 걸어 내려올 것 같았다.

절간 앞 구부러진 소나무들을 지나서 마당이었다. 배롱나무 열매는 탱글탱글 익었다. 붉고 하얀 코스모스 꽃들은 한들한들 우주의 눈망울이 되어 고개를 쳐들었다. 바람에 밀려 바윗돌에 날개를 납작 붙인 잠자리 한 마리. 고즈넉한

내가 너다

풍경 안에 피어있는 것들은 차츰 서늘해졌다.

대웅전에서 울리는 목탁 소리가 숲 속의 나무들까지 잠에서 깨웠다. 울림에 동화된 듯 조잘거리던 산새들조차 소리를 죽이고 있었다. 고요를 깨우는 것은 목탁소리뿐만이 아니었다. 풀벌레 소리가 퇴락한 명부전 주춧돌 아래서 들렸다. 바다의 수면 위로 저무는 석양빛이 빛났다. 사위는 점점 땅거미로 젖어 들었다. 냉혈동물처럼 수면에 엎디어 있던 섬들도 물속으로 숨어들었다. 산야와 먼 마을들은 거뭇한 그림자를 거두며 어둠 속으로 사라졌다. 가까이 있던 성깃한 나무들도 그 속으로 함께 편입되었다.

산 너머에서 어슴푸레한 빛이 돋았다. 손톱달이 걸려 있었다. 별들이 하나둘 나타나기 시작했다. 용범은 시름에 겨워 반짝이는 별들을 쳐다보았다. 밤하늘은 온통 흩어진 별빛과 가느다란 달빛을 모아 되비쳤다. 이제 바다도 하늘도 사물의 윤곽조차도 어둠이 되었다.

밤바다를 보면 이상하게도 가라앉았을 그 기억이 별처럼 돋아났다. 그때가 벌써 십여 년 가까이 된 것이다. 바다로 침투해 들어오던 무장간첩들과 안내했던 거무데데한 그 사람. 아니지! 용범은 고개를 절레절레 저었다.

서른이 넘은 나이에 머리를 깎은 지 벌써 두 해. 용범의 눈에 눈물이 맺혔다. 속세와 인연을 끊자고 중이 되었지만, 번뇌는 간헐적으로 그를 괴롭혔다. 세상의 갖가지 미련들이 뇌리를 잡아당겼다. 생각해 보면 모든 일이 어려서부터 심상치 않았던 것이다. 가끔 어디서부터 꼬였는지 의문이 든 것이 여러 번이었다. 왜? 자꾸만 알 수 없는 일들이 생겼던가. 우연치고는 너무나 이상했던 것이다. 뭔가 몸 안에서 얼쩡거리며 자의가 타의에 끌려가는 기분이었다. 모든 것은 필시 운명이었다. 태어났을 적부터 인연으로 온 전생의 업장이라고 생각했다.

대웅전 처마 밑에 걸린 풍경 소리가 땡강땡강 소리를 냈다. 바람이 건듯 불어왔다. 바다로부터 불어온 바람은 높은 산을 넘지 않고 다시 절 마당으로 달려온 모양이었다.

나뭇가지 사이로 비치는 달빛은 그때와 마찬가지였다. 긴 한숨을 쉬던 일이며 고요뿐인 적막강산까지도.

"인생난득人生難得이요, 불법난봉佛法難逢이라고 하였다. 인간의 일생은 짧지만 길어! 선근의 씨앗이 있어서 중이 됐으면 씨 값을 해야지. 시궁창에 핀 연꽃을 보거라. 더러운 곳에 자라도 얼마나 아름답더냐. 연잎에 그 더러운 물이 묻

내가 너다

지 않는 것은 무엇을 뜻함이더냐? 그런데 아무리 보아도 너는 중놈이 될 관상은 아닌 것 같은데……. 하기야 중생을 교화하는 게 꼭 중노릇을 한다고 다 하는 일도 아니니라. 나무관세음보살."

지엄하신 노스님께서 씨익 웃으며 하신 말씀이 뇌리를 스쳤다. 오갈 데 없는 인생을 잡아 일으켜준 노스님은 또 다른 할아버지였다. 노스님을 오랫동안 모셨던 법각 스님이 들려준 바로는,

"성질이 단단하신 것은 두말할 필요도 없는 분이지. 6·25 때 난리로 스님들이 모두 절을 떠났을 적에도 자리를 지키셨던 어른이야. 빨갱이들이 낮에는 산속에 숨어 있고, 밤이면 마을과 절로 내려와 먹을 식량과 소를 빼앗았지. 늙은이들과 아이들까지 총으로 위협하면서 약탈한 물건들을 짊어지도록 부려먹으니까, 아예 절은 물론이고 인근 마을까지 텅텅 비어 버렸다는 거야. 그 아수라장에서도 저놈들이 스님만은 손끝조차 못 댔다는 거지. 저 어른 생긴 거 좀 봐라."

처음 절에 왔을 적에 스님의 눈빛은 왠지 무덤덤했다. 오는 사람 막지 않고 가는 사람 붙잡지 않는 성정 그대로였

다. 평안이 깃들어 있는 눈빛 아래 날카로운 다른 눈빛이 겹쳐 있는 듯했다. 노스님의 말씀은 바위처럼 용범을 짓눌렀다.

"너무 힘들어서 막바지에 여기까지 온 모양이니 며칠 묵었다가 떠나시오."

말속에도 표정이 숨어 있다. 아무 말도 안했는데도 꼭 알고서 던지는 말씀이었다. 용범은 호수에 돌을 던져 파문이 번지는 산란함을 이길 수 없었다. 어쩌지 못한 상태에서 산문에 들었던 것이다.

은행 돈을 끌어다가 지은 주택들이 미분양되었다. 경매 처분으로 회사는 거덜이 났다. 사업이 망하자 날마다 부부 싸움이었다. 아내는 결국 어린 딸을 데리고 친정이 있는 미국으로 가버렸다. 아니, 은행 빚으로 차압당하기 전에 빼돌린 돈을 준 것은 차라리 잘된 일인지도 몰랐다. 전혀 모르는 남녀가 만나 아이를 낳은 일은 즐거움과 괴로움이 함께 따랐다. 한동안 핏줄이란 인연의 끈은 너무나 질겨 진한 슬픔이 가시지 않았다.

막무가내로 살아왔던 천박한 인생. 생과 사의 갈림길에서 몸부림치던 때에 비하면 평온해야 했다. 스스로 고통을

내가 너 다

참고 번뇌 망상과 싸우며 염불하는 일을 아직 의심했다니. 관세음보살이시여! 아직 미망의 괴로움에서 헤매는 이놈에게 힘을 주시고 길을 열어주세요. 한동안은 그랬다.

떠도는 것은 사람만이 아니었다. 구름도 바람도 모두 떠돌다가 종래에는 사라질 뿐이다. 산맥 아랫녘으로 가을이 스며들었다. 구름이 모아지면 어둑한 저녁 그림자가 발에 밟혔다. 영근 사과 알맹이는 붉었다. 산야의 나무들은 이미 짙푸른 옷을 벗는 중이었다.

날이 가면 달이 찼고 해가 지났다. 봄이 무르익으면 초파일이었다. 큰 스승인 석가모니 부처의 생일에 산중의 가람은 아침부터 밤까지 즐거움이 넘쳤다. 산 정수리에서부터 어스름이 내려와 어둠으로 뒤덮여도 대웅전 앞마당에는 꽃들이 피었다. 불빛으로 눈을 뜬 빨강, 분홍, 하얀색 연등들이 길게 늘어졌다. 스님들의 목탁 치는 소리가 길었다. 불자들은 촛불처럼 반짝이는 눈을 뜨며 소원을 빌었다. 달빛이 뿌옇게 내렸다. 줄에 매달린 연등들이 흔들거렸다.

초파일과 백중이 지났다. 푸르른 날이 지나면 을씨년스런 계절이 어김없이 찾아들었다. 버스를 타고 낯설고 먼 길을 돌아오면 어느새 다른 마음으로 변한 듯했다. 탁발을 다니며 속세를 잊는 일은 고통이었다. 용범은 손을 꼽으며 늙어 가는 날을 기다리는 자기 자신을 나무랐다. 그렇지만, 왜? 희망도 절망도 없는 날들을 무엇 때문에 기다리는 것일까. 누군가 등 뒤에 붙어있는 것만 같았다. 뒤돌아보면 아무도 따라오지 않았다.

"사미가 되는 불자는 마땅히 지켜야 할 계율을 생명처럼 여기고 지켜야 한다. 바람 같은 게 인생이니라. 일장춘몽의 미망에서 깨어나라고 '각'자를 붙였다. 바람을 따라 운명을 이겨야 하느니라. 너는 이제부터 풍각이라는 불명으로 속세에 물들지 않고 새 마음으로 시작해야 할 것이야."

찬바람이 절 앞마당으로 불었다. 겨울이 제대로 오나 보다라고 용범은 생각했다. 낙엽 바스락거리는 소리가 들렸다. 머리를 조아리며 무연한 눈빛으로 사물을 바라보고자 했던 마음. 낭랑한 독경 소리와 아물아물한 기억들이 바릇바릇 떠돌아다닌 망상. 가슴패기에서 불길이 나가버린 듯 휑한 느낌이 와락 다가왔다.

수계를 받았다. 동안거 해제를 하면서 만행을 떠나기 전날이었다. 노스님을 찾아가서 승복을 받았다. 그 또한 이별이었다. 찬바람이 쌩쌩 불어오는 산사를 나섰다. 움츠러든

내가 너다

몸으로 절대 고독과 싸워야 했다. 잠재된 많은 욕망은 정진의 발목을 잡았다. 당장 사바세계의 중생보다는 자기 자신의 앞길을 닦아야 했던 것이다.

**

"너! 왜 그래?"

"이히히, 무지개를 타고 올라간 저 일곱 명의 난장이가 아기 젖을 빨아먹는다. 엄마! 저것 좀 봐요."

엄마하고 아빠는 자다가 불쑥 일어나 아이를 쳐다보았다. 아이는 손가락으로 허공을 가리켰다. 이 무슨 자다가 봉창 두드리는 짓거리란 말인가. 일곱 명의 난쟁이는 무엇이며, 새근새근 자고 있는 아기가 무슨 젖을 빨아먹다니? 이 녀석이 무슨 꿈을 꾸었나? 부모는 어이없어 아이를 바라보았다. 눈을 말똥말똥 뜬 아이는 마치 난장이들을 보고 있는 것처럼 말했다.

"북두칠성이 땅바닥으로 우수수 떨어져 일곱 난쟁이로 변했어요."

아이는 밤새도록 잠도 안 자고 방에서 이리저리 왔다 갔다 했다. 아이는 혼자서 연신 중얼거렸다. 열한 살짜리 아이의 말치고는 너무나 황당했다. 아이의 머릿속이 뒤죽박

죽되어 시끄러운 줄도 모르고 아빠는 버럭 소리만 질렀다. 벌써 이틀째 이 모양이었다.

"왜? 잠을 안자고 그래. 용범아? 빨리 자!"

"아냐! 일곱 명의 난쟁이가 왕관을 쓰고 나를 둘러싸고 있어서 그래."

날이 새고 해가 뜬 이튿날. 아침밥을 먹다 말고 아빠는 아이에게 어르듯 조용히 물었다.

"너 밤에 왜 그랬어?"

"뭘 말이에요?"

"용범이 너? 정말 간밤에 자다가 일어나서 한 일, 생각 안 나?"

"무슨 일이요? 난 잘 모르겠어요."

"아무래도 애를 청량리 정신병원에 보내야겠어."

아빠가 어이없는 표정으로 말했다. 엄마는 못 들은 척 고개를 수그렸다. 며칠 동안 똑같은 일이 되풀이되었다. 엄마는 얼굴이 수척해졌다.

아침나절 엄마는 아랫방에 사는 아주머니에게 하소연을 했다.

"이러다가 사람 죽겠어요. 저걸 어떻게 해야 해?"

내가 너다

무슨 방도가 없겠느냐고 물었지만 뾰족한 수가 없었다. 하루아침에는 또 이상한 일이 벌어졌다. 책가방을 들고 가던 용범이 발걸음을 멈추었다. 아주머니를 이상한 눈빛으로 힐끗 돌아다보더니 대뜸 한다는 말이,

"저어, 내일 아저씨를 못 보겠는데요."라고 하자,

아주머니가 의아한 눈빛을 띠며 용범의 말을 되받았다.

"뭘? 왜? 뭘 못 봐?"

"못 보니까, 못 보는 거죠."

"아니, 그러니까, 뭘 못 본다는 거야?"

아이는 더 이상 대꾸하지 않고 학교 가던 길로 가버렸다.

"정말 애가 어떻게 된 거 아냐?"

뜬금없는 그의 말에 아주머니는 혼잣말로 대수롭잖게 코웃음을 쳤다. 오후에 아주머니는 땅이 무너지는 소식을 들었다. 남편이 그날 교통사고로 죽었다는 것이다. 용범이 초등학교 5학년 때의 일이었다. 그런 일 저런 일이 있고 나서 아주머니는 얼마 후 엄마에게 귀띔을 했다.

"용범이가 아무래도 심상치가 않은 건 사모님도 아시죠?"

"내 속이 새까맣다 못해 썩어 문드러질 지경이우.

“저어…… 이런 말을 드려서 어떨까 망설였지만, 며칠 전에 새우젓 장사를 하다가 만신을 받은 사람을 만났어요. 그 새우젓 장사에게 주인집 아들 이야기를 해봤지 뭐예요.”

“그래서?”

“그 사람도 제 이야기를 들어보고는 아이가 괜히 그런 건 아닐 것 이라는 거예요.”

용범 엄마는 생각 끝에 그 새우젓 장사를 하는 만신 든 여자를 찾아갔다. 여자는 사팔뜨기 눈으로 엄마를 보며 야릇한 표정을 지었다.

“애가 무당이 된다는 소리인데, 신을 받으면 안 되지! 이제 갓 어린 학생인데 안 된다. 신이 와서 애한테 들어가서 그래. 애를 풀어줘야 해! 신을 잠재울 굿을 해야 할 거야. 나이 어린 학생이니까, 잠도 못 자고 며칠 동안 그런 거야.”

동네에서 골목으로 한참 들어간 집에는 깃발이 꽂혀 펄럭였다. 엄마의 손에 이끌린 용범은 방으로 들어갔다. 허연 수염을 길게 늘어뜨린 할아버지 그림이 벽에 걸려 있었다. 굿을 하면서 아이에게 한참을 빙빙 돌아서 걷게 하더니 앉혀 놓았다. 아이는 사흘 내내 잠만 잤다. 그것은 죽음 같은 잠이었다. 깨어났더니 일곱 난장이들은 다시 나타나지 않았다. 참으로 별일이었다.

그런데 한동안 학교도 잘 다니며 학급 반장까지 했던 아이가 또 이상해졌다. 용범이 갑자기 변해 버린 것이다. 엄마는 한숨을 내쉬며 그에게 푸념했다.

"돈을 가져다가 너를 버렸구나."

방학을 빼고 나면 한달 정도만 학교에 다녔으니, 다녔다고 할 수도 없었다. 것도 한 시간 수업을 듣고는 뒷문으로 빠져나갔다. 부모는 할 수 없이 담임선생한테 과외비까지 주면서 공부를 시켰지만 말짱 도루묵이었다. 과외비마저 몇 번이나 배달 사고를 쳤다. 용범은 부모의 속을 썩일 대로 썩였던 것이다.

나중에 아빠나 엄마는 화살을 엉뚱하게 돌렸다.

"할아버지가 너를 그렇게 만든 것 같구나."

할아버지는 건축 공사로 많은 돈을 벌었다. 학교도 짓고 관공서 건물도 지었다. 그런데 그를 너무 귀여워하여 버르장머리 없게 만들었다는 것이다. 가끔 할아버지는 집에 왔다가 그를 찾아 나섰다. 구멍가게에서 서성거리는 아이를 안고 할아버지는 주인에게 말했다.

"이봐요? 쥔 양반? 애가 내 손자인데, 애가 먹고 싶다는 것이 있다면 아무 거라도 주시오. 나 누군지 알지요?”

“아다마다요, 어르신을 이 동네에서 모르는 사람이 어디 있겠습니까?”

용범이 가게에 달려가면 동네 아이들도 쪼르르 따라나섰다. 조무래기들을 데리고 언제든지 가게를 찾아가 사탕이며 빵 따위를 먹고 싶은 대로 먹었다. 엄마는 그에게 비싼 어린이 영양제인 원기소를 먹였다. 볶은 콩가루 같은 고소한 맛은 입안을 덮어 버리는 마술이었다. 잇새에 낀 끈끈한 질은 한참이나 남아 있었다. 엄마 몰래 애들에게 다 퍼주고 나서 집에 돌아와도 원기소는 또 있었다. 가끔 아빠가 할아버지의 눈치를 보며 말했다.

“너무 아이에게 그러시면 안 됩니다.”

할아버지는 펄쩍 뛰었다.

“야, 이 눔아! 이 아이가 어떤 아인데 그래? 그 좋은 재산 다 버리고 남쪽으로 피난을 와서 얻은 복동이 아니냐. 앞으로 집안을 이어갈 기둥인데, 함부로 하면 안 된다.”

강원도 어느 절에서 온다던 스님이 일 년에 한두 번씩 집에 왔었다. 스님이 올 적마다 엄마는 스님에게 쌀과 돈을 시주했다. 스님은 차마 어려운 듯 무겁게 입을 열었다.

내가 너다

“아주머니 소승이 이 아이를 데리고 가면 안 될까요?”

“아니? 무슨 그런 말씀을 다하세요.”

“아무리 뜯어봐도 이 아이는 집에서 편안하게 클 아이가 아닌 듯합니다.”

“그게 무슨 뜻이에요?”

“이 아이의 사주도 그렇고, 운명도 그렇게 보이니 어쩝니까.”

스님은 쉽게 알아들을 수 없는 말을 남기고 떠났다. 엄마는 병이 든 것 마냥 며칠간 수심이 가득했다. 봄볕이 가득한 날, 아무도 없는 집안 툇마루에서 엄마는 주위를 휘휘 돌아보더니 가만히 용범에게 말했다.

“모두들 하는 이야기를 들어보면, 딸 부잣집에서 너를 달라고도 하고 스님도 너를 달라고 하니, 본래 너는 우리하고 인연이 없는 거 아닐까 하는 생각이 들어서 엄마는 밤새 울었단다.”

“에이씨, 별 지랄들이야. 엄마! 울지 마세요. 나는 누가 뭐래도 죽을 때까지 엄마 옆에 있을 테니까.”

중학교에 다닐 적에도 신기가 몸을 건드리는 기운이 나타났었다. 아무래도 대학에 들어갈 자신이 없어, 용범은 전문학교를 다녔다. 정말이지 공부하는 일이 싫어 건성으로 다녔다. 그러던 차에 마침 영장이 나왔고 훈련을 받았다. 하루는 사복을 입고 땅땅하게 생긴 사내가 훈련소에 들어와 막사를 돌아다녔다. 눈이 치켜 올라간 사내는 자신과 몇몇 장정을 지목했다. 훈련소에서 자대로 배출할 적에 운동을 했던 장정들을 따로 모은 것이다. 뽑힌 부대에 가서도 별도로 고강도의 훈련을 받았다. 성질머리 사나운 자신에게 딱 맞았다.

용범이 현식을 그곳에서 처음으로 만났다. 정보부대 소속 609 특공대에서였다. 북한을 북한괴뢰도당이라고 부를 때였다. 한밤중에 북한특수부대가 청와대 길목까지 침투해 와서 총격전이 벌어진 몇 년 후였다. 사로잡힌 무장공비가 따발총처럼 빠르게 말했다던가. '박정희의 모가지를 따러 왔수다!' 서슬이 퍼런 대통령의 이름을 우습게 부르던 괴뢰군의 당찬 목소리를 듣고 국민들은 오싹했다. 모두 반공 대신 승공으로 똘똘 뭉칠 무렵이었다. 총력안보가 국가의 화두였다. 세상이 살벌하기 이를 데 없었다. 이쪽에서는 소 잃고 외양간 고치는 식으로 반공에 대한 의식이 널리 퍼지고 있었다.

내가 너다

***

군대에서 제대를 하고 빈둥빈둥 노는 일도 하루 이틀이었다. 건설업자를 집장사라고 부르던 시절이었다. 도시는 광역화되고 변두리에는 자꾸 작은 도시들이 생겨났다. 전철을 중심축으로 도심에서 밀려난 사람들과 지방에서 서울로 밀려드는 사람들이 날로 늘어났다. 사람이 몰려들면서 집은 태부족이었다. 땅에 벽돌만 올려 쌓으면 집이 되었다. 지었다하면 연립주택들은 곧 바로 팔려나갔다.

아버지가 했던 일을 용범은 자연스럽게 물려받았다. 굳이 따지자면 물려받았다기보다는, 아버지 옆에서 얼쩡거리다가 잔심부름을 거들게 된 것. 애매하지만 가업을 이어받은 셈이었다고나 할까. 그랬다. 군대에서 제대를 하고 빈둥빈둥 돌아다니는 일도 하루 이틀이었다. 어지간히 돈을 써대며 노는 일도 미안하고 죄송했다. 자기 자신이나 부모나 서로 낯짝을 붉히는 노릇이었다. 그래서 노는 일도 좀이 쑤신다 싶어 집 짓는 현장에 갔던 것이다.

아버지가 한숨 섞인 말을 뱉었다.

"차라리 군대에서 말뚝이라도 박았어야 하는데……. 넌 아무래도 공부해서 공무원이 될 팔자는 아닌가 보구나."

꿈에 아들이라고 대꾸했던 용범의 꼬락서니라니.

"학교 선배들 보니까, 그까짓 거 공무원을 해 봐야 밥 먹고 살기조차 어렵겠더라고요."

못마땅한 눈으로 흘기던 아버지의 부아가 치미는 성질을 누르던 모습이었다.

"그럼, 네가 보기에 내가 하는 이 일은 쉬울 것 같으냐?"

"뭐……. 꼭 그렇다는 건 아니지만요."

"세상 일이 네가 생각한 것 마냥 그리 만만한 게 아니다. 이 녀석아, 넌 허우대만 컸지. 왜 그렇게 건성이냐. 야무지게 세상을 좀 보고 살아라."

어깃장을 부리며 지지 않은 아들을 바라보며 아버지는 그쯤에서 말문을 닫았다. 자식이 공무원이 되기를 원했다. 아버지의 고향은 황해도 연백이었다. 토지개혁 때 조상들이 물려준 땅을 빼앗기고 남하했던 터. 6 · 25 때 참전하여 육군 상사로 제대한 아버지로서의 미련이랄까.

"넌 사주팔자의 운명의 기복이 심하고 하니, 사업보다는 월급쟁이가 제격인데……."

돌아가시기 전까지, 자기 자신보다 한 뼘쯤 키가 더 큰 아들에게 아버지는 그렇게 말했다. 체격이 좋은 아들을 더

내가 너다

완벽한 사람으로 기대하는 바람일 터. 벌어들인 돈을 꼼꼼하게 모으는 자신과 달리 아버지처럼 펑펑 써대는 아들이 못 미덥기도 했을 것이다. 그건 어쩌면 사업의 스타일 문제이기도 했다. 건축일이란 작업 인부를 부리는 것에서부터 관청에 들락거리는 것까지가 술 마시는 노릇을 그 연장선으로 봤던 시기였다. 용범은 마셨다 하면 술병의 바닥까지 보는 호주가였다.

용범은 적극적으로 건축 일에 덤벼들었다. 젊고 패기가 만만했고 자금도 충분했다. 거칠 것이 없었다. 아버지 때 못지않게 일이 잘 되자, 부잣집으로 시집간 여동생이 뒷돈을 끌어댔다. 그 무렵, 부동산 경기는 호황이었다. 지방에서 사람들이 서울로 꾸역꾸역 몰려들었다. 서울은 외곽으로 번져나갔다. 대단위 아파트는 건설 회사에서, 조그만 단독주택과 연립주택은 집장사들이 짓던 시기였다. 수도권 전철역 축선을 중심으로 새로운 도시들이 하루가 다르게 생겨났다. 빈터에는 말뚝을 박아서 철근골조만 올리면 바로 팔렸다. 집을 건축하기가 무섭게 분양을 받을 계약자들이 몰려왔다.

회사의 이름도 번듯하게 〈신흥건설〉이라고 지었다. 주

식회사 간판을 만들었다. 개인사업자로 등록하는 것보다는 은행 일을 볼 때 유리했다. 돈이 부족한 구입자에게 대출을 알선하기도 수월했다. 내친 김에 소규모 아파트에까지 손을 댔다. 잘 나갈 적에는 영원히 봄날이 계속될 줄 알았다. 그러나 꽃피고 열매 맺으면 찬바람 부는 계절이 오는 이치를 왜 몰랐을까. 언제부터인가 삶의 일부분에서 균열이 생겼다. 사업에 관계되는 사람은 물론, 친구들까지 불러들여 날이면 날마다 고급 호텔이며 룸살롱을 다녔다. 날이면 날마다 폭탄주였다. 반반한 여성들이 줄을 이었다. 맥주에 양주를 타서 먹는 짓거리조차 지겨울 지경이었다. 바깥일을 핑계로 아내와 딸에게 소홀하게 되었다. 아무튼 인생이 귀신에게 끌려가듯 잘나갔다.

그런데 이상한 일이었다. 돈은 주체할 수 없을 만큼 무지하게 버는데 어디론가 술술 새어나갔다고나 할까. 원인 없는 결과는 없는 법. 은행 대출을 무리하게 쓴 것도 아닌데, 도장을 잘못 찍어 하청업자에게 코를 꿴 것이었다. 이치상으로는 그로서 실수할 수 없는 일이었다. 아내와 딸이 미국으로 떠난 뒤였다. 한 번 쫄딱 망했다가 간신히 버텼는데, 얼마 안 가 다시 부도가 나서 망해 버린 것이다.

내가 너다

용범은 아무런 생각도 잡히지 않았다. 그냥 정처 없이 길을 떠났다. 자살을 하려던 마음뿐이었다. 완행열차는 날밤을 지새우고 목포역에 도착했다. 철도의 종점은 더 이상 달릴 수가 없었다. 역 앞의 가로등 불빛이 꺼지고 새벽이었다. 바다를 향하고 싶었다. 허름한 식당에서 해장국으로 아침을 채우고 내친 김에 연안 부두로 갔다. 제주도에 가는 연락선이 바로 떠난 직후였다. 물에 빠져 자살하려는 마음조차 누군가 말리는 것 같았다. 약국을 돌아다니며 수면제를 모았다. 그리고 여관을 찾았다. 밤새도록 번민이 들끓었다. 모든 생각이 꽉 막혀 버릴 적에는 오로지 한쪽으로 유혹을 받았다. 주전자의 물을 컵에 따랐다. 약 알갱이들을 입으로 털어 넣었다.

원인과 결과

*

영길 형을 만난 지 오랜만이었다. 친척의 결혼식이 아니면 사촌 형을 보기가 좀체 어려웠다. 아니, 일부러 볼 필요가 없다는 게 맞는 말일 것이다. 일요일 오후, 축하객들로 붐비는 결혼식장이었다. 북새통 속에서 현식은 훤칠한 키에 길쭉하게 생긴 형의 얼굴을 얼른 알아보았다. 형은 식장 안으로 들어가 뒤편에 서 있었다. 개량 한복을 입은 형도 아는 척했다. 현식은 아는 사람이 눈에 띠지 않아서 덩달아 그 옆에 있었다. 신랑 측은 그다지 축하객이 많지 않았다. 빈자리가 듬성듬성 생겼다. 희멀쑥하게 생긴 교회 목사가 근엄한 표정으로 하얀 장갑을 끼고 섰다. 형은 주례사가 끝날 때까지 신랑 신부를 지켜보고 있더니, 현식을 눈짓으로 불렀다.

"결혼식이 무척 길어질 것 같은데, 우선 밥 먹으러 가자."

"그래도 신부 작은아버진데 사진 촬영도 안 하시고?"

"그런 건 난 빠지는 게 좋을 거야."

오랜만에 본 외사촌 형의 얼굴은 까맣고 수척했다. 회색 개량 한복 저고리 밖으로 마른 목이 유난히 길었다. 정말 형은 옷차림부터 예사롭지가 않았다. 재봉틀 실밥으로 촘촘하게 누벼진 옷이 형하고 어울린다는 것이 경이롭기만 했다.

"그동안에는 어떻게 지냈어요?"

형이 대답 대신 슬그머니 내민 명함은 〈사랑의 집〉 상담 실장이었다.

"이게 뭐하는 덴데요?"

"노숙자들과 부랑아들의 합숙소다."

"그럼 형이 이거 맡아서 출근하는 거요?"

묻는 말에 아주 당당하고 자신 있는 목소리로 형은 대답을 했다. 물론 현식이 묻는 의미는 월급을 받고 있느냐는 뜻이었다.

"시청에서 운영을 하고 있는 곳인데, 나도 그곳에서 그 사람들과 함께 기거하고 있단다. 생각하기에 따라 바로 내 집인 셈이지."

　어쩌면 물어보았던 것 자체가 바보 같은지도 몰랐다. 깜냥으로도 이제까지 교회 일로 영길 형이 삶을 살았던 행태를 아는지라, 근황을 더 이상 물어보지 않았다. 오히려 어쩌면 잘된 일이라고 쾌재를 불렀다. 그리고 이제는 형 자신의 목구멍만 덜어도 조카들을 힘들게 하지 않을 거라는 생각마저 들었다. 그렇게라도 하는 것이, 그의 가족에게도 좋을 일이었다. 현식은 다만, 이번이 형의 마지막 직업이자 안착이기를 바랬다.

　주례사가 끝나자마자, 하객들은 예식장을 슬슬 빠져나갔다. 하객들의 자리는 이빨 빠진 것 마냥 금세 듬성듬성 자리가 비었다. 그들은 눈치껏 하객들을 뒤따랐다. 현식은 화장실에 들른 다음, 아래층 뷔페식당으로 들어섰다. 멀리서 형이 손을 까딱거리며 현식을 불렀다. 형은 언제 가져왔는지, 음식이 가득 담긴 접시를 둥근 테이블에 놓고 앉아있었다. 자리가 덜 찬 테이블에는 여인 한 사람이 옆에 있었다. 형은 포크로 갈비찜을 찢다 말고 앞에 있는 현식에게 말을 건넸다.

"아 참, 이 사람은 나와 같이 일하고 있는 사람이다. 마처영씨라고……. 그리고 이쪽은 내 동생이에요. 그림을 그리는."

형은 주황빛 한복을 입은 여인을 그에게 소개했다. 흰 살갗의 여인은 또렷한 눈빛으로 눈썹이 치켜 올라가 영리한 인상이었다. 갸름한 얼굴로 턱에 콩알만 한 까만 점이 보였다. 여인은 뭐랄까, 미인도 아니면서도 비범한 표정이라니. 느낌이란 무엇일까. 느낌만 가지고는 막연했다. 전생에 보았나? 현식이 접시에 음식을 담아가지고 오면서 그녀를 정면으로 내려다보았다. 형 옆에서 접시를 앞에 놓고 있던 마흔 중반쯤 되어 뵈는 아리송한 여인. 여인이 조금은 쑥스러운 표정을 얼른 고쳤다. 그리고 또렷한 눈빛으로 현식을 바라보며 고개를 수그렸다.

"안녕하세요."

"노현식입니다."

그녀는 야무지게 생긴 입술을 달싹거렸다. 현식은 그 순간, 뚱뚱하고 눈썹이 짙은 검은 뿔테 안경의 형수를 그녀에게 겹쳐 떠올렸다. 형수는 유방암으로 죽은 지 몇 년 되었다.

"불교 대학에서 수련하는 도중에 이분을 만났지."

"형이? 뭐! 불교대학?"

현식이 반문했다. 형은 의미 모를 웃음을 지었다. 그러나 웃음기와 얼굴을 스치는 어두운 그림자는 묘하게 엇박자를 내는 것 같았다.

여인이 음식을 가지러 간 사이에 형은 귀띔을 했다. 여인은 기 수련 운동을 지도하며 단전호흡학원을 운영하고 있다는 것. 형과는 어떤 관계일까? 만약에 그녀가 남성이었더라면, 의구심은 더 이상 궁금증으로 안달하지 않았으리. 형은 현식이 궁금해 하는 심중을 다 헤아리고 있다는 듯 물어보지도 않았는데, 먼저 말을 꺼냈다. 현식의 반응을 살펴보려고 일부러 그렇게 말을 툭 던진 것이 분명했다. 무슨 대답인가 해야만 했다. 포크로 닭튀김을 찍어 든 현식이 여인을 흘깃 훔쳐보았다. 그녀는 잡채의 면발을 포크에 둘둘 말았다. 잠시 침묵이 흘렀다. 형이 현식을 흘긋 쳐다보았다. 무슨 말을 해 주길 바라는 눈치였다.

"좋은 분 같아 보입니다."

기다리고 있었다는 듯이 형의 수척한 얼굴이 밝게 퍼졌다. 형의 눈빛은 여전히 맑고 형형했다. 여인이 고개를 주

내_가 너_다

억거리는 걸로 보아 형은 집안에 관한 이력은 별로 말하지 않은 것 같았다. 형은 서너 번 자리에서 일어나 음식을 가지러 들락거렸다. 여인은 천천히 포크로 음식을 먹고는 물을 마실 뿐 자리에서 꼼짝하지 않고 가만히 있었다.

여인은 고개를 들어 현식을 쳐다보았다. 웃음을 띤 듯 여인의 얼굴빛이 밝아지면서 말문을 열었다.

"그림을 그리시면 무슨 쪽인가요?"

"아 예, 서양화인데요."

"예술이란 게 생활을 어렵게 한다는데, 힘들지 않으세요?"

"물론 힘이 들지만, 세상에 힘들지 않은 일이 어디 있겠습니까."

"저분과 친척이시라 돌아가신 사모님도 잘 아시겠네요?"

여인은 입술을 오므리더니 금세 말을 비틀어 바꾸어 버렸다. 무엇인가 탐색하려고 수작을 걸었다는 말인가. 현식은 사실 두 사람의 관계가 궁금했지만, 그다지 급히 알아야 할 성질이 아니라는 생각이 들었다.

"우리 형수님이요?"

여인에게 반문할 때, 형은 금방 돌아왔다. 흰 접시에 갈비찜, 오향족발, 훈제 연어 따위의 음식을 가득 퍼 왔다. 그리고 앉자마자 아무 말 없이 음식을 거의 싹싹 훑어 먹었다. 그들이 식사를 하는 동안 현식이 야채샐러드와 과일을 가지러 자리에서 떴다. 형은 부지런히 포크를 입으로 가져가며 김밥 한 개와 홍어 무침 몇 점만 남겨 놓았다. 하얀 테이블보에 빨간 고춧물 한 점 없이 깔끔한 식사를 한 셈이다.

"내가 이제는 나의 하늘을 바꾸어 버렸어. 요즘에 나는 불교에 빠져 있다. 예수의 자식이 부처의 제자가 된 셈이지."

뜬금없는 말에 현식은 똥그랗게 눈을 떴다. 영길 형은 평소에도 과묵하다가도 말문을 텄다 하면 청산유수였다. 더구나 정치와 종교에 관한 화제라면 더했다. 형은 손을 내밀어 사이다가 들어 있는 깡통의 꼭지를 비틀어 따면서 꿀꺽꿀꺽 마셨다. 그리고 잠시 여인을 슬쩍 돌아보더니, 자기 자신이 개신교 전도사에서 목사로 있었던 과거를 슬며시 들추었다.

"종교의 교리라는 게 다 비슷한 거야. 사람들을 교화하고 신과 인간을 정신세계 추구라는 목표에 끌어다 붙이는 것

내가 너다

도 그렇고……. 우리가 모르는 게 하도 많아서 서로 종교가 다르면 인간들의 삶도 전혀 다른 것처럼 생각들 하지만.”

형은 신이 나거나 흥분하게 되면 금세 얼굴이 상기되었다. 옆에서 가만히 듣고만 있던 여인이 그의 말에 동조하는 표정으로 고개를 주억거렸다.

언젠가 형이 어디론가 행방불명이 되었다는 소식을 들은 지가 벌써 몇 년쯤 되었다. 당시에 형은 고향 읍내에서 개신교의 목사를 하고 있었다. 목사가 아무런 까닭 없이 사라진 일이 화젯거리였다.

“그 무렵부터 형이 달라졌다는 생각은 들었지요.”

“그런 다음 우리가 언제 봤었지?”

“형이 양봉을 한다며 철원에 가는 길이라고 할 때, 뵈었지요?”

“참, 그렇구나.”

현식은 뿔테 안경을 쓴 형수의 모습이 자꾸 떠올랐다. 그래서 바로 코앞의 여인 때문에 괜히 마음이 움츠러졌다. 자기 자신도 모르게 슬그머니 그녀의 행동을 훔쳐보며 살피게 된 것도 그렇고, 여인에 관한 궁금증은 못내 솟구쳤다. 처음 본 여인과 형의 관계는 호기심을 자아내기 충분했다.

“남쪽의 제주도에서 유채꽃이 피기 시작할 무렵부터 벌과 밀원을 따라다녔지. 밤하늘의 북두칠성처럼 꽃은 피고 지면서 벌들과 나를 유혹했지. 벌통들을 트럭에 싣고 밀원을 따라 나그네가 되는 거야. 꿀벌들의 서식지에 눈이 멀게 되면 지상의 모든 길은 벌들이 만든 길과 통했어. 그러니까, 그곳이 비무장지대인 강원도 휴전선 근처의 오지일지라도 밤꽃이 지고 장마가 올 때까지 무조건 꿀벌들을 따라다니는 거야.”

“그게 사람이 만드는 일이 아니라서 힘이 들었겠네요?”

형은 교회의 목회로 인식하듯 누군가 들어주는 사람이 있으면 말에 힘이 들어갔다. 타고난 말재주를 어쩌지 못 하듯 얼굴은 상기되었으나 아주 침착하고 논리 정연한 말이 쏟아졌다.

“그렇지, 현식아? 너, 벌들이 1킬로그램의 꿀을 얻으려면 얼마만큼의 꽃을 찾아 헤매 돌아다니는지 아냐? 자그마치 550만개 이상의 꽃샘을 빨아야 해. 한 마리의 여왕벌을 중심으로 한통속이 되는 그 떼거리가 10~13킬로그램을 만들어 놓은 거야. 사람들이 하는 일치고 안 힘든 게 없겠지만, 힘든 건 벌과 사람이 같은 마음이 아니라는 거지. 착취와

피착취의 관계는 악연일 뿐이지. 꽃 필 시기에 몹시 가물어서 꽃이 없으면 벌들이 오히려 꿀을 먹으려 꿀통으로 붙어. 그걸 먹지 못하게 좇으면 사람 몸에 족족 붙어서 옷 속으로 필사적으로 파고드는데……. 가뭄이 드는 해에는 벌꿀의 농도도 진하고, 수확량이 적을뿐더러 무슨 밀원에서 따온 것인지도 몰라. 색깔과 냄새로 봐서는 밤, 아카시아, 찔레꽃의 구분마저 애매해. 벌꿀의 색깔과 맛에 따라 수집소에 가져가면 목돈을 쥐는데, 그게 사람과 벌들이 함께 일한 대가이지만 결국은 착취자의 것이지. 벌들은 꿀 대신 설탕물을 빨아야 하니까.”

“그 일을 혼자서 했다면 따분했겠네.”

“낮에는 바쁘지만, 벌들이 잠든 밤에는 나도 따분하다 못해 괴로운 거지. 물론 그때의 외로움이나 쓸쓸함을 말로 다 못하겠지만…….”

“그런데 왜, 관두었지요?”

“음, 낭충병이라고, 꿀벌들이 오염된 꽃가루의 바이러스를 통하여 유충에게 전염되어 발병하는 건데, 예방을 못해 가지고 며칠 사이에 벌통들이 사그리 전멸되어 버렸어. 벌을 치면서 꿀을 많이 뜨는 풍년이 있는가 하면, 못 뜨는 흉

년도 있었어. 사람 사는 일과 똑같아. 그래도 지금 생각해 보면 그 무렵이 좋았던 시절이었지.”

형은 식탁에 놓인 두루마리 화장지를 손으로 뜯어 입술 가장자리를 훔쳤다. 여인은 형의 이런 말에 별로 호감을 갖지 못한 표정이었다. 여인이 눈을 내리깔며 손가락으로 테이블보를 만지작거렸다. 현식은 형의 회고적인 말을 들으면서도 그녀를 힐끔힐끔 눈여겨보았다. 아무리 보아도 형과 그녀는 나이로 보나 뭐로 보나 맞을 것 같지 않았기 때문이다. 여인은 가끔 현식의 눈과 마주칠라치면 깜짝 놀란 눈을 똥그랗게 뜨며 외면했다. 그러나 점점 시간이 지나면서 대개의 낫살 든 중년 여인들이 그러하듯 낯설음에 대한 분위기를 쉽게 극복한 것 같았다.

갑자기 그녀가 고개를 쳐들며 형과 현식을 번갈아 보았다. 현식은 순간적으로 뒤통수를 맞은 느낌이었다. 그리고 그녀가 생각보다는 당돌한 여자라는 생각이 들었다.

“그동안 오랜 세월을 고생 많이 하셨던 것 같아요.”

오랜 침묵 끝에 여인이 불쑥 한마디를 던졌다. 눈으로 보지 않았다고 하더라도 형이 살아온 과거를 그녀는 대략 짐작했을 터였다. 어쩌면 거침없는 영길 형의 성격으로 보아 자신이 과거에 걸어온 이력을 그녀에게 낱낱이 고했을 법했다.

"형? 그런데 나도 더러 듣긴 들었는데, 기체조라든가 수련 운동이란 게 도대체 뭘 어떻게 하는 거요?"

영길 형은 씨익 웃더니, 옆에서 눈치를 보는 그녀에게 고개를 주억거렸다. 눈을 똥그랗게 뜬 여인이 조금 풀어진 얼굴로 대답했다.

"말씀이 너무 크게 물으신 것 같아서 이런 자리에서 대답하는 게 어렵네요."

"그냥 간단히 편안하게 말씀하시면 되는데, 허어 참."

"그렇기는 하죠. 기라는 건 대체로 만물이 생기는 근원적인 힘을 말합니다. 인간의 근본적인 에너지가 바로 기인 셈이죠. 우리 인간의 몸은 에너지 없이는 한 순간도 살 수가 없으며 몸속의 오장육부를 운동시키는 것도 기라고 할 수 있지요. 하지만, 그게 눈에 보이는 것이 아니다 보니, 과학이라는 관점에서 볼 때에는 의문점이 있는 거죠. 기에 관한 응용 방법도 여러 가지에요. 우선 우리 건강에 관한 방면으로 기를 말한다면, 차가운 기운, 뜨거운 기운 등이 있고 기운의 순환장애로 여러 가지 질환이 발생합니다. 결국 그 모든 병과 질환을 치료하는 데 정신적인 면과 실제적 치료 방법을 병행하는 겁니다. 예를 들어 암환자인 경우에는 항암 기공 수련을 통하여 많은 산소를 흡입하여 심부온도를 올려 마음을 안정시켜서 면역력을 높여 주는 겁니다. 또한 뇌에 관한 여러 가지 증상이 나타나면, 여러 가지 걸맞은 치료 방법을 사용합니다. 가령 뇌파가 낮아진 상태에서 스스로 여러 가지 동작을 통하여 몸의 불균형을 바로잡는 자발공自發功을 이용하지요.”

여인은 마치 현식이 수련하는 학생이라도 되듯 스스럼없이 설명했다. 서먹서먹했던 여인으로부터 경계심이 조금씩 허물어졌다. 살갗이 하얗고 깔끔한 외숙모와 닮은 느낌까지 왔다. 모두 음료수만 마셨을 뿐, 더 이상 뷔페 접시를 가지러 나가지 않았다. 셋은 그저 가만히 있었다. 뭔가 알 수 없는 지루함이 침묵을 불렀다.

“우리 이제 나가자, 현식아!”

형이 단호하게 말을 뱉으며 긴 허우대를 세웠다. 따라 일어난 여인이 눈을 내리깔며 슬쩍 현식을 돌아보았다. 하객들이 몰려와서 자리를 가득 잡을 무렵이었다.

＊＊

내가 너다

1960년대 중반쯤이었다. 청상과부가 된 외숙모는 적잖은 논밭이 있어 아들 둘을 데리고 농사일로 살았다. 성길, 영길 형이었다. 인근에서 부유하게 살았던 외숙모의 친정 덕분에 다행히 아들들을 고등학교까지는 보낼 수 있었다.

전쟁과 가난으로 피폐해진 사람들의 허무였던가. 당시 도시며 시골이고 할 것 없이 신흥종교들이 말세론과 맞물려서 퍼지고 있었다. 기독교 계통의 신앙촌과 통일교는 신도들이 마구 늘어났다. 통일교의 교세는 일본과 미국까지 퍼졌다. 그것은 막 태동한 군사정부와 맞물린 묘한 정신적 흐름이었다. 시골 곳곳에 천년의 왕국이 지어졌고, 종교는 사람들을 끌어모았다. 언제부터인지, 외숙모는 가끔 현식 엄마에게 말했다.

"이제 나와 우리 아이들은 하나님의 신앙 안에서 영생을 얻어 죽을 것이네. 그 양반을 잊고 천년성에 들어가서 아이들과 편안한 일생을 살게 되면 복을 받을 일이야."

살기에도 벅찬 사람들은 아편에 중독된 것처럼 문전옥답과 집을 몽땅 팔아 신앙촌으로 모여들었다. 외숙모를 비롯하여 아들들도 정신에 허기진 탓으로 모두 장로의 종이 되었다.

장로의 말씀이 곧 하나님이었다. 천부교라 부르는 교리
의 핵심은 성경을 모태로 했지만, 이슬 성신, 생명의 물, 자
유스런 율법 등 묘한 해석으로 이끌었다. 장로 자신을, 감
람나무로 일컬어 교인들이 하나님으로 불렀다. 수많은 환
자나 심신 허약자들을 안찰이라는 기도로 고쳤다는 소문이
전국에 파다하게 떠돌았다.

신도들은 성경의 비틀린 해석을 들어야 했다. 귀에 못이
박히도록 듣고 들었다. '우리 인간은 1차 천국에서 범죄를
행하여 그 죗값으로 1차 지옥인 이곳 지구에 창조되었고,
그러므로 이 땅의 모든 것은 사망의 신인 마귀로 구성되어
썩고 죽게 되는 것이다. 일찍이 사람들이 듣지도 못하고 보
지도 못하던 성신의 은혜가 폭포수와 같이 쏟아져 내리고
뭇사람들의 죄가 타는 냄새와 하늘의 향취가 진동하는 신
기하고 놀라운 일이 일어났기 때문이다. 이 은혜는 지금도
계속 내리고 있다'라고.

시일이 지나서야 점점 의문점은 결과로 나타났다. 신앙
과 돈벌이가 병립된 생활이었다. 식구는 따로 떨어져 한 달
내내 전국을 돌아다니며 신앙촌 공장에서 만든 생필품을
팔았다. 나일론 끈으로 꼬아 만든 돗자리, 베개며 알루미늄

주전자, 냄비는 물론 심지어 고추장, 간장 따위까지 가지고 다녔다. 외숙모는 신앙촌 공장의 식당에서 일을 했다. 매월 월급이라고는 고작 몇 천원을 용돈처럼 받았던 것이다. 그곳은 이 땅 안에 있는 별난 왕국이었다. 장로가 세상을 떠나고도 기적의 일들이 계속 생기지는 아니했다.

누가 누구를 손가락질 할 일은 아니었다. 모든 것은 진화를 거듭한다. 정령신앙이나 토속신앙으로부터 전이되었을 갖가지의 종교를 어떤 잣대로 잴 것인가. 어떤 종교도 사이비에서 진화되었으리라. 세태에 따라 교세는 진화하든지, 퇴락하든지 어떤 길을 가는 것은 당연지사. 주먹만 한 눈덩이가 굴러 바위만큼 커지다가 깨지거나 녹는 건 자연의 이치다. 인간에게 영원한 진리는 없다.

예식장을 빠져나왔다. 친척들이 폐백실로 몰려간 뒤였다. 바깥에는 햇살이 눈부시게 쏟아졌다.

"형? 오랜만에 만났는데 안 바쁘면 커피나 한 잔하고 갈까요?"

"그래. 괜찮겠지요?"

형이 여인을 돌아보면서 물었다. 여인이 고개를 끄덕였다. 조금 걸어가자, 2층 커피 가게였다. 창가에 빈자리를 잡

았다. 모두 커피를 주문했다. 한 모금 마시면서 영길 형이
말문을 텄다.

"거길 뛰쳐나온 건 내가 말이지, 아주 깊이 생각한 결과
다. 우리 가족과 내가 희생하고 보낸 그 많은 세월은 내 불
찰이라 하더라도, 아닌 건 아닌 거지. 어떤 종교든지 인간
이 지켜야 하는 율법이란 게 있다. 세월이 얼마를 지났건
간에 그건 분명히 인간들이 만든 것이지. 그런데 말이다.
현식아? 내가 잘못 안 것은 아닐 터인데. 종교라는 그 울타
리에 들어오게 되면, 누구나 맹목적이 되어야 한다는 거야.
의심을 하면 안 된다는 전제가 붙어있는 것 자체가 오만과
편견이 아닐까. 신의 이름을 팔아서 인간들이 만든 그 율법
이란 게, 인간들이 완벽하게 지킬 수 없게 만들었다는 모순
이 있어! 얼마나 우습냐? 신의 영역에 가까이 가도록 만들
었다는 율법이란 거 생각해보면 이상해. 인간이 아무리 발
버둥치고 율법을 지켜보려고 해도 인간의 몸뚱이가 가지고
있는 본능 때문에 처음부터 한계가 있거든. 누군가 그랬어.
인간은 모순덩어리라 처음부터 꿈처럼 지키지도 못할 율법
을 만들었다고. 그것을 만들어 밥을 먹고 사는 사람들이 자
신들의 구미에 맞게 뜯어고치고 보완하여 이상하게 변질되

었다고. 야아, 너두 생각해봐라, 이거 진짜 우습지 않냐? 원래부터 지킬 수 없도록 만들어졌다니? 그래서 나도 이런 생각을 해보았단다. 인간이 지키지 못한 부분을, 신의 이름으로 응징하거나 면죄를 받기 위해 꽁꽁 얽매어 버리도록 만들었다고. 그래서 지금까지 모든 종교는 인간의 역사와 함께 흐르면서 서로 눈치껏 맞추었다고. 그게 발전인지 뭔지는 나도 모르겠다. 그렇지 않겠냐? 강가의 모래 한 알 한 알처럼 수많은 별들이 하늘에 떠있지? 그런데 그 별빛이 지구까지 오는데 수십 광년에서 수억 광년이 걸린다는 거야. 빛의 속도가 표시되는 그 시간을 너는 실감이 나겠냐? 눈에 보이게 큰 별이 실제로는 큰 별이 아닐 수 있는 것처럼. 늦었지만, 잘못 알려진 길을 아무런 생각 없이 그냥 따라갈 수가 없다는 게 내 생각이었어. 내 짧은 머리로 신에 대한 오해가 있을 수 있다는 걸 이해한다. 우리는 우매한 사람으로 태어났으니까. 하긴 또 모르겠다. 내가 이런 소리를 했다간 미친놈 소리를 듣기가 십상이겠지만, 신이란 하나의 존재가 아니라 여러 개의 다른 존재일 수도 있지 않을까? 없을 수도 있고……."

흐르는 물처럼 형은 막힘이 없이 말했다. 가끔 현식은 영길 형으로부터 이런 저런 말을 들은 적이 있었다. 여느 때와 달리 형은 꼭 무엇에 배신을 당한 사람처럼 비감이 교차한 분노 어린 표정이었다. 그의 눈빛과 표정은 묘한 자력을 지니고 있었다. 옆에 있는 여인은 핸드백 끈을 만지작거리며 눈을 내리깐 채 듣고만 있었다.

"하긴 종교가 다른 사람들이 서로 만나면 이해하기보다는 무시하거나 언쟁이 먼저 앞서겠죠. 맹목적인 것이 우선 종교의 덕목이겠지만, 부모를 잡아먹은 원수끼리 싸우는 것 같아서……."

추임새처럼 현식이 거들었다.

"당연하지 않겠냐? 태생적으로 영과 혼의 구조를 달리 생각하는 사람끼리 맞을 리가 없지."

"난 정말로 종교를 모르겠어요. 종말론인가 뭔가, 금방 세상 끝날 것처럼, 신도들을 구원할 것처럼 소리를 지르다가 도망가는 목사도 있었으니까."

"정말 나쁜 인간 말종이지. 세상에 종말이 며칠 남지 않았다고 신도들에게 돈하고 금붙이를 몽땅 걷어서 미국으로 튀려다 공항에서 붙잡혔지 아마."

"그러게요. 미국이 천국인가?"

내가 너다

"모진 게 사람의 목숨이니 사는 날까지는 힘들었겠죠."

여인이 고개를 쳐들며 가만히 말했다.

"난 가진 게 아무 것도 없어. 이 몸뚱이마저 병원에 기증해버려서 이미 남의 것이니까."

형의 말에 모두 씁쓰레하게 웃었다. 여인은 손으로 입을 가렸으나 이내 무표정이었다.

***

현식은 외삼촌을 퇴색된 사진으로만 보았을 뿐이었다. 외삼촌 네는 제사를 지내고 있었다. 그래서 외삼촌이 6·25 때 죽은 것으로만 알고 있었다. 어른들은 외삼촌에 관한 이야기를 무슨 금기 사항처럼 입 밖에 내지 않고 쉬쉬하는 분위기였다.

"모두 우리 고장에서 인물 났다고 했다. 일본에서 공부까지 하고 온 오라버니가 빨갱이였다니, 나는 도저히 믿을 수가 없었단다."

예비군복을 처음 입었을 적에 어머니가 불쑥 입에 올린 말이었다. 아마 외삼촌에 관련된 붉은 기록이 경찰서에 남아 있었더라면, 현식은 609 특공대에 못 들어갔을 터였다. 연좌제가 시퍼렇게 살아있던 시절이었다. 신원 조사가 까다롭기로 소문난 부대였기 때문이다.

영길 형 또한 자기의 아버지 얼굴을 어렴풋이 기억한다고 했다. 6·25가 일어난 그해, 세 돌이 지나기 전에 외삼촌은 행방이 묘연했기 때문이다. 나중에 현식이 들은 바에 의하면, 외삼촌은 시골 읍내에서 남부럽지 않게 살았던 터였다. 외삼촌은 일정시대에 대학을 나와 약국과 병원을 했었다. 그러나 그 무렵 젊은 지식인들에게 열병처럼 번지기 시작한 공산주의 사상에 빠져 있었다. 약소민족이 일본제국주의의 눈치를 보며 간신히 버티는 것처럼, 사람들의 일상도 하루하루를 넘기는 시기였다.

동족 간의 전쟁이 끝나고도 험악한 시절이었다. 혈육 간의 생이별한 일들은 도처에 깔려 있었기도 하려니와 누구 한 사람 외삼촌의 목격자도 없었다. 외숙모는 한동안 실성한 사람처럼 남편의 이름을 하루에도 수천 번 되뇌며 불렀다. 더구나 죽었는지 살았는지 모르니, 제사를 지내기조차 애매모호했다. 외삼촌의 제삿날이 딱히 정해져 있을 턱이 없었다. 어떻게 된 까닭인지 본 사람도 없으니 날짜인들 더더욱 모를 일이었다.

외삼촌과 함께 끌려갔다가 도망 나온 동구 아저씨의 말

내가 너다

이 유일한 증언이 되고 말았다. 사돈 관계인 동구 아저씨는 외삼촌을 형님이라고 불렀다. 동구 아저씨는 다리를 약간 절름거렸다. 읍내에서 전기용품 가게를 하고 있는 아저씨의 손재주는 워낙 좋았다. 웬만한 전기 제품은 물론 고장이 난 기계 따위가 아저씨 손으로 말끔히 고쳐졌다. 현식이 군대에서 휴가를 나와 인사차 들렀을 적에, 동구 아저씨는 가게에서 우연히 입을 열었다. 비릿한 멸치에 소주를 마시면서 그에게 권했다. 그리고 누가 볼세라 가게 안을 휘휘 둘러보고 나서 무겁게 입을 떼었다.

"그때 내 나이 겨우 열아홉이었다."

머리가 벗겨진 동구 아저씨는 평소에도 말을 아꼈다. 과묵한 성격은 아니었지만, 남들과의 대화에 끼어드는 사람이 아니었다. 뭐랄까, 나름대로 생각이 깊었는지 여럿이 모인 데에는 쓸데없이 어울리지 않았다. 외삼촌 얘기를 꺼낼 적에도 무척 주변을 의식했다. 단둘이 있는 방 안에서도 두리번거리거나 말소리를 소곤거리며 낮춰 했다.

"마을 청년들과 읍내에 모인 사람들이 끌려갔었지."

그리고 한숨을 내쉬며 눈을 지그시 감았다 떴다 했다.

"그때, 남호 형님은 우리하고 전혀 달랐어. 높은 사람들도 그 앞에서는 부동자세로 꼼짝 못했거든. 지금 암만 생각해 봐도 이상한 일이야. 젊은 의사한테 인민군 장교나 빨치산 우두머리들이 설설 기었던 건, 아무래도 이해가 안 돼.”

동구 아저씨가 다리를 절름거리게 된 것도 그때였다. 어렸을 적부터 이웃에 사는 남호 외삼촌을 무척 잘 따랐다는 것. 동구 아저씨가 고등학교를 다니던 중에 6·25가 터진 것이다.

“남쪽으로부터 경찰이 밀고 들어오자, 우리는 북쪽으로 계속 올라가게 되었지. 낮에는 산속에 숨어 있었고 밤이면 사람들의 눈을 피하여 걸었다. 나중에는 피로에 지쳐 낙오자가 나오더니, 하나둘 죽는 이들도 생겨났어. 발을 질질 끌며 따라오는 이들과 산송장이나 진배없는 사람들로 대열의 속도는 점점 줄어들었을 거야. 가끔 대열의 뒤쪽에서 총소리가 나면 사람들의 숫자는 점점 줄어들기 시작했지. 지금 생각해보니, 어차피 살기는 글렀고 데리고 가자니 짐스러워서 처분해버린 듯싶더라. 그러던 어느 날 밤이었지. 사방이 캄캄하여 사물의 윤곽을 그냥 어림잡아 느끼는 정도였단다. 가을바람이 나뭇잎을 건드리는 소리와 풀벌레 소리, 산짐승 우는 소리가 들렸을 뿐이야. 형님이 내 앞으로 나타나더니, 손짓을 하더군. 나는 주위를 살피면서 산등성에 돋은 바윗돌 아래까지 형님을 따라갔다. 누군들 의심할 까닭이 별로 없었겠지. 형님이 주변을 두리번거리며 누가 들을세라 내게 가만히 말씀했어. 동구야? 내 말 잘 들어라. 지금 여러 정황과 돌아가는 꼴을 보니, 편하게 고향으로 가는 일은 글러 버린 것 같다. 나야 조직을 책임을 져야 하는 입장이니까 어쩔 수가 없지만 너는 아직 나이도 어리고 삼대독자가 아니냐. 부모님이 무척 걱정하실 게다. 오늘 밤 안으로는 어떠한 일이 있더라도 여기를 꼭 빠져나가야 한다. 이따가 내가 신호를 보내면, 내 생각은 하지 말고 대열 후미에 붙어 있다가 꼭 도망을 쳐라! 알겠냐? 어떻게 하든지 너는 살아서 고향에 가 있어라. 그리고 혹여 경찰서나 군인들이나 누구든지, 그동안 어디 가서 무엇을 했는지 물어봐도 절대로 이런 데 와 있었다는 소릴랑 하지마라. 난리가 나서 친척이나 친구네 집에 숨어 있었다고 하든가, 또 우리 집에서 나를 묻더라도 절대로 모른다고 해야 한다. 내가 살게 되면 돌아갈 것이고, 잘못되면 할 수 없는 일이니……."

멸치 대가리를 비틀고 뜯어 씹으면서 아저씨가 말했다.

아저씨의 눈이 붉어지더니 눈물이 번졌다. 그리고 말을 이었다.

"칠흑같이 어두워서 사방이 캄캄했어. 소금 몇 톨 묻은 주먹밥을 한 덩어리 퍼 먹은 다음이었지. 어디선가 휘파람을 신호로 대열의 선두가 움직이기 시작하자, 누군가 내 옆구리를 툭 치고 지나가지 않았겠나? 형님이었어! 어둠 속에서도 나는 얼핏 형님의 눈시울에 눈물이 가득 고인 것을 보았지. 내 심장이 칼로 박박 찢어지는 것 같았는데, 형님은 어땠을까 하는 생각이 들면, 수십 년이 지난 지금에도 내 가슴이 아프다. 그것으로 형님과 나는 마지막 길이었어. 나는 무조건 그들과 멀어져야 하니까, 남쪽이라고 생각되는 방향으로 걷고 또 걸었지. 몇 개의 산을 넘고 또 넘어서 발이 부르트도록 걸었다. 걷다가 우뚝 멈출 때가 많았다. 왠지 아냐? 시커먼 소나무들이 사람으로 보이는 거야. 사람으로 말이야. 그런 순간에는 공포심이 온몸을 조여 오곤 했지. 그래, 정말 무서운 건 사람들이더라. 귀신과 도깨비야 나를 어쩌겠냐? 정말 말도 안 되는 소리지. 다른 동물도 아니고, 가장 의지하고 믿어야 할 종족을 서로 증오하고 죽여야 한다는 현실. 별생각들이 다 뇌리를 스치면서 나는 걷고

내가 너다

또 걸었지. 온몸의 감각이 온통 나를 지켜야 하는데 신경을 쓰다 보니, 정신만은 또릿또릿했던 모양이야. 주변의 사물들이 모양새를 드러내는 것 같았지. 고개를 들어보니, 산등성이 너머로 새벽의 날빛이 부옇게 돋아나는 거야. 잠깐 잠이 들었다가 일어나 보니, 왠지 낯이 익더란 말이야. 바위산이며 마른 계곡이. 바로 형님과 이별했던 바로 그 자리였지 뭐냐. 아니, 나는 수십 리를 왔다고 생각했는데 그 자리라니. 정말 미치겠더라. 다리에 힘이 쭉 빠져서 한없이 울었지. 그래도 어떻게든지 살아야 하니까, 이를 악물고 남쪽으로 걸어왔더니, 초가집 몇 채가 보이더구나. 어떤 동네로 들어가는 길목으로 들어섰지. 늙은 노인네 둘이 고구마 넝쿨을 걷어 가지고 사립문을 나오는 걸 마주쳤지. 처음에는 간이 콩알만 해져 나도 놀랐어. 사람이 사람을 무서워했던 그런 일도 그 무렵이었고 하여, 여기가 어디냐고 물어보니까 어디라고 하는데, 우리 마을하고는 거의 이백 리쯤 떨어진 곳이더라.”

“아무래도 외삼촌은 돌아가셨겠지요?”

고개를 옆으로 돌리며 현식이 소주잔을 홀짝 마셨다. 견딜 수 없는 목마름이었다. 동구 아저씨는 가게 바깥으로 눈

길을 돌리더니,

"그랬을 거다. 만약에 그 때, 살았다고 해도 형님의 올곧은 성품으로 봐서 저놈들하고는 도저히 쿵짝이 맞을 것 같지는 않으니까. 나도 한때는 간첩 사건들이 신문·방송에 나오면, 형님이 혹시 내려오시지 않았을까 생각도 해 봤다. 하도, 형수님이나 애들을 좋아했던 분이었으니 말이다."라며 방 안으로 성큼 들어가더니 소주 한 병을 더 가져왔다. 병뚜껑을 비틀면서 아저씨가 불쑥 물었다.

"나는 네가 그림을 그려 밥벌이를 한다고 하니, 작은 걱정은 되나 큰 걱정은 안 된다. 괜히 머리에 먹물깨나 들었다고, 정치니 운동권이니 한다면 사돈께서 얼마나 속을 썩이시겠냐? 나 좀 봐라. 평생을 드라이버 하나 달랑 들고 다니며 이 짓으로 목구멍에 풀칠을 한다마는, 가족들한테는 별로 미안할 일이 없다."

"아저씨도, 별 말씀을 다……."

"형님 그런 다음, 그 집에서 일어난 꼴 좀 봐라. 무슨 귀신이 장난질한 것처럼 교회에다 몽땅 바치고 나서 애들도 그렇고 집안이 망한 것을 보면, 내 가슴이 미어졌더니라."

동구 아저씨는 그 옛날의 일을 방금 당한 것처럼 술술 풀

내가 너다

었다. 그리고 가끔 초상집이나 죽은 사람들에 관한 이야기가 나올라치면, 말꼬리마다 누구나 운명이 있을 거라고 붙였다. 어떻게 빨치산에 끌려간 마을의 남정네 열댓 명 중에서 자신만 무사했겠느냐는 것이었다. 그 미친 세월에 휩쓸렸어도 살아 나온 건, 분명히 삼신할미 덕분이라고 말했다.

현식은 가끔 뜬금없는 생각이 뇌리를 꼬집고 도망갔다. 만약에, 동구 아저씨가 도망한 날이 혹시 달밤이었다면 뭐가 달라졌을까. 어쩌면 외삼촌이 간첩으로 남파되어 살아 돌아왔으리라는 부질없는 생각조차 떠올랐다. 각박한 시대에는 피붙이끼리도 가끔 연락을 할 뿐. 무슨 일이 없으면, 무소식이 희소식이다. 오히려 연락이 오면 까닭 없이 불안했다. 한동안 영길 형은 현식의 뇌리를 떠났다.

****

경쾌한 리듬의 음악이 되풀이되면서 짜증을 불렀다. 현식은 손을 더듬거렸다. 아침 늦잠을 깨운 것은 휴대폰 소리였다.

"어디? 경찰서라고요? 누가요?"

일요일이었다. 아닌 밤중에 홍두깨더라니. 영길 형이 죽었다는 연락이었다. 씻는 둥 마는 둥 옷을 입고 집을 나섰다. 버스를 기다릴 겨를 없이 빈 택시를 잡았다.

"한강 둔치로 갑시다."

"어느 쪽 말입니까?"

현식은 그때서야 퍼뜩 정신이 들었다.

"여의도에도 둔치, 축구장이 있어요?"

"있지요. 큰 교회 돌아 다리 밑에 있습죠. 그리 갈까요?"

택시는 둑 아랫길에서 멈췄다. 사람들이 수십 명 모여 있었다. 현식은 경찰차와 구급차가 경광등을 번쩍거리며 서 있는 사이로 들어갔다. 흰 천으로 덮어진 것은 사람이었다. 천 자락 밑으로 축구화를 신은 정강이가 보였다. 현식은 멍한 상태로 서 있었다. 무릎을 꿇고 허리를 굽혀서 부들부들 떨리는 손으로 천의 윗부분을 들치었다. 영길 형은 편안한 얼굴로 잠들어 있었다.

"죽은 이영길 씨와는 어떤 관계인가요? 수첩에 전화번호가 있어서 연락을 했습니다."

"외사촌 동생 되는데요. …… 왜 죽었답니까?"

"축구를 하다가 죽은 것 같습니다. 함께 조기 축구를 하던 사람들도 그렇게 말했고, 의사 말로는 심장마비라고 합니다. 물론 더 조사해 보겠지만."

내가 너다

붉은 유니폼과 축구화를 신은 사람들이 빙 둘러 있었다.
팔짱을 낀 채 웬 여인이 옆에서 흘긋흘긋 현식을 훔쳐보았
다. 결혼식장에서 보았던 그때 그 여인은 아니었다.

"일단 병원으로 옮길 테니 그리 오십시오."

모자 쓴 경사가 무뚝뚝한 목소리를 남기고 구급차 쪽으
로 걸어갔다. 형의 시신은 병원에 기증되었다. 현식은 기가
막혔다. 사람 사는 일이 그냥 맥없이 무너진다는 사실이 실
감나지 않았다. 부질없이 세상을 헤맸던 형이 아닌가. 죽음
은 그런 형을 호시탐탐 기회를 엿보고 있었더란 말인가. 세
상과 불화하다 보니 몸은 삭아지고 현실은 그저 산들바람
처럼 지나간 모양이었다. 인연이란 그렇게 별똥별 스치듯
사라지나 보다. 살아있는 자와 죽은 자의 표정은 극명하다.
순간은, 산 자와 죽은 자를 엇갈리게 만든다. 일상은 얼마
나 좁은 테두리에서 평온하면서도 위태로운가. 환멸은 현
식을 비치는 거울 안에 가두었다.

잠과 죽음 사이

오한이 들어 쑤시고 아팠던 몸이 잠잠했다. 잠은 파도처럼 끝없이 밀려왔다. 졸음을 떨쳐 보려고 고개를 흔들었으나 몸은 말을 듣지 않았다. 시간이 갈수록 그는 전류에 감전되는 듯 정신이 혼미해졌다. 긴 시간이 흐른 느낌이었다.

아주 깜깜했다. 부윰한 창문 바깥으로 뭔가 어른거렸다. 그림자는 건장한 남성들의 모양새였다. 그림자들이 가까이 다가왔다. 용범은 무서워서 있는 힘을 다해 목청껏 어머니를 불렀다. 목구멍 안에서 목소리만 맴돌 뿐이었다. 아무데서도 대답은 들려오지 않

내가 너다

았다. 자신의 느낌으로 방 안쪽으로 들어갔다. 방구석에 개켜진 이불을 끌어당겨 속으로 파고들었다. 창문에서 어른거리더니 한줄기 불빛이 들어왔다. 쥐불놀이 깡통에서 나오는 잉걸 불빛 같았다. 이윽고 잠잠하던 불빛이 점점 타올랐다. 활활 타오르던 불꽃이 커졌다. 불꽃이 다가왔다. 훨훨 춤추는 불길은 그를 감쌌다. 불길은 전혀 뜨겁지 않았다.

갑자기 그의 몸이 가벼워진 느낌이었다. 그는 방안 주위를 둘러보았다. 그런데 이상하게도 몸이 방 한가운데 둥둥 떠 있었다. 또 다른 그의 몸은 방바닥 이불 속에 눈을 감고 곤히 자고 있는 것이 아닌가. 그렇다면 저 사람은 누군가? 귀신 곡할 노릇이었다.

용범은 사방을 두리번거렸다. 방문 밖에 있던 그림자들이 어느 틈에 방 안으로 성큼성큼 들어와 버렸다. 남자인 듯 두 사람이 서 있었다. 체격이 큰 두 사람은 검은 외투에 챙 달린 검은 모자를 쓰고 있었다. 등에 배낭을 메었고 허리에는 검은 가죽띠를 맨 채였다. 팔짱을 낀 한 또 다른 사람은 겨드랑이에 두툼한 책을 끼었다. 그들의 얼굴은 마치 시체처럼 창백한 얼굴로 핏기라곤 전혀 없었다. 순간, 용범은 그중 한 사람과 눈길이 마주쳤다. 무표정한 하나가 손짓으로 따라오라는 시늉을 해 보였다. 용범은 거절하지 못하고 뒤돌아보지 않은 채 마당 한가운데로 가로질러 성큼성큼 걸어 나갔다. 걷는다는 것이 이상했다. 발걸음이 지면과 닿지도 않으면서 날아가는 것 같았다. 용범은 가볍고 빠른 걸음으로 그 둘의 뒤를 따라 나갔다.

용범은 다시 고개를 뒤돌려 집 있는 쪽을 바라보았다. 어렸을 적에 살았던 집인가 하면 낯선 느낌이 들었다. 딱히 어떤 집이라고 할 수 없을 정도로. 어느 새 집과 동네는 안 보였다. 집 대문을 나와 골목을 지나 동네 뒷산 쪽을 향했다. 어떤 거부할 수 없는 힘이 마치 용범을 자석에 끌리는 쇠토막 나부랭이처럼 당겼다. 야트막한 산을 지나자 강물이 흐르고 있었다. 강은 길고도 넓었다. 강 건너 쪽 연안은 아물아물했다. 그는 어떤 힘에 이끌려서 주저하지 않고 강을 건너기 시작했다. 참으로 이상한 일이 벌어졌다. 용범은 그들과 함께 물 위를 걸어갔다. 발이 땅 위를 걷는 것처럼 물에 빠지지 않은 것이다. 그들의 뒤를 따르면서 건너온 강을 뒤돌아봤다. 흐르는 물이 햇빛에 반사되어 눈이 부실 정도로 참 맑았다. 그는 다시 고개를 들어 하늘을 봤다. 가을 하늘처럼 맑고 푸르렀다. 흰 구름들이 둥둥 떠다녔다. 해가 머리 위에 떠서 밝게 빛나고 있었다.

용범이 잠시 서 있는 사이 그 두 사람과 거리가 조금 생겼다. 뒤에 가는 사람이 용범에게 빨리 따라오라고 손짓을 하며 눈을 부라렸다. 그는 다시 부지런히 걸어서 그 사람들을 따라가고 있었다. 조금 전까지 그렇게 아팠던 몸이 아프지 않을 뿐만이 아니라, 몸이 너무 가벼워 날아갈 것만 같은 기분이었다. 아주 가파른 산비탈 길을 올라가고 있는데도 조금도 숨이 차지 않았다. 나무뿌리에 발이 걸려도 아프지가 않았다. 몸의 감각은 변덕스러워져서 때에 따라서 느끼거나 전혀 못 느꼈다.

앞의 검은 그림자들이 기다리고 서 있었다. 용범은 도무지 계절과 시간을 종잡을 수 없었다. 이른 봄이었을까. 회오리바람이 산자락을 스치고 지나갔다. 바람 끝은 아주 차가운 듯 했다. 용범은 웅크리며 고개를 수그러 불어오는 바람을 피했다. 저만치 앞서가는 그들은 바람을 아랑곳하지 않고 꿋꿋이 서 있었다. 두 사람이 입고 있는 검은 외투 자락만이 바람에 날렸다. 매서운 바람이 지날 때마다 산등성이의 나무들은 바람을 견디지 못하고 휘잉 소리를 냈다. 나뭇잎이 떨어져 공중으로 높이 올라가다가 춤을 추며 떨어져 내렸다. 용범은 추운 듯 떨렸다.

"빨리 가지!"

용범은 그렇게 들었다. 정신이 번쩍 들어 앞을 쳐다봤다. 두 사람이 그를 보면서 빨리 가자고 독촉을 했다. 왜? 저 두 사람을 따라가야 하는지, 무엇 때문에 따라가야 하는지 의심이 들었으나 용범은 굳이 그것을 물어 보고 싶지 않았다. 다만 두 사람이 몸짓으로나 손짓이, 그로 하여금 옴짝달싹할 수 없게 했다. 용범은 감춰진 어떠한 힘을 거역하지 못했다. 그들은 천천히 앞으로 걸음을 옮겼다. 용범은 다시 목줄에 매달린 개가 주인을 따라가듯이 조용히 뒤를 따라가고 있었다.

얼마나 올라갔을까. 너무 멀리 왔다는 생각에 자꾸만 뒤를 돌아다보았다. 가끔은 이상했다. 자신의 몸을 위아래, 옆 어디서나 자기가 보는 느낌이 들었다. 이를테면 또 하나의 자기가 존재하는 것 같았다. 섬뜩했다. 앞의 두 사람이 무슨 눈치라도 챘는지 힐끗힐끗 쳐다보면서 두런두런 애기를 나누는 소리가 들렸다. 용범은 부지런히 걸었다. 거리를 좁혀 걸어가며 그들은 서로 무슨 말을 주고받았다. 용범은 귀를 쫑긋했다.

내가 너다

"참 이상한 일이군. 이곳까지만 와도 이승의 일들을 까마득하니 다 잊어버렸을 텐데, 저 사람은 왜 자꾸 저렇게 뒤를 돌아보는 거지? 알다가도 모르겠군."

한 사람이 다른 사람에게 물었다.

"글쎄 말이야. 저 친구는 첨부터 행동이 저랬잖아. 아까 방에서 나올 때도 보았지? 자신이 죽었는데도 아직 멀쩡히 살아있다고 믿는 것 같았어. 마치 이승과 저승을 통 분간 못 하는 사람처럼."

"이봐? 뭘 그런 걸 신경을 써. 저 친구는 우리가 저승사자인 걸 아직도 잘 모르는 것 같던데. 앞으로 사십구일 동안 돌아다니면 알게 될 거야. 아니지, 조금만 있으면 금방 알 걸? 우리 대왕님 앞에 가면 제 잘못은 물론이고 이런 과정을 충분히 느끼는 건 당연지사고."

"너무 한심하여 하는 말이지. 염라부에 가면 문서에 기록된 대로 이승에서 지은 죄를 심문할 것인데, 과연 숨기지 않고 이실직고하려나?"

"보면 몰라. 천진난만해 가지고 졸졸 따라오는 걸 보라고."

"여보게? 그런데 기록부에서 이상한 걸 발견했다고. 동명이인이 있어!"

"뭐라고? 또 언제처럼 성형수술한 놈을 잘못 알고 잡아 온 거 아냐?"

"글쎄 자꾸만 그게 걸려서 다시 현장에 얼른 가서 확인하고 오려고 그래."

"이거 정말 야단났구먼."

아니? 저 사람들이 저승사자라고? 그들이 흘린 말을 듣고서야 용범은 깜짝 놀랐다. 아무리 생각해도 저들은 얼토당토않은 말을 주고받으며 걸어 올라간 것이다. 아니? 그럼 내가 지금 죽었단 말인가. 이건 아니야! 용범은 살아야겠다는 생각으로 곤혹스러웠다. 저놈들 뒤만 쫄쫄 따라 갈 일이 아니고 어떻게 해서든 도망을 쳐 집으로 가야 해. 용범이 몸을 뒤로 확 돌리려는 순간이었다. 움찔하면서 눈을 크게 치뜨고 앞을 보았다. 묶여 있지 않으면서 온몸이 밧줄로 꽁꽁 묶인 느낌이었다. 이상하게도 옴짝달싹할 수 없었다.

목소리가 걸걸한 한 이가 바람같이 산 아래로 내달렸다. 얼굴이 긴 사람은 혼자서 그를 데리고 산 계곡을 굽이굽이 돌아 들어갔다. 해가 떨어지자 깊은 산속은 한 치 앞도 분간할 수 없이 어두웠다. 걸어가는데 돌부리나 나무뿌리 같

내가 너다

은 데 발이 걸려서 넘어지는 일은 없었다. 발이 허공에 둥둥 떠서 가는 기분이 들었다. 밤이 깊어가는 산속에 걷고 있으면서도 무섭다는 생각이 전혀 들지 않았다.

어디서 들려오는지 부엉이 울음소리가 처량했다. 용범은 고개를 들어 하늘을 봤다. 머리 위에는 달빛이 푸르게 비추고 있었다. 커다란 느티나무 숲이 넓게 드리워졌는데 아직 잎이 피지 않아서 검은 가지만 하늘로 쭉쭉 뻗어 있었다. 부엉이의 울음소리는 그 큰 느티나무 위에서 들려오는 것 같았다. 새소리는 정말 너무 슬프고 처량하게 들렸다. 부엉이의 소리를 들어가며 얼마를 걸어갔을까.

아주 우람하고 혹이 불룩불룩 나있는 커다란 니무 밑이었다. 용범은 펑퍼짐한 바위 위에 자리를 잡고 조용히 앉았다. 두툼한 책을 낀 저승사자의 옆에 따라 앉으면서 그의 얼굴을 훔쳐보았다. 얼굴의 이목구비가 선명치 않고 하얗다 못해 창백했다. 용범은 두 눈을 꼭 감았다가 떴다. 폭풍우가 몰아치듯 궁금증이 몹시 일어났다. 이왕에 이렇게 된 몸 거칠 것은 없었다.

“사자님? 저야 이미 사자님들께 얽매인 몸이지만, 궁금한 게 많은데 몇 가지만 물어봐도 될까요?”

　창백하게 굳은 얼굴을 돌려 저승사자가 고개를 끄덕였다.

"정말 저승이 있고, 거 뭐냐 지옥과 극락세계가 있기는 한대요?"

"있으니까, 우리가 왔고 당신이 따라온 거 아닌가?"

"그 지옥이라는 곳은 무섭다는데……."

"궁금하오?"

"진짜로 있는지, 어떻게 생겼는지 그렇지요"

"보지도, 듣지도, 맡지도, 먹지도, 느끼지도 못한 사람에게 설명만으로 알 수가 있을지 모르겠소. 그러나 당신도 곧 가게 될 곳이고 하도 궁금해 하니, 내가 아는 대로 말해보리다. 지옥이라는 곳은 이승에 사는 당신들이 생각하는 것과는 많이 다르다오. 우주는 곧 삼천대천세계인즉, 무한하여 우리로서도 측량할 수가 없소이다. 우주는 모든 원소로 이루어졌나니 어둠이 있으면 밝음이 있고, 물이 있으면 불이 있고, 양이 있으면 음이, 선이 있으면 악이 존재할 것이오. 당신들이 잠깐 몸을 의지하고 사는 별은 우주에서 티끌보다 미미한 존재요. 별들이 모여 태양계를 이루고 수많은 태양계가 모여 만든 은하계들을 우주라고 하니 상상이나 됩

내가 너다

니까? 당신들이 아는 태양계는 은하의 중심도, 우주의 중심은 더더욱 아니라오. 그러니 알면 알수록 인간들이란 얼마나 작은 존재이겠소. 나는 아까 그 동료와 함께 여러 별들을 두루두루 다니지요. 수많은 별들은 당신들의 표정이 다르듯 제각각 크기나 시간, 사는 이들의 행태가 제각각 다르다오. 이를테면 당신들이 말하는 시간과 속도라는 것은 당신들 세계에서 만들어 놓은 것이지. 당신들의 신이라는 것을 만들어 믿음을 가지고 만든 책만 보아도 그래. 무슨 놈의 신이 당신들과 비슷하게 생긴 것도 그렇고, 하긴 당신의 몸 또한 작은 우주인데, 한 날의 기간이 천 년인가 하면 오만 년이라고 오락가락하지 않던가. 천지창조를 며칠 만에 했다고 우기는 사람들이 있다는데, 하늘을 몇 개로 나누었다면, 우주의 생멸도 순식간이라고 봐야겠군. 우주생성의 단계를 당신들이 아는 편협한 상식 안에서 정하려드니, 잘못으로 오류가 생길 수밖에. 광속이라는 빛의 속도가 초속 30만 킬로미터인데, 그것은 사람에게만 통용되는 것이지요. 삼라만상의 모든 게 그 단위로 측정되지는 않을 거외다. 개미가 독수리의 속도를 모르고, 새우가 고래의 크기를 모르며 풀포기가 산맥을 모르 듯, 아는 만큼 보이겠지. 그렇지만 여기서는 그 속도의 단위로 말해야만 당신이 알기가 쉽겠군. 수많은 별로 가득 찬 은하계 하나의 끝에서 끝부분까지가 10만 광년이 걸리는데, 더 말해 무엇 하겠소. 우주에서 성운과 은하계, 속도와 공간의 의미는 인간들이 말하는 하찮은 과학의 장난이라고 볼 수밖에. 사람들이 느끼는 육감의 거리와 공간의 개념으로는 우주의 이치를 헤아릴 수 없을 거요. 수없이 생성되고 소멸하는 것이 물질의 본질이오. 그 부속으로 딸린 것들마저 그러한 숙명을 지닌다오. 별들은 원자의 에너지를 빛과 열의 형태로 방출하지요. 그런 이치를 거역할 수 없는 숙명을 우리는 지니고 있소이다.”

“당신들이 이승에서 만든 시간과 공간의 의미는 이곳에서는 아무런 소용이 없소. 나사NASA가 적외선 장치를 단 허블 망원경으로 명왕성 부근을 살피다가 수많은 사람들의 형상을 찍었다는 것 따위도 당신들의 장난에 불과하오. 어쨌든 당신들이 사는 이승에서는 저승을 볼 수도 알 수도 없을 것이오. 우주의 전체 안에는 과거와 현재와 미래가 함께 존재합니다. 전체가 돌고 돌면서 소멸과 생성을 반복하듯 은하계와 은하계끼리 뒤죽박죽 섞이는 수도 있다고 합니

내가 너 다

다. 어느 곳곳에는 암흑 물질로 이루어진 곳이 있지요. 당신들이 말하는 그 블랙홀이오. 태양 안에서 흑점 활동과 폭풍이 일어나듯 빛에너지가 열에너지로 바뀐 그곳에 지옥이 존재하고 있소이다. 선과 악이 사람의 마음에서 시시때때로 변하듯 지옥의 모든 것도 변한다오. 영혼의 본질은 같은데 옛날의 지옥이 다르고 오늘의 지옥이 다른 것은, 잡혀온 자들의 생각과 마음이 다르기 때문이지요. 지옥이 변하는 게 아니라, 생물의 마음에서 오는 혼돈이 그 원인이오."

"사자님? 도무지 무슨 말씀이신지 어려워 제가 헷갈립니다."라고 용범은 손을 내저었다.

"우리가 볼 적에 당신들은 참으로 딱하고 미욱하기가 그지없소. 보고, 듣고, 먹고, 만져보아야만 겨우 믿는 정도이니, 오만의 극치라고 할 밖에. 당신도 곧 가보면 알겠지만, 이승에 사는 동안 사람들은 반신반의하거나 의혹을 가져 지옥이 없다고들 자만하지요. 지옥에 떨어져서야 정신이 혼미하여 아차! 하고 그때 후회해 본들, 이미 갈 길은 정해져 버린 뒤의 일인데 무엇하겠소."

"지옥이란 데가 어떻게 생겼는지 말씀해 달라니까요."

지옥이라는 말을 하면서도 용범은 덜컥 겁이 나기 시작

했다. 저승사자는 잠깐 말을 끊었으나 표정에 아무런 변화를 보이지 않았다.

"지옥이 땅속에 있다고? 그렇게 당신들이 믿는다면, 지구도 언젠가 소멸될 터인데, 지옥도 함께 없어진다는 말인가? 말도 안 되는 소리! 당신들의 별에 사는 영혼 말고도 이 우주 안에는 헤아릴 수 없이 많은 영혼들이 계속 진화하며 존재하고 있소. 지금 우리가 있는 무중력으로부터 순식간에 블랙홀로 빨려 들어갈 거요. 또 다른 시간과 공간을 느끼게 되는 그쯤이 지옥입니다. 사방육면체로 가로·세로·높이가 각 수백만 킬로미터 규모쯤 될 거요. 가늠할 수 없는 물질의 벽으로 이루어진 공간 안에는 수만 개의 제각각 다른 공간으로 이루어져 있지요. 그 공간과 시간을 당신들의 개념으로는 파악이 어려워 이루 다 말할 수는 없소이다. 벌겋게 달궈진 물질에서 이글거리는 열기가 뿜어지는데, 그 뜨거움이란 이승의 어떤 방법으로도 이루 다 표현할 수 없다오. 당신의 개체라는 구분도 저승에서는 다르다오. 당신이 사는 곳에서는 얼굴과 코를, 심지어 몸뚱이의 성징까지 고칩디다마는, 저승에 들어오는 순간, 그 가짜 짝퉁들은 들통이 나기 마련입니다. 어떤 광물질조차 용광로에 들

내가 너다

어가면 녹아버리는 이치처럼. 이제까지 수많은 영혼들의 전력이 겹쳐진 그 몸뚱이는 다시 분해가 되어버립니다. 그러니까, 이승에서 당신들의 몸을 지탱했던 수많은 신경계의 가닥과 핏줄들은, 저승에 오는 순간 점점 그 기능을 잃어버리지요. 별들이 다르면 질량과 중력의 상태가 다르듯 이곳에서 느끼는 체감도 또한 다를 밖에, 또 죄질에 따라서 해당되는 공간에 들어가 벌을 받는데, 수천 가지의 형벌이 있다오. 가장 무서운 곳이 알파α 지옥이라는 곳입니다. 가로 세로가 수천 킬로미터의 규모입니다. 수십 겹으로 어둠의 빛이 줄쳐져 있지요. 얼핏 눈에 보이지 않은 그 광선에 닿는 영혼의 고통은 이루 말할 수 없다오. 출입구들 위에는 황금 쇳물이 펄펄 끓는 수백 개의 가마솥이 있소이다. 칸칸마다 쇳물이 가득 차 흘러넘치며, 네 귀퉁이에는 황금으로 된 전갈 모양의 커다란 벌레들이 지키고 있습니다. 사나운 벌레의 눈들은 번갯불처럼 번뜩이며 어금니는 도끼날 같고 쇠가시들이 박힌 혓바닥과, 여러 개의 발이 달린 기다란 몸의 털에서 나오는 냄새는 어떤 냄새보다 독하기 이를 데 없습니다. 더욱이 수십 마리의 당신들처럼 생긴 괴물들이 잠을 자지도 않고 지키고 있지요. 보는 위치에 따라 전혀 다르게 보이지요. 내려다보면 난장이나, 올려다보면 수십 미터의 크기로 생긴 것이 여덟 개의 도깨비 머리에 악어의 입이요, 송곳 같은 어금니에서 불길을 뿜고 여러 개의 독수리 발을 펴고 있어요. 오메가Ω 지옥이라 불리기도 하는 곳의 맹렬한 불길은 생물의 마음이 타는 것을 뜻합니다. 그 뜨거운 성질의 불길은 딱히 말해 어떤 색깔이 없다오. 그 불의 빛깔은 당신들의 별처럼 빛과 사물의 색깔이 결합하여 생긴 것이 아닙니다. 그러니 불빛이 당신들의 시야에 붉게 보이는 까닭은, 아직 미세하게 남아 있을 수 있는 이승의 미련이 남긴 착시일 수도 있지요.”

“사자님, 잠깐요. 한 가지 물어볼게요?”

저승사자는 말을 가로채는 용범을 바라보며 물음을 기다렸다.

“아니, 저승에서는 개새끼도 벌을 주는 쇳물도 모두 황금이란 말씀입니까? 저 귀하디 귀한 황금 덩어리를!”

무슨 뜻인지 알겠고 더 들을 것도 없다는 듯, 저승사자는 손사래를 치며 용범의 말을 막았다.

“그렇소. 당신들이 이승에서 가장 고귀하게 여기는 그 하잘 것 없는 황금이 맞습니다. 그것 때문에 당신들은 자식이 부모를, 부인이 남편을, 동생이 형을, 친구가 친구를 배신하거나 죽이지 않던가요. 저승에서 그것은 시글시글하여 한낱 돌덩어리와 진배없습니다. 자, 또 들어보시오. 뿐입니까, 수백억 마리의 사마귀처럼 생긴 커다란 괴물들이 있어요. 벌레 모양의 흉악하게 생긴 괴물들은 수십 개의 다리를 가졌고 여러 개의 입에서 불길이 나오며, 수만 마리의 커다란 구렁이들이 혀를 날름거리며 독기와 불을 토하니 뇌성벽력보다 더 크게 울부짖는 소리가 진동합니다. 죄인에게는 모든 형벌이 가해지는데, 이승의 몸보다 더 예민하게 반응하는 몸이라 느끼는 고통 역시, 천배 만배 더 하답니다. 후각, 청각, 미각 따위도. 가령 죄인의 눈에 산삼이 보여서 그걸 먹으려고 산삼의 빨강 열매로, 손으로 만지면 금세 산삼에서 단단한 뿌리를 가진 괴상한 촉수들이 나와 죄인의 뼈를 뚫고 두개골을 으스러뜨리며 오장육부를 훑어 참을 수 없는 고통을 줍니다. 딱딱하고 무거운 물질로 만들어진 문을 열고 들어서면 대기소가 있는데, 당신들은 우선 대기소에서 심문을 받아야 됩니다. 모든 영혼들은 거기에서 담당관에게 이승에서 저지른 일을 낱낱이 밝히게 됩니다. 당신들의 과거 행적 안에서 일어난 죄만큼 형벌이 가해지므로 죄인마다 제각각 느끼는 강도가 다르다오. 그곳을 한참 지나면 점점 더 어두워져 나중에는 캄캄하기 이를 데 없지요. 헤아릴 수 없는 시공에서는."

**

얼마 뒤 누군가 조용히 다가오는 기척을 느꼈다. 용범이 돌아다보았다. 언제 다시 따라 붙었는지, 또 다른 저승사자가 검정 배낭을 메고 돌아왔다. 사자는 고목나무 밑 바위 뒤로 물러나 가서 다른 사자에게 손짓했다. 그들은 한참 동안 서로 마주보며 뭐라고 귀엣말을 속삭였다. 아까 옆에 서 있던 사자가 돌아와서 용범의 손을 잡고 일으켰다. 파란 달빛 아래 커다란 느티나무 위에서는 부엉이가 여전히 구슬프게 울고 있었다. 밤바람이 불어와 사자들의 외투 자락을 흔들었다. 얼마의 시간이 흘렀을까. 명단을 들고 있던 사자가 천천히 한 장씩 넘기면서 입을 열었다.

"당신은 백수동에 사는 백용범이 틀림없는가?"

"예! 그렇습니다."

용범은 갑자기 어디서 힘이 생겼는지 군대식으로 힘차게 대답했다. 그들이 의외로 편하게 대하자 용범은 은근히 용기가 생겼다.

내가 너다

"저기요? 그런데 한 가지만 물어봐요. 내가 무슨 잘못이 있어서 당신들을 따라가야 합니까?"

"허허, 이 사람이 보자보자 하니까 못할 말이 없군. 당신의 잘잘못은 우리 대왕님께 가보면 다 알게 될 일이니까. 그런데 우리가 급히 서둘다 보니, 당신의 신발을 미처 못 가져왔어. 그러니까 당신이 조금 기다려야 돼!"

동문서답 같은 대답이었다. 그들끼리 무슨 일이 있는지 서로 쳐다보면서 겸연쩍어 했다. 사자들은 맞붙어서 한참을 귀엣말로 소곤소곤거렸다. 그리고 한참 지나 멀리서 들리는 목소리로 합창하듯 말했다.

"아직은 때가 아니니, 이승에서 더 있다가 오시오."

"계곡으로 가되 절대로 뒤돌아보지 마라! 당신이 다시 환생하는 순간, 이곳에서 있었던 일은 까마득하게 잊게 되니까."

저승사자들은 그에게 또 한 번 뒤돌아보지 말라고 부탁했다. 그리고 빨리 내려가라며 손사래를 흔들었다. 용범이 발길을 조심스럽게 옮겼다. 주위를 보니 다행스럽게 달빛이 있었다. 어느 정도 물체를 분간할 수 있어 다행이었다. 달빛 그림자에 비치는 느티나무는 마치 커다란 괴물이 서

있는 것처럼 느껴졌다. 공룡이거나 아라비안나이트 마법의
호리병에서 나온 거인처럼. 나무 위에서는 여전히 부엉이
우는 소리가 처량하게 들려왔다.

　용범은 문득 이런 생각이 들었다. 아니, 그들은 내게 좋
은 길을 놔두고 왜? 계곡을 타고 내려가라고 했지? 그리고
왜 뒤를 돌아보면 안 된다는 거야? 궁금한 것이 한두 가지
가 아니었지만, 그렇다고 무슨 말을 더 이상 물어 볼 수도
없었다. 그만큼 어떻게 뿌리칠 수 없는 공포가 엄습해서 꽉
차버렸기 때문이다.

　등 뒤에서 두 저승사자가 하는 대화 내용 중 확실하게 들
을 수 있었던 말. 고개를 갸우뚱거리며 저승사자들이 되묻
는 그 말 따위. 이상한 일이야! 저 사람은 분명히 우리가 데
려온 순간, 머릿속을 비웠을 텐데, 이승의 일들을 다 기억하
는 것 같지?

　　　　***

　어둠 속에서 무엇인가 어른거렸다. 불빛은 점점 밝게 다
가왔다. 모닥불처럼 피어오르던 불꽃은 뜨겁지도 않았다.
길게 늘어지던 불빛이 어둠에 익숙했던 그의 눈을 천천히
빛에 익숙하게 만들었다. 갑자기 눈부시게 한줄기 빛이 쏟

내가 너 다

아졌다. 알 수 없는 힘이 그를 빛으로 이끌었다.

용범은 산 계곡을 서둘러 내려오기 시작하였다. 쿠르릉 쿠릉~ 계곡 옆으로 또 다른 계곡에서 폭포가 쏟아지는 소리였다. 물보라를 뒤로하고 얼마를 내려왔는지 날이 점점 밝아오기 시작했다. 숲이 너무 우거져 길도 없는 산길이었다. 나무 숲 사이로 아주 가늘게 비치는 빛을 따라 걸었다. 도무지 어디가 어딘지 방향을 종잡을 수 없었다. 배도 고픈 것 같고 기운이 다해 힘도 점점 없어졌다. 거기다가 웬 가시덤불은 그렇게나 많아서 빨리 걸을 수조차 없었다. 다시 한참을 내려오는데 숲 속에서 이상한 소리가 들렸다. 용범은 조심스럽게 자리에 앉아 풀들을 손으로 헤치며 앞을 살펴봤다.

사람이 분명했다. 눈앞에 서있는 건 인민군 복장이었다. 모자챙에 가려진 검붉은 얼굴의 윤곽은 어렴풋했다. 용범은 자신도 모르게 들키지 않으려고 고개를 얼른 숙이고 조심스럽게 뒷걸음질을 했다. 살짝 빠져나와 한숨을 돌리고 막 일어서려는 순간이었다. 갑자기 등 뒤에서 우두둑! 소리가 들렸다. 뒤를 돌아다보던 용범은 그만 깜짝 놀라고 말았다. 그 인민군이 새빨간 얼굴로 권총을 빼들어 수풀을 뚫고 뛰어오는 것이 아닌가.

용범은 기겁을 하고 도망을 치기 시작했다. 그가 금방 뒤에까지 쫓아와 자신의 등짝에 총을 쏠 것만 같았다. 용범은 다급한 나머지, 큰 나무를 잡고 획 돌아 커다란 바위 위로 몸을 날려 올랐다. 인민군도 나무를 돌아 바위 위로 쫓아 오르는 것이었다. 용범은 어찌 할 바를 몰라 바위 위에서 건너편에 있는 나무 위로 뛰어내렸다. 나뭇가지가 뿌지직 부러졌다. 몸이 허공으로 떨어졌다. 살아야 한다는 절박한 순간이었다. 사력을 다해 떨어지면서도 겨우 나뭇가지 하나를 붙들었다. 용범은 나무에 대롱대롱 매달려 아래를 내려다보았다.

"너? 나를 똑똑하게 잘 봐봐! 어때? 기억이 나지 않나?"

인민군이 쓰고 있던 모자를 바닥에 내팽개쳤다. 검붉은 얼굴의 이목구비가 드러났다. 낯익은 모습이었다. 상대방의 목소리는 합성된 것처럼 입체음향 기기에서 나오는 소리 같았다. 아니, 어쩌면 자기 자신의 목소리와 비슷하여 잘못 듣는 것 같기도 했다.

"너는! 너는 진즉에 죽었던 서, 뭐더라?"

"뭐긴 뭐야! 이 새끼야, 그래, 나는 네 총에 맞고 너무나

내가 너다

원통하게 죽은 서남칠이다.”

“맞아, 간첩 서남칠!”

“간첩? 그게 무엇인데 사람을 죽여? 내가 네 부모를 죽인
원수도 아니고 너희한테 무슨 해코지를 한 것도 아니련만,
같은 사람으로 태어나 가만히 있어도 우리 모두 눈 깜짝하
는 사이에 죽게 되어 있는 것도 억울할진대 너희는 나를 너
무나 비참하게 죽였어.”

“그게…… 당신은 어차피…….”

“잠깐! 아무 변명도 하지 마. 넌 군인이어서 명령이었다
는 말을 하려고? 그것은 사람들이 자신의 잘못을 이리저리
갖다 붙이는 핑계에 지나지 않아.”

“저 세상에서는 다 그랬잖소. 살아 있는 모든 것들이 약
육강식인 것을, 같은 종족끼리도 짧은 세월 더 많이 누리고
살려면 빼앗고 죽였던 것을, 당신도 잘 알잖아요.”

“다 좋아, 이제 그런 일들이 무슨 의미가 있겠냐! 그렇지
만 한 가지 물어볼 게 있어. 이미 총을 맞고 쓰러져 있는 내
머리에 대고 총을 갈겨댄 이유가 뭐냐?”

“그건, 우리 할아버지가 시켜서 그런 거요. 당신에게 배
신의 귀신이 감돌고 있어서 당신을 살려 두면 전우들 모두

가 다 죽는다고 나타나서…….”

“당신의 영혼은 처음부터 비틀렸군. 나는 너무나 억울하고 원통해서 여태껏 아무데도 못 가고 중천에 떠돌고 있어!”

“몰랐어요. 이승에서 그때는 너무 어린 나이였고, 물불을 가리지 않았을 때였으니까.”

“아니야! 나는 지금까지 너를 기다렸어. 어차피 중천에서 떠돌 거라면, 네게 내가 당한 만큼 복수를 해야만 돼!”

서남칠은 눈알을 부라리며 바윗돌 위에서 씩씩거리며 그를 쳐다보았다. 용범은 정말 아찔했다. 간발의 차이로 녀석을 우선 피할 수 있었지만, 저절로 한숨이 나왔다. 나무 위로 겨우겨우 올라타면서 용범은 아래를 내려다보았다. 자기 자신도 모르게 등에는 땀이 흠뻑 젖어 있었다. 인민군 복장의 서남칠은 어느새 죽었을 적의 옷차림으로 바뀌었다. 그 순간에도 긴장이 풀린 용범은 졸음이 밀려왔다. 서남칠의 모습이 아물아물하다가 사라졌다. 나뭇가지 위에서 엎드린 채 두 다리와 두 팔을 축 늘어뜨리고 잠을 자기 시작했다.

나뭇잎들 사이로 빛이 스며들었다. 눈부셨다. 해가 높이

내가 너다

떠 있었다. 용범은 주위를 조심스럽게 살펴본 다음 나무에서 내려왔다. 아무리 주위를 둘러봐도 도무지 알 수가 없었으며 방향감각도 없었다. 나무들의 짙은 그늘에 가려 계곡 아래쪽에는 운무가 하얗게 끼어 잘 보이지가 않았다. 아래쪽을 향하여 내려가야만 될 것 같았다. 용범은 나뭇가지를 부러뜨려 지팡이로 짚고 천천히 산을 내려갔다.

한참을 산을 내려오자 쌓인 낙엽에 정강이까지 푹푹 빠졌다. 무슨 소리가 나서 가만히 서서 들어 보니 낙엽 밑으로 물이 흐르는 소리였다. 봄이 되어서 낙엽 밑에 얼어 있던 얼음이 녹아 흘러 내려가는 소리 같았다. 만약에 발을 잘못 밟아 헛딛기라도 한다면 그냥 수렁 속으로 빨려 들어가 버릴 것만 같았다. 그는 계곡을 피해 언덕을 올라 산등성이 쪽으로 방향을 잡았다.

그런데 이게 웬일이란 말인가. 아래 뭔가가 움직이는 것을 봤다. 아까 그놈, 서남칠이었다. 용범은 기겁을 하며 들고 있던 지팡이를 내던지고 달아나기 시작하였다. 계곡 쪽으로 가면 발이 빠져 못 도망갈 것 같아 산등성이를 타고 내리뛰었다. 용범은 아름드리 상수리나무를 안고 한 바퀴 획 돌았다. 놈은 저만치 그를 지나쳐 갔다. 다시 작은 솔숲 사이를 이리저리 돌아 내달렸다. 용범은 그 자리에 우뚝 멈춰 설 수밖에 없었다. 앞은 땅이 푹 꺼져 천길만길 낭떠러지 앞이 아닌가.

순간 뒤를 얼른 돌아보았다. 놈은 그를 향해 달려오고 있었다. 더 뭘 망설일 수가 없어 발아래로 뻗어 있는 넝쿨을 잡고 절벽 아래로 휙 몸을 날렸다. 서남칠은 안 보였다. 휴, 살았다며 용범은 한숨을 내쉬었다. 그리고 발밑을 보니 아득하여 바닥이 잘 보이지 않았다.

깊은 계곡은 큰 나무들과 칡넝쿨이 위아래로 수없이 뻗어 있었다. 용범은 굵은 넝쿨을 골라 단단히 잡고 아래로 천천히 내려갔다. 얼마나 내려갔을까. 용범은 목이 말랐다. 희뿌연 물안개가 걷히는가 싶더니 바닥이 드러나 보였다. 바닥에는 물풀이 무성했다. 물풀은 마치 커다랗게 멍석을 깔아 놓은 듯 둥그런 형태였다. 한가운데 웅덩이에 물이 고여 있었다. 용범은 갈증을 못 견뎌 무릎을 꿇고 고개를 처박았다. 그리고 기갈이 들린 듯 정신없이 물을 마셨다. 물에 비친 이상한 몰골이 자신을 마주 보았다. 도깨비처럼 삐뚤삐뚤하게 생긴 모습이었다. 수면에 이지러진 얼굴은 이내 또 다른 모습으로 바뀌었다. 이상한 생각을 하며 용범이

내가 너다

바닥을 유심히 보니, 아까 그 인민군 복장을 한 놈이 서 있지를 않는가. 그가 내려오기만을 기다리는 중이었다.

깜짝 놀란 용범은 내려가던 넝쿨을 단단히 잡고 다시 한 번 찬찬히 주위를 살펴보았다. 찰카닥! 노리쇠 걸리는 소리였다. 놈은 권총을 그에게 겨누었다. 검붉은 얼굴의 표정은 아리아리했지만 네모난 얼굴선이며 억세고 굵은 팔뚝이 드러났다. 손이 떨리고 온몸에 힘이 쫙 풀려 그 자리에서 그냥 떨어질 것만 같았다. 놈과의 거리는 불과 대여섯 걸음 정도의 간격이었다. 용범이 내려가다가 몸을 힘껏 용솟음치며 뛰어올랐다. 순간, 발을 얼른 위로 올려 움츠러뜨렸다. 칡넝쿨이 흔들리면서 요동을 쳤다. 자신도 모르게 넝쿨을 움켜잡고 위로 올라가기 시작했다. 이번에도 아슬아슬하게 용범은 놈이 쏘는 총알을 피할 수 있었다. 만약 위로 몇 발자국 올라오지 않고 그 자리에 있었더라면 영락없이 놈이 겨누는 유효 사격 거리였다.

"이제 내가 당한 것처럼 네 몸뚱이도 개박살을 내주마."

놈이 아래서 흔드는지 용범이 매달려 있던 넝쿨은 크게 출렁거렸다. 그는 마치 원숭이처럼 넝쿨에 바짝 붙어 몸의 균형을 잡고 필사적으로 버티었다. 온 힘을 다해 두 발로

넝쿨에 감고 두 손으로는 잡아끌며 위로위로 올라갔다. 팔뚝에서 힘이 빠졌다. 자신도 모르게 몸서리가 쳐졌다. 차라리 밑으로 떨어져 서남칠의 총에 맞는 편이 나을까. 아무래도 609 특공대가 간첩에게 치욕스럽게 죽는 건 더더욱 싫었다. 그러나 이대로 있어도 얼마의 시간이 지나면 그는 밑으로 떨어지고 말 것이었다. 용범은 아무리 생각을 해도 지금의 이 상황을 벗어날 수가 없었다. 그는 울다가 웃고 웃다가 울었다. 순간이 멈칫한 느낌이었다. 총을 든 서남칠이 어디론가 사라진 대신, 안개 속에서 누군가가 나타났다. 구름을 타고 서 있는 사람은 낯이 익었다. 하얀 두루마기를 입은 할아버지가 긴 지팡이를 들고 그의 곁으로 다가왔다. 할아버지는 천천히 고개를 돌려서 그를 내려다봤다.

"허허허. 이 녀석 용범아! 네 아직도 어리석구나. 불쌍한 중생의 운명을 어찌할고."

"할아버지, 저를 이곳에서 빨리 벗어나게 해 주세요."

"인생은 누구나 다 너와 같은 고달픈 삶 속에 갇혀서 있는 것이다. 발버둥을 쳐봐야 어찌하겠느냐. 우매한 인간들로는 할 수 없는 숙명인 것을."

할아버지는 오른손을 들어 수염을 점잖게 쓰다듬었다.

내가 너다

용범은 눈물을 흘리며 애원했다. 어렸을 적에 사탕을 사 주셨던 할아버지와는 또 다른 모습이었다.

"저는 할아버지가 하시는 말씀이 뭔 말인지 하나도 모르겠어요. 제발 한번만 저를 살려 주세요."

"허허허! 너는 지금 꿈속에서 꿈을 꾸며 괴로워하고 있구나. 네가 고통을 벗어나는 방법은, 내가 맘대로 할 수 있는 일도 아니고 네 스스로 풀어야 할 숙명이니라."

"예? 뭐라고요, 이 숙명을 내가 풀어야 한다고요? 뭔 말씀인지 아무리 생각해봐도 저는 도무지 무슨 말씀인지 하나도 모르겠어요. 할아버지! 그러지 말고 나를 한번만 살려 주세요."

"용범아, 인생이란 만나면 헤어지는 것이고 태어나면 죽는 것이 순리가 아니더냐? 무얼 그리 살려 달라고 애원을 하는 게냐? 사는 일도 죽는 일도 미혹이니라. 꿈에서 깨어나기만 하면 모든 고통에서 벗어나는 것을 왜 모른단 말이냐? 녀석아. 허허허!"

할아버지는 안개 속으로 멀어지면서 사라졌다.

****

"아아!"

용범은 자리에서 벌떡 일어났다. 잠에서 깨어난 눈에는 눈물이 가득 고이다가 흘렀다. 꿈이었지만 꿈같지 않고 너무나 생생하여 마치 현실 같았다. 그는 위를 쳐다봤다. 벽에 매달린 링거병이 보였다. 자신의 집이 아니었다. 정신이 몽롱했다. 여관 밖에서 아이들이 뭐라고 떠드는 소리가 귀에 들리는 듯 했다. 순간이 마치 꿈을 꾸는 듯 아련하게 느껴졌지만, 가슴에서 심장이 뛰는 소리는 여실히 느껴졌다.

내가 살아 있구나. 나는 죽지 않았어. 용범은 속으로 그 말을 되뇌며 팔을 잡아 흔들어 몸을 움직여 보아도 아픈 곳이라고는 없었다. 몸살이 나듯 끙끙 앓고 누웠던 생각을 하면서 두 팔과 다리를 움직여 보았다. 아니, 그동안 꿈을 꾸듯이 겪은 일들이 저승이었단 말인가? 용범은 아직까지도 너무 생생하게 느껴지는 일들을 생각하며 몸을 부르르 떨었다.

그는 기억에도 생생한 조금 전의 세상과 지금 눈앞의 세상이 너무나도 달랐다. 멍하게 천장을 바라보고 있었다. 그리고 수염이 하얀 할아버지의 말씀을 되새겨 보았다. 꿈속에서 꿈을 꾸고 있구나. 그 고통에서 벗어나는 길은 꿈에서 깨어나는 것이라고? 뭔가 알 것도 같으면서도 도무지 무슨 말인지 알 수가 없는 말이었다. 인생살이도 따지고 보면 모두 꿈이란 말인가. 그래서 인생살이가 일장춘몽이라 했든가. 우리가 지고 있는 이 무거운 인생의 짐을 벗는 길은 죽으면서 벗는 거지. 죽는다는 것은 또 뭔가.

용범은 온몸이 피곤한 탓에 더 이상 견디지 못하고 여관방 아랫목 벽에 기대어 눈을 감고 잠을 청했다. 무슨 노랫소리가 마치 꿈속에서 아련하게 크게 들렸다가 작게 들렸다가 했다. 삶도 꿈이고 자면서 꾸는 꿈도 한낱 꿈이었구나. 꿈속에서 꿈을 찾아 헤매나 보다라고, 중얼거리며 그는 깊은 잠에 빠져들었다.

다시 눈을 떴을 때는 동창이 훤히 밝아 있었다. 사방은 너무 조용해 적막감이 감놀았다. 용범은 몸을 간신히 일으켜 자리에서 일어났다. 생각보다 훨씬 몸이 가벼웠다. 문을 밀고 밖으로 나가 마루에 걸터앉았다. 봄 햇살이 눈부시게 비쳤다. 눈을 뜨고 똑바로 쳐다볼 수 없을 정도로 강렬한 햇빛이 비추고 있었다.

허물 벗는 일

깨어나 보니, 세상의 고통은 고스란히 남아 있었다. 차라리 깨어나지 않았다면 좋았을 것을. 실의에 잠겨 절망 속에 지내던 어느 날이었다. 자고 나니까 온몸이 두드러기가 났다. 두꺼비의 살갗과 다름없었다. 얼굴과 팔만 빼놓고 온몸이 옴 오르듯 번져 있었다. 두툴두툴한 피부병인데도 가렵지도 않고 진물도 안 났다. 병원에 입원했으나 전혀 차도가 없었다. 참으로 이상했다. 도대체 알 수 없는 일이 일어난 것이다. 용범은 죽고 싶을 정도로 자기혐오에 시달렸다. 생각 끝에 한 달 동안 몸을 의지했던 집에서 있다가 나와 버렸다. 주머니에 남은 돈

내가 너다

도 거의 떨어져 갔다.

늦가을 찬바람이 얇은 코트 속으로 파고들었다. 날이 지나도록 피부병이라는 게 여전히 가렵지도 않고 진물도 나지 않는 그 상태로 있었다. 무작정 용범은 걸었다. 터벅터벅 걸어오다가 보니, 집들 사이로 무슨 깃발 같은 것이 보였다. 그건 무당집을 표시하는 붉은색과 노란색이 그려진 표시였다. 깃발이 나부꼈다. 허름하고 조그만 집이었다. 누가 끌고 가는 것도 아니련만, 그는 이상스럽게 집 앞에 멈췄다. 용범은 몸을 낮춰 녹슬고 낡은 철문을 열고 집 안으로 천천히 들어섰다.

"밖에 누가 오셨어요?"

방에서 앳된 남성의 목소리가 들렸다.

밖으로 목소리만 들렸을 뿐 아무도 보이지 않았다. 용범은 헛기침을 한 다음, 무당집 방으로 성큼성큼 들어갔다. 어둑한 방 안에는 웬 비닐 호스들이 뱀처럼 얼키설키 흐트러져 있었다. 그리고 방구석에 열일곱 살 쯤 보이는 남자아이가 앉아 있었다. 방을 다 뜯어놓고 보일러 공사를 하는 중이었다.

"얘? 집 안에 어머님은 안 계시냐?"

용범이 묻는 말 대신에, 사내아이는 대뜸 반말조로 대꾸했다.

"아이고, 어머니는 무슨? 제가 뭘 보는 사람이요! 나는 아저씨가 왜 우리 집에 왔는지 알아."

"뭐라고? 그래, 내가 왜 왔는데?"

"내가 어제 선몽을 받았는데 아저씨는 옷을 벗으면 괴물이야."

용범은 뜨끔하면서 자기 자신도 모르게 내려다보았다. 옷 안에 감춰진 자신의 몸뚱이의 내막을 철모르는 아이가 도대체 어떻게 안다는 말인가. 헛웃음이 나와서 그 역시 농담처럼 던졌다.

"괴물? 허허허허 그것 때문에 내가 여기를 왔는데, 내 몸이 도대체 왜 그러냐?"

"당신한테 문제가 있어. 산에 있어야 할 사람이 쓸데없는 일을 하고 돌아다니니까 그런 거요. 산에 가서 스님이 되던지, 우리처럼 뭘 해야 하는데."

"그렇게 하면 내 몸에 있는 이 괴물을 없앨 수 있겠냐?"

"그걸 내가 어떻게 압니까. 혹시 모르지요. 굿을 하면 신령님의 힘으로 나을지도."

내가 너다

"정말?"

"굿할 돈이 오백만 원이나 드는데, 내놓을 수 있어요? 단한 푼도 깎을 생각은 마세요."

"그래, 난 괴물이니까 원래대로만 해 주면 못할 거 없지. 그런데 만약 네가 나를 낫게 못 하면 어쩔 거냐?"

"염려 마세요. 시간이 지나면 나을 거요."

"뭐! 얼마나 시일이 걸리는데?"

"하루가 걸릴지, 이틀이 걸릴지, 아니면 한 달 넘게 걸릴지 그건 신령님 맘이니까 나도 모르지요."

차마 웃지도 못할 딱하고 막연한 대답이었다. 그렇지만 용범은 무슨 귀신에게 홀린 듯했다. 뭐랄까, 사내아이의 말을 도저히 거역하지 못하는 어떤 힘에 끌렸다. 도대체 어떤 힘의 마력이 불우한 자신의 처지를 끌고 간다는 말인가. 주머니를 몽땅 털어서 전 재산인 50만원을 줬다. 꼭 굿할 돈을 먼저 주어야 한다기에 시계와 금반지, 금목걸이까지 몽땅 처분하니 300만원 남짓 되었다. 그래도 돈이 부족했다.

"내 이럴 줄 알았지요. 하지만 아저씨가 백만 원밖에 안 가져왔어도, 난 어차피 이 일을 할 수밖에 없어요."

이튿날 젊은 남자 무당은 여자 둘을 데려왔다. 호박처

럼 동글동글하게 생긴 여자와 가맣고 빼빼 마른 여자는 눈빛이 떠 있었다. 신들린 것 같은 여자들은 서로 말하지 않아도 통하는 같은 패거리 같았다. 봉고차는 네 사람을 싣고 전혀 알지 못한 곳으로 한참을 달렸다. 차가 멈추자 모두 내려서 걸었다. 산세가 험한 느낌이 드는 바위산까지 올라갔다. 계곡의 바윗돌들 틈으로 맑은 물이 고여 있었다.

"이따가 내가 연락하면 저기서 목욕을 해야 합니다."

무당이 손가락으로 바위 아래 흐르는 계곡물을 가리키며 용범에게 말했다.

"뭐! 나더러 이 엄동설한에 저곳으로 들어가라고?"

용범은 어이없는 얼굴로 반문했다. 무당은 들은 척도 않더니, 그녀들과 함께 평평한 바윗돌 위에 고사 상을 차렸다. 강추위가 몰아치는 12월인데, 찬물 속으로 들어가라는 명령 아닌 명령.

조상들의 천도식을 한다는 것이다. 긴 염주를 손가락으로 돌리는 무당. 징소리를 내며 북을 치는 여자들. 모두 제각각 내는 소리가 한데 어우러져 산속을 퍼져나갔다. 뎅 뎅 뎅~ 둥 둥 둥 둥. 그것들의 소리가 날 적마다 용범의 가슴은 터질 것만 같았다. 무슨 주문을 읊어대는 소리가 들렸다.

내가 너다

용범은 까닭 없이 자꾸만 손이 떨렸다. 알코올 중독에 걸린 사람처럼 왜 손이 떨리지? 손은 사시나무 떨 듯 멈추지 않았다. 아니야, 떨면 안 돼! 그럴수록 몸과 생각은 비켜나갔다. 정신은 말짱한데 손에 힘을 줄수록 손은 점점 더 떨리는 것이었다. 잠이 오듯 머릿속이 혼미하기 시작했다. 누군가 그의 머리를 끌고 어디론가 자꾸 데려가는데 뿌리치지 못하고 끌려가는 느낌이었다. 몸과 정신이 따로따로 분리가 된 듯 자아가 사라지고 없었다. 그리고 갑자기 자기 자신의 의지력과 상관없이 입에서 말문이 터졌다. 술에 취한 듯 흐리멍덩한 용범에게 무당이 물었다.

"너는 누구냐?"

비몽사몽 용범이 대답했다.

"용두거사다."

무당이 눈을 치뜨며 다시 물었다.

"어디서 왔느냐?"

용범이 고개를 들며 말했다.

"저 멀리 바다에서 온 용두거사다."

무당이 고개를 방바닥에 처박으며 두 손을 싹싹 비볐다. 그리고 한참 감았던 눈을 치뜨며 단호하게 말했다.

"외할아버지다. 당신의 외할아버지가 틀림없어!"

고사 상을 차리고 반시간도 안 되어 의식은 끝났다. 무당은 그에게 다 끝났으니 산에서 내려가자고 말했다. 소맷자락을 잡던 무당을 뿌리치며 제정신으로 돌아온 용범이 발끈했다.

"아니, 도대체 이거 뭐하는 짓거리이냐고?"

"다 당신을 위하여 한 일입니다."

"내 몸은?"

"다 나을 거요. 걱정 말아요."

무당은 눈을 내리깔며 천연덕스럽게 그를 달랬다. 용범은 생각하면 할수록 헛웃음만 나왔다. 당장 끼니 걱정이 눈앞에 있는데 이 꼴이 뭐람. 생전 보지도 듣지도 못한 사람들한테 사기를 당한 것은 아닌지 부아가 났다. 용범은 임시로 얻어 놓은 방으로 들어가 풀썩 주저앉았다. 단칸방에 살림이라곤 이불과 냄비 한 개, 밥그릇과 국그릇 2개가 전부였다.

또 이틀이 지났다. 그런데 이번에도 무당은 여인을 데려왔다. 여인은 얼굴이 둥글고 예쁘장한 서른대여섯 살쯤이었다. 방에 들어와 촛대 2개를 내려놓았다. 무당은 눈을 치

커뜨더니 용범에게 명령조로 말했다.

"오늘부터 시간 날 때마다 기도해."

"빨리 낫게만 해준다면……."

"물 한 그릇을 떠놓고 몸을 낫게 해달라고 밤마다 하늘에 기도해라."

사뭇 반말이었다. 용범은 무당이 시키는 대로 열심히 빌고 또 빌었다. 과연 이렇게 하면 무당의 말처럼 효험이 있을까. 자꾸 의심은 들었지만, 별 뾰족한 수도 없었다.

해가 바뀌었다. 1월 첫날이었다. 지구는 자전과 공전을 하며 시간은 만들어지는 것이다. 무당은 또 예고도 없이 불쑥 들어왔다.

"산에 가자고."

"가서 뭐하게요?"

용범이 퉁명스럽게 대꾸했다. 은근히 부아가 치밀었던 것이다.

"자, 내 말을 들어야 해요. 이제부터가 정말 중요하니까."

첫 열차였다. 사방은 아직 캄캄했다. 가로등 불빛은 추위에도 졸고 있었다. 전철 안의 좌석은 듬성듬성 비어 있었다. 일행은 나란히 앉았다. 모두 전철을 타고 봉황산역에 내렸다. 무당은 배낭을 지고 그들은 등산로를 따라 올라갔다. 산 능선과 계곡은 어둠을 다 털어 내지 못했다. 앞서거니 뒤서거니 길을 더듬었다. 얼마쯤 갔을까. 산봉우리들이 켜켜이 접힌 산속이었다. 계곡을 타고 섰다. 동굴이 앞이었다. 입구가 넓은 동굴 속으로 들어가니 두 갈래 길에서 작은 동굴이 나타났다. 그 옆으로 폭포수처럼 물줄기가 가늘게 떨어졌다. 굴 안에는 촛불들이 가득해서 밝았다. 무속인으로 보이는 사람들이 여기저기 드문드문 모여 앉아서 웅성거렸다. 무당은 여인과 함께 배낭을 열고 가져온 제수를 차리고 촛불을 켰다. 그리고 알 수 없는 주문을 중얼거리기를 수없이 되풀이했다.

용범은 시끄러워 동굴 바깥으로 나왔다. 아까 왔던 등산로를 따라 더 높이 올라갔다. 한참을 올라갔더니 조그만 봉우리가 보였다. 그쯤에서 쉬고 싶었다. 대여섯 명은 능히 앉을 만한 너럭바위가 나타났다. 그는 바위에 풀썩 주저앉았다. 산 아래에서 매서운 바람이 옷 속으로 파고들었다.

눈을 들어 앞을 보았다. 누군가 앉아 있었다. 아니, 사람의 형상은 뭔가 어설펐다. 초점을 모아 자세히 살펴보니,

내가 너다

바위 틈새에 돋아 있는 구불텅한 소나무 한 그루였다. 나뭇가지들은 살아서 흔들거렸다. 소나무 가지가 점점 커지는 듯했다. 검푸른 나뭇가지들은 주홍색이더니 차츰 새빨갛게 변해 버렸다. 그리고 용광로에서 막 꺼낸 듯 시뻘건 소나무 뒤로 웬 사람이 나타났다. 부처님의 실루엣과 비슷한 그 형상이 말했다.

"내가 보현보살이다."

너무나 황당한 일이었다. 용범의 눈에 보였던 모든 것이 순식간에 사라졌다. 갑자기 그의 머리털은 바람에 헝클어졌다. 누군가 일부러 머리에 모래 같은 것을 마구 뿌리는 듯 했다. 메마른 마사 흙이었다. 갠 하늘을 쳐다보았지만 흐리마리 밍근했을 뿐 아무렇지 않았다. 그런데 웬 흙모래란 말인가. 용범은 너무나 무서워서 눈을 감았다. 그리고 닥치는 대로 아무라도 불렀다.

"아버지! 어머니! 산신령님! 할아버지!"

용범은 눈을 가만히 떴다. 어둠을 들치고 날빛이 발버둥치려는 느낌이 들었다. 부윰한 빛이 들어왔다. 멀리서 동이 터오기 시작한 것이다. 순간에는 시간을 짐작할 수 없었다. 생각해 보니 어림잡아 서너 시간 동안을 그렇게 있었던 것이다. 그는 그제야 자신을 의식했다. 육신을 느끼고 기억을 더듬었다. 차디찬 손을 들어 올려 머리에서 모래를 털었다. 머리카락 틈에 숨어있던 모래 알갱이들이 부스럭거리며 떨어졌다. 어렸을 적에 학교 운동장에서 친구들과 모래를 흩뿌리던 기억이 설핏 떠오르다가 가라앉았다.

차디찬 기운이 그를 불렀다. 그가 일어나서 내려가기 시작했다. 얼굴에 찬 기운이 선뜻선뜻 부딪쳤다. 눈발이 언뜻언뜻 비쳤다. 산 아래에서 누군가를 부르는 소리가 들렸다. 무당과 여인이 용범을 향해 손사래를 쳤다.

"어디 있었어요? 찾느라고 얼마나 헤맸는데……."

함께 걸어오면서 용범이 불쑥 무당에게 물었다.

"한 가지 물어봅시다. 보현보살이란 게 뭐요?"

"보현보살? 잘 모르겠는데, 관세음보살이 아니고요?"

"혹시 아저씨가 헛것을 본 거 아뇨? 아이고! 추워서 헛것이 들었나봐. 빨리 굿으로 풀어 줘야겠는걸."

산 밑으로 내려오다 보니 조그마한 암자가 있었다. 기와 지붕을 싸락눈이 덮었다. 단청이 벗겨진 처마 밑에서 풍경소리가 났다. 이제 막 내린 눈을 웬 사람이 싸리 빗자루로 비질하고 있었다. 처사는 쓸다가 고개를 들었다.

내가 너다

"아저씨? 저, 하나만 물어봐요?

회색 한복을 입고 머리를 기른 처사가 얼굴을 돌려 바라
봤다.

"보현보살이라고 들어 봤어요?"

"그럼요, 절에 모셔져 있답니다."

무당들은 꽝이었다. 한심하고 무식한 것들. 용범은 무당
에 대한 신뢰가 슬슬 무너지기 시작했다. 무당과 여인은 저
만치 앞장서서 빠른 걸음으로 지나갔다.

용범은 집에 돌아와서 아무리 생각해 보아도 황당하기
짝이 없는 일이었다. 내게 왜 그런 환영들이 보였을까. 지
각이 있는 사람이라면 상식적으로는 도저히 삐질 수 없는
구렁텅이에 처박힌 것이다. 건축일은 과학적이었고, 부도
가 난 것도 원인이 있어 생긴 일일 터. 그런데 아무리 마음
이 심약해지고 나락에 떨어졌다 한들, 자기 자신이 하는 짓
은 도무지 알 수 없었다. 곁에서 누군가 강압적으로 시켰다
고 해도 이건 아니었다. 더구나 눈앞의 현실은 암담하기만
했다. 무엇보다 목구멍이 포도청이었다. 이미 연탄도 쌀도
반찬도 떨어져있었다. 거지가 따로 없었다. 이제부터 살아
나가려면 어디론가 나가서 구걸이라도 해야 했다. 밖에서

무슨 소리가 들렸다. 여성의 목소리였다.

"계서요?"

"누구세요?"

"저어, 뭣 좀 보러왔는데요?"

용범이 문을 열었다. 예순이나 되었을까. 검버섯 돋고 잔주름이 자글자글한 여인이 서 있었다. 여인은 눈을 들어 스스럼없이 입을 열었다.

"저쪽에서 말을 듣고 왔습니다. 잘 보실 거라고 해서요."

"저쪽이라뇨? 여기는 그런 일을 하는 곳이 아닙니다. 나가세요!"

여인은 푸른색 돈 한 장을 꺼내들고 꼼짝 않고 있었다. 찬바람이 불었다. 생각을 해보니 문전박대할 일만도 아니었다.

"추운데 우선 안으로 들어오세요."

여인은 신발을 벗고 안으로 들어왔다.

"누가 어떤 이야기를 해서 오신지는 모르지만 나는 보는 사람이 아닙니다. 아주머니를 보니까, 내가 오히려 춥네요. 아주머니 부친 때문에 내가 춥다니까요."

"맞아요! 아버지는 젊었을 적에 술을 마시다가 겨울에 길

내_가 너_다

에서 얼어 죽었지요. 아저씨? 요즘 아버지 때문에 잠을 잘
수가 없어요. 눈만 떠도 아버지가 나타나서 나를 괴롭혀요.
우리 아버지를 위하여 기도 좀 해주세요. 제발요!"

추억이라는 것

*

얼굴이 화끈거리고 가슴이 울렁거렸다. 참으로 별일이었다. 현식은 곁눈질로 다시 슬쩍 앳된 여자를 훔쳤다. 만원 버스 안에서 천장의 고리를 잡고 있는 여자는 바깥을 바라보았다. 현식은 가슴이 콩닥콩닥 뛰었다. 쉰 냄새가 나기 시작한다는 나이이다. 아무리 늙은 총각이라지만 딸 같은 여자를 보면서 이 무슨 망발인가. 알 수 없었다. 버스를 막 탈 때만 해도 잔잔했던 마음이었다.

남학생이 자리를 양보하고 빠져나가면서 앉게 되었다. 한동안은 스치는 고층아파트를 보았다. 눈을 돌리니 차 안

내가 너다

의 승객들이 눈에 들어왔다. 바로 그때, 운전석 뒤에 키가 훤칠한 여자를 보게 된 것이다. 하얀 양털 외투를 입은 여자는 스물 중반쯤 됐을까. 진한 갈색으로 짧고 단정한 머리였다. 짙은 눈썹 아래 반짝이는 눈빛이 차분했다. 부글부글한 양털 외투 자락 밑으로 검정 스커트와 검정색 짧은 부츠를 신었다. 검정스타킹이 감은 종아리는 가늘지도 굵지도 않았다.

갑자기 버스가 섰다. 신호등이 바뀐 모양이었다. 차가 움찔하자 승객들의 몸이 앞으로 뒤로 휘청거렸다. 현식은 자신도 모르게 얼른 여자를 쳐다보았다. 휘청거리던 여자가 한 발짝 뒤로 밟더니 현식과 눈빛이 마주쳤다. 여사는 어느새 천장의 고리 대신 앞좌석의 등받이를 움켜잡고 있었다. 현식은 애써 짐짓 태연하려고 했다. 그런데 이상했다. 갑자기 얼굴이 붉어진 느낌이었다. 자가당착일까. 여자의 눈빛이 낯익은 사람처럼 눈웃음 가득히 그를 내려다보고 있기 때문이다. 그때부터 왠지 마음이 둥둥 떴다. 현식은 도둑질하다가 들킨 사람처럼 부끄러움까지 밀려왔다. 처음 본 사람이 웃었다고 낯익은 얼굴이라고 하기에는 억지스러웠다. 왠지 낯익은 느낌이 드는 것을 지울 수 없었다. 어디서 보았을까. 머릿속에서는 알 만한 닮은 여성들을 찾아 헤맸다.

그 여자인가? 가을이면 바바리코트의 깃을 세우고, 일 년에 서너 번씩 화실을 방문했던 여자. 원래 화가였던 여자는 지방 도시에서 화랑을 했다. 더러는 골동품거래도 하는 모양이었다. 살갗이 하얗고 늘씬한 몸매의 여자는 말을 아끼는 편이었다.

"선생님의 작품은 렘브란트의 어둠과 뭉크의 슬픔이 묻어 있는 거 같아요."

"무슨 그런! 싸구려 그림을 모독하지 맙시다."

"지금 모독이라고 했나요? 호호호."

"비교할 분들하고 비교를 하서야지. 하하하하."

여자는 흥정을 하지 않고 그림을 사갔다. 가끔은 서울에 오지 않고 전화로 그림을 주문했다. 현식이 여자와 처음 함께 잠을 잔 것은, 그녀가 마지막 비행기를 놓친 날이었다. 그 후에도 여자와 몇 번인가 모텔에서 잠을 잔 적이 있었다. 그리고 언제부턴가 연락이 끊겼고, 이쪽도 그녀를 차츰 잊어갔다.

그 여자도 아니었다. 그렇다면 누구였을까? 현식은 더 깊숙이 머릿속으로 자맥질을 했다. 심해의 바닥에서 건져

내가 너다

올린 이미지가 떠올랐다. 그래, 맞다! 그런데, 그럴 리가 없다. 그때가 벌써 언젠데…… 신희, 김신희! 현식은 고개를 도리질하며 속으로 부정했다. 그랬다. 그때를 놓고 말하자면, 말도 안 되는 일이다. 자식뻘 되는 앳된 여자와 그 여자 사이의 시간과 공간은 수십 년이 흐른 옛날이었다.

**

신희는 약간 곱슬머리의 단발이었다. 짙은 속눈썹과 검은 눈동자는 흰자위에 또렷했다. 하얀 얼굴빛은 또렷한 코와 가지런한 하얀 이마저 조화로웠다. 검정 교복의 하얀 깃이 백합 꽃잎처럼 부드러운 선과 빳빳함을 함께 지녔다. 교복 치마 밑으로 드러난 종아리는 길고 반듯했다. 운동화는 하얗다 못해 눈이 부셨다. 교문을 지나 친구 경순이와 조잘거리며 나오는 신희의 모습은 단연 돋보였으니까.

북향으로 하루 내내 햇빛 한 줌 들지 않은 시골 읍내의 가게였다. 가게에 딸린 방 한 칸에서 어머니와 갓 중학생인 여동생, 식구는 셋이었다. 길게 늘어진 기역자 모양의 어둠침침한 방에서 현식은 함께 밥을 먹고 잤다. 방문을 열면 가게였다. 선반에는 통조림, 소주와 맥주, 음료수, 국수, 양초, 비누 따위의 물건들이 진열되어 있었다. 과자, 라면, 사탕봉지 등은 가게 한가운데 목판에 덩그마니 놓여 있었다. 포장지가 빛바랜 물건들을 잔뜩 늘어놓고, 어머니는 방에 앉아 있었다. 소꿉장난 같은 일상의 삶이 지겨운 고등학교 무렵이었다. 가끔 스르륵 유리문이 열리는 소리가 나면 현식은 책과 노트를 덮고 가게로 나갔다. 동네 아낙네들과 아이들이 라면과 빵이며 과자를 사러 들어왔다.

가끔 어머니가 슬며시 웃는 얼굴이 떠올랐다. 그때는 어머니의 깊은 마음을 헤아리지 못했던 것이라고 현식은 생각했다. 어머니는 흰 노란빛이 둥근 추석달이 뜨면 부엌에 나갔다. 알전구가 달랑 걸린 부엌은 어둠과 빛이 공존했다. 해수를 쿨럭거리며 어머니는 주섬주섬 옷을 걸쳤다. 15촉짜리 알전구가 밝히는 어둠 속에서 달그락거리며 어머니는 맛있는 냄새를 피워 냈다. 현식은 방으로 들락날락하는 동생이 주는 그릇들을 밥상에 올렸다. 상이 차려졌다. 상에 오른 생선과 나물들이며 전, 과일 따위.

달이 부풀어 오르고 있었다. 아이들은 학교 운동장에 나가 뛰어 놀았다. 아이들은 밤하늘에 불꽃을 펑펑 내질렀다. 하늘이 잠깐 시끄럽다가 보름달이 휘영청 높이 오르면 밤은 깊었다. 텅 빈 운동장에는 어둠을 다 드러내지 못한 보

내가 너다

름달이 은빛 가루를 뿌렸다. 웃자란 나무들이 성큼성큼 걸어올 것 같은 운동장을 현식을 거닐었다. 어머니는 가끔 기침을 하다가 시뻘건 피를 손수건으로 훔쳤다. 어머니의 각혈과 삶의 고단함을 엿보는 그림자가 늘 손바닥만 한 창문을 기웃거렸다. 학교에 가서도 집안일이 뇌리를 스쳤다. 어머니가 방바닥 아랫목에서 새우처럼 웅크리고 설핏 잠든 모습으로 눈에 밟혔다.

그 무렵, 고단한 삶과 시름에 시달린 일상은 현식의 가슴으로 달려들었다. 가끔 시험공부로 설핏 들었던 잠을 뿌리칠 적에도 운동장을 돌았다. 치우다 만 추석 차례 상처럼. 그 시기에는 어둠을 다 드러내지 못했으니까.

아주 어렸을 적의 기억조차 가끔 떠다니다가 사라졌다. 어둑한 방 안이었고 선잠을 깼던 것 같았다. 주위를 둘러보아도 아무도 보이지 않았다. 아기는 엉금엉금 기어가 살짝 열린 창호지 문설주 가운데로 머리를 밀었다. 아지랑이가 이글거리는 먼 들판에서 들려오는 소 울음소리. 음매 음매 ~. 송아지가 엄마소를 부르는 것 같기도 했다. 엄마소는 송아지를 떼어 놓고 무엇을 하고 있었을까. 논을 갈고 있었거나 코뚜레의 질곡에 끌려 고통을 참아내지 못했을까.

아버지가 부재한 상태에서 그는 어머니가 어깨에 진 멍에를 함께 끌지 못했다. 어머니와 자신은 생애의 짧은 동안 무엇에 씌워 슬픔을 배태하고 있었을까. 혈육이라는 연민을 어떻게 해야 할까. 생명들은 슬픔도 생의 길이와 부피만큼 커져서 오래오래 남는 모양이었다. 기쁨과 슬픔조차도 어머니의 공덕일까. 살아생전 어머니는 자신에게 무엇이었을까. 자식은 부모에게 무엇이었을까. 가난은 감상적인 허무의 생각까지 몰고 왔다. 가혹한 현실이 밀물로 왔으면 돈을 생각했어야 했다.

어머니가 다니던 절은 용추산 아래에 있었다. 현식은 어머니를 따라 절에 갔었다. 스님은 깎아 놓은 밤톨처럼 생겼는데, 낫살이 든 보살이 공양 간을 들락날락했다. 무릎이 성치 않은 어머니는 언제나 백팔 배를 했다. 태양이 황사에 가려 빛이 힘을 잃을 때였다. 어머니는 점심 공양을 마다하고 절 마당을 나서면서 현식에게 말했다.

"봄이 이렇게 왔다가 가겠지?"

"늘 그렇지요 뭐."

어머니의 얼굴은 핏기가 없었다. 갓 여문 진달래 꽃망울처럼.

내가 너 다

어머니는 각혈을 하다가 영영 잠이 들었다.

"우리 고모님은 착하셔서 좋은 곳으로 가셨을 것이다."

어머니의 장례를 끝내고 오면서 영길 형이 그렇게 말했었다. 착한 사람의 기준은 무엇일까. 그리고 좋은 곳이라 함은 어딘가? 모두들 쉽게 말하고 생각하는 일을 현식은 모를 일이었다. 아직도 깨닫지 못하고 있는 세상의 일들. 자식으로서 감회로운 회고를 할 시간조차 어디에 빼앗기고 있었다. 얼굴도 모르는 외삼촌과 어머니의 슬픔은 인간이므로 느끼는 것. 짧은 생애에 타의에 의해 빼앗기는 일은 얼마나 많은가. 평화로운 시기에는 사사로운 감정이 인간을 지배하지만, 전쟁과 인류의 갈등이 대립되는 시기에는 개인이라는 말조차 사치스럽기 짝이 없을 것이다. 현식의 어머니에 대한 이 쓸쓸한 느낌들이, 모르핀 주사처럼 언젠가 한 번은 있을 참혹한 자신의 종말까지 다독여주기를 바랐다.

***

읍내에 하나밖에 없는 고등학교. 남녀공학인 한 학년은 3개 반으로 편성되어 있었다. 남학생반 2학급, 여학생반 1학급. 남녀학생들이 섞인 학급은 없었지만, 일주일에 한 번씩 취미 생활반 활동을 할 때는 학년이나 학급 구분이 없었다. 현식은 신희와 함께 미술반이었다. 수요일 오후만 되면 미술반은 야외로 나가 그림을 그렸다. 4B연필의 굵은 선 위로 번지는 물감은 붓질에 의해 자연처럼 살아났다. 수채화의 경쾌한 음양의 선을 현식을 잘 그려 냈다. 현식의 솜씨는 미술 선생의 자자한 칭찬이 아니더라도 모두가 인정했다. 군 교육감상은 늘 따놓았고 도지사상도 가끔씩 탔다. 신희네는 3층집이었다. 읍내 큰길 번화가에서 포목상을 하고 있었다.

일요일 오전이었다. 잿빛바지를 입은 현식은 교회 앞 골목에서 신희를 기다렸다. 예배 시간이 끝날 무렵 신희의 모습을 본 현식은 조금 앞에서 떨어져 걸었다. 신희의 얼굴은 약간 발그레했다. 그다지 부끄러움을 타지 않은 성격임에도 뭔가 어색해 하는 눈치였다.

"오래 기다렸어?"

"아니."

"목사님이 안 나오셔서 전도사님이 대신 설교를 했는데 나는 그냥 예배만 보고 나왔어."

"그래도 괜찮아?"

“괜찮아.”

읍내에서 밖으로 걸었다. 드문드문 보이던 집들도 점점 멀어졌다. 도로에서 좁다란 샛길로 접어들었다. 여린 풀들을 산들바람이 살랑살랑 간지럼을 태웠다. 풀잎들이 흔들렸다. 푸른 보리밭이 한없이 펼쳐져 있었다. 아물아물 끝이라고 여겨지는 데가 용추산자락이었다.

용추산 아래 세상은 펼쳐져 있었다. 기기묘묘한 암석들을 품고 있는 산세는 가팔랐다. 어떻게 보면, 마치 성난 용 두 마리가 으르렁거리며 금방이라도 서로 잡아먹을 듯했다. 아스라이 먼바다에서 몰려온 안개가 자우룩하게 용추산을 휘감으면, 용 한 마리가 느릿느릿 바다로 가는 것 같았다. 가까이 가보면 군락을 이룬 울퉁불퉁한 바위들이 능선을 이루었다. 한여름 푸른색이 바위들의 틈에 끼어 산세는 미묘했다. 보는 각도에 따라 제각각 다른 형상이었다. 아랫자락으로 내려올수록 푸른 소나무와 섞인 활엽수들이 치마를 두르듯 완만한 경사를 이루었다. 졸졸 흐르는 물줄기들이 모여 은수천으로 내려가 바다에 닿았다.

여문 보리 대궁들은 부드러운 수염을 달고 같은 웃자라기로 하늘을 쳐다보았다. 하늘은 옥색으로 빛났고 흰 구름

이 둥실둥실 지나갔다. 아무도 봄을 막지 못했다. 벚꽃이
일제히 휘날리다가 라일락향기로 가득 차더니 새싹들은 생
동했다. 오월 하순의 햇덩이는 대지 위의 모든 것들을 태워
버리려는 듯 활활 타올랐다.

신희는 다듬었는지 단발머리가 더욱 가지런했다. 흰 칼
라가 목 언저리에 붙은 교복 대신 진청색 스커트와 빨강 체
크무늬가 그려진 소매 긴 셔츠를 입은 탓인지 키가 커 보였
다. 처녀티가 물씬 풍겨 이제까지 보아온 신희의 또 다른
모습이었다. 현식은 사뭇 신희를 바라보았다. 현식은 보릿
대를 손으로 뽑더니 꺾어서 피리를 만들었다. 신희는 웃음
을 머금고 넌지시 바라보았다. 현식이 입술을 내밀어 피리
를 불었다. 삐비삐~ 삐삐비~. 소리는 그들의 귓전에서 맴돌
다가 그쳤다. 신희가 보리피리 소리를 따라 콧노래를 불렀
다. 현식이 신희를 돌아보며 말했다.

"우리 노래 부를까?"

"먼저 불러봐."

"아냐. 함께 불러!"

"좋아, 그럼 내가 먼저 부를 테니까, 나중에 따라서 부르
기야. 알았지?"

내가 너다

"긴 밤 지새우고~ 풀잎마다 맺힌 진주보다 더 고운 아침 이슬처럼~ 내 맘의 설움이~ 알알이 맺힐 때 아침 동산에 올라~ 작은 미소를 배운다~ 태양은 묘지 위에 붉게 떠오르고 한낮의 찌는 더위는~ 나의 시련일지라도 나 이제 가노라~ 저 거친 광야에~ 서러움 모두 버리고 나 이제 가노라~"

"뒷부분 다시 한 번!"

"오케이."

"저 거친 광야에~ 서러움 모두 버리고 나 이제 가노라~"

약간 어색해 하는 얼굴빛을 서로는 못 본 척했다. 노래의 여운처럼 아무 말 없이 걸었다. 침묵을 먼저 깬 쪽은 신희였다.

"나는 이 노래를 들으면 괜히 슬퍼져."

"나도 그래."

그들은 아무 말 없이 보리밭을 지나 저수지 가까운 논둑길로 접어들었다. 둥둥 떠다니던 흰 구름들이 모아져 약간 회색빛으로 커진 듯했다.

"너, 용추산 전설을 들어 봤어?"

갑자기 무슨 소리냐는 듯 신희는 고개를 돌려 현식을 빤히 쳐다보았다. 아무렇지 않게 지나가는 말처럼 신희가 대답했다.

"용들이 죽었다는 그 이야기?"

"응, 죽은 것까지 전부 통틀어서 그 전설 말이야."

"그건 자세히 못 들어서 몰라. 그런데 우리 고모가 시집을 가기 전엔가, 이런 말은 해주더라."

"뭐라고 했는데?"

현식은 궁금한 눈으로 신희를 보며 입을 꾹 다물었다.

"우리 어렸을 적에 은수천에다 다리 공사를 했다며?"

"은수천이 흘러넘치면 읍내까지 잠기는데, 물난리가 나서……."

"그때, 공사장에서 식당을 하고 있었던 아주머니가 우리 상점에 옷감 사려고 와서 고모한테 그러더라는 데, 공사를 시작하던 중에 비가 부슬부슬 오는 날이었다고 그래. 땅을 미는 불도저 있지? 그걸 운전하는 중장비 기사가 술을 마시고 낮잠을 자면서 꿈을 꾸었다는구먼. 그런데 그 꿈속에서 커다란 이무기 한 마리가 나타나서 하는 말이, 자기가 하루만 지나면 하늘로 승천할 수 있으니, 공사를 제발 하루만 연기해달라고 했다는 거야. 그런데 낮술을 마시고 일하던 기사는 그냥 개꿈이거니 하고 무시해 버렸다는 거야. 또 흙이

물에 젖어 기계 삽날에 잘 파이고 해서 그냥 공사를 계속 해 버렸다는군. 그런데 말이야. 불도저로 흙을 파고 일을 한참 하고 있는데 갑자기 하늘에서 천둥이 치고 벼락이 떨어져 그 기사는 그 자리에서 즉사했다는 거였어.”

“크나큰 구렁이를 이무기라고 한다고 해. 나도 네가 들었다는 그 이야기는 어른들한테 들어서 알고 있는데, 옛날부터 전해 내려오는 이야기.”

“뭐 다른 이야기?”

“옛날 옛적에 호랑이 담배 필 때였겠지. 용추산 아래쪽으로 조금 떨어진 곳에 큰 연못이 있었다는구먼. 이 연못 속에는 아주 오래된 이무기 두 마리가 살고 있었단나. 원래 이무기들이 하늘니라에 살 적에는 서로 다른 짝이 있었는데, 하늘나라에서 몰래 서로를 사랑하는 죄를 저질러 땅으로 귀양 내보내졌다는군. 그런데 땅으로 내려올 때, 옥황상제님이 이를 안타깝게 생각하여, 너희가 정말로 저지른 죄를 뉘우치며 온갖 고통을 잘 참고 견디어 천 년이 되면 다시 하늘로 올라올 수 있다고 약속을 했다는 거야. 하늘로 올라올 때 반드시 지켜야 할 일은 깨끗하게 목욕하고 차례차례 오르라고 했다는데. 천 년이 다 되어갈 그 무렵에는 온 세상천지가 모두 몹시 가뭄이 들고 강물도 연못의 물조차도 거의 메말랐다는 거지. …… 그런데 이무기 수놈이 하늘에 있는 옛날 자기 짝이 생각나서 혼자라도 먼저 올라가고 싶은 조급한 마음이 들어 점점 초조해졌다는군. 그때 햇볕 쨍쨍한 하늘에서 갑자기 한줄기 소나기가 좌악 쏟아져 내린 거야. 그러자 다른 이무기 암컷이 장맛비라도 오는 줄 알고 허둥대며 연못 바깥으로 얼굴을 불쑥 내밀었단다. 그리고 대가리와 발이 조금씩 변하는 조짐을 느끼자, 이제 이무기에서 용으로 변신이 된 줄 알고 안간힘을 쓰며 공중으로 솟구치려는 찰나, 수놈 이무기가 입으로 암놈의 꼬리를 물어뜯고 못 올라가게 끌어내린 일이 일어났지. 서로 올라가니 못가니 하고 싸우고 있을 때, 이를 지켜보시던 옥황상제가 너희들은 약속을 어겼기 때문에 용이 되어 하늘로 오려면 무지하게 긴 세월을 고생하고 더 기다려야 할 것이라고 화를 내셨단다. 그리고는 온 몸뚱이에 진흙이 덕지덕지 묻은 이무기들을 다시 땅바닥으로 내동댕이 쳐버린 것이지. 땅바닥에 떨어진 이무기들이 온몸에 피를 흘리며 서로 껴안고 죽어서 흙덩이로 변하여 그대로 굳어져 버렸단다. 그것이 바로 용추산으로 변했다는 거. 그래서 용추산이고."

내가 너다

"듣고 보니, 참 이상도 하네?"

"옛날이야기라는 게 다 그렇지?"

"그렇지만 아무리 생각해도 이해가 안 돼."

"뭐가?"

"하늘나라에서 그렇게 몰래 사랑하다가 쫓겨났잖아? 그 래서 버림받은 땅으로 도망까지 나왔는데, 서로 같은 처지 인데 왜? 사랑하지 못하고 싸웠을까. 아무래도 이해가 안 가!"

"생각해 보니간 그렇긴 그러네. 정말 참고 사랑했다면 금 강산의 나무꾼과 선녀처럼 날개옷을 차려입고 하늘로 갔어 야 하는데……."

둘은 보리밭 이랑을 지나서 용추산 자락 가까이 걸었다. 맑은 개울물이 흘렀다. 은수천으로 이어지는 여러 물줄기 중 하나였다. 돌들이 누워서 징검다리를 만들었다. 현식이 먼저 껑충껑충 뛰어 개울을 건너 뒤돌아보았다. 신희가 씨 익 웃으며 따라서 건넜다. 밤나무와 상수리나무들이 발돋 움하고 있는 숲이 보리밭과 경계를 이루었다. 산으로 올라 가는 오솔길이 나타났다. 읍내는 뒤로 아득히 멀리 보였다. 눅눅한 바람이 불어왔다. 숲이 파도를 치며 일렁거렸다. 매

지구름이 몰려오더니 맑았던 하늘이 갑자기 어둑해졌다. 후드득. 빗방울이 떨어졌다. 금세 빗방울들은 억센 줄기가 되어 그들을 휘감았다.

"어어! 어떻게 하지?"

"그냥 지나가는 소나기 같은데, 우선 여길 피해야!"

"어디로?"

"집까지는 너무 멀고 보리밭뿐이니까, 산 쪽으로 가는 게 낫겠어."

두 사람은 숲 속을 향하여 뛰었다. 읍내도 보리밭도 빗줄기에 가려 보이지 않았다. 사방은 커다란 나무들로 둘러싸여 어둑했다. 나무 군락 중간 중간에 바윗돌들이 웅크리고 앉았다. 나뭇잎들 사이로 빗물이 툭툭 떨어졌다. 신희의 웃옷이 젖어 가슴과 등짝의 선이 드러났다. 현식의 바지도 허벅지에 찰싹 들어붙었다.

"아이 숨차! 천천히 가."

"그래, 어차피 비를 피하긴 글렀어."

신희의 거친 숨소리를 자신의 심장박동처럼 현식은 느낄 수 있었다. 아니, 자신의 숨소리를 신희의 숨소리가 덮어 누르는 것 같았다. 서로 눈빛이 부딪치자 겸연쩍은 듯 피했다.

내가 너다

"가만있어! 저기 좀 봐봐, 신희."

"어디? 어디?"

"저기 저쪽 말이야."

집채보다 더 큰 바위와 바위끼리 겹쳐진 틈바구니였다. 옴팍하게 들어간 것이 마치 굴 입구처럼 생겼던 것이다. 신희의 얼굴에 웃음이 감돌았다. 바닥도 돌이라서 비를 피하기가 안성맞춤이었다. 현식은 억새풀과 상수리 나뭇잎을 뜯어다 바닥에 깔았다. 제법 푹신한 깔개가 되었다. 신희의 입술이 파랗게 변했다. 떨지는 않았으나 추워 보였다.

"자 이리 앉아."

신희는 서서 고개를 외로 꼬고 현식의 시선을 피했다.

"앉으라니까. 서 있으면 계속 비 맞는다. 너!"

마지못해 신희는 주저앉았다. 따라서 현식도 앉았다. 머리 위로 바위가 천장이 되어 빗방울은 발치 아래로 흩날렸다. 한참 침묵이 흘렀다. 왠지 서먹서먹한 분위기였다. 먼저 현식이 말을 꺼냈다.

"어어, 그냥 지나가는 소나기 치고는 오래가는구나."

"저녁때까지 계속 오면 어떻게 하지?"

"그렇지는 않을 거야. 미안하지만 잠깐 뒤로 돌아 있어.

셔츠가 젖어서 그래."

현식은 웃옷을 벗어 두 손으로 불끈 비틀어 짰다. 그리고 툴툴 털어서 다시 입었다. 선뜻한 기운이 살갗으로 스며들었지만 점점 보송보송한 느낌이었다.

"너도 나처럼 해봐. 내가 돌아설 테니까. 훨씬 개운하고 좋아."

신희는 망설이는 눈치를 보이다가 현식이 돌아서는 것을 보고 체크무늬 셔츠를 벗었다. 한참 시간이 흘렀다. 현식은 몰래 뒤돌아보고 싶은 마음이 굴뚝같았다. 그랬다가 신희와 눈이라도 마주치면 무척 미안할 노릇이었다.

"다 됐어."

조그맣게 신희가 말했다. 서 있던 신희는 다시 주저앉았다. 아까보다 현식에게 더 가까이 다가와 앉았다. 몸이 더워지면서 현식은 떨렸다. 갑자기 목구멍의 침이 마르는 느낌이었다. 왠지 열이 오르고 가슴조차 콩닥콩닥 뛰었다. 곁눈질로 훔쳐본 신희의 얼굴도 발그레했다. 뭔가 어색해 하는 게 역력했다. 현식은 가냘픈 신희의 손을 슬그머니 잡았다. 신희는 가만히 있었다. 뛰는 가슴을 누르지 못한 현식은 오른손으로 신희의 등을 감싸 안았다. 현식은 금방이라도 얼굴을 부딪칠 듯 빤히 신희를 바라보았다. 놀란 토끼의 맑은 눈동자였다. 신희는 두 눈을 감았다. 얼굴이 얼굴을, 입술과 입술이 겹쳤다. 고르지 못한 숨결이 귓전을 어지럽혔다. 두근거리던 심장으로부터 온몸의 피가 거꾸로 솟구치는 듯했다. 눈을 감고 가만히 있던 신희가 현식의 가슴팍을 살짝 밀었다. 처음부터 뿌리치지 않고 왜 지금 와서 밀었을까. 현식은 신희를 바라보면서 갑자기 어쩔 줄 몰라 창피한 마음이 왈칵 밀려들었다. 도둑질을 하다 들킨 기분이 이럴까. 신희는 놀란 얼굴로 붉게 물들어 있었다. 그리고 부끄러운 듯 고개를 수그렸다. 현식은 쑥스러웠다. 서로 침묵이었다. 무척 긴 시간이 멈춰 있는 듯 했다.

"우와, 비가 그쳤다!"

신희가 손으로 바깥을 가리키며 소리쳤다. 조금 전까지의 사실을 훌훌 털어버리려는 듯 목소리는 낭랑했다. 현식은 신희를 보고 겸연쩍게 웃었다. 신희도 싱긋 웃었다. 언제 그랬냐는 듯 하늘에는 잿빛 구름들이 지나가고 있었다. 다시 쨍쨍한 햇빛이 초록 숲을 훑었다. 숲이 반짝거렸다.

그 뒤로도 학교에서나 길거리에서 신희를 잠깐 마주쳤으나 만나지는 못했다. 현식은 자꾸만 신희의 모습이 떠올

랐다. 그리고 신희네 집 앞까지 갔으나 왠지 발걸음이 멈칫
거려졌다. 막상 포목점이 빤히 보이는 약국 뒷골목에서 멀
리 돌아갔던 것이다. 한 달여쯤 지났을까. 여름방학이 끝나
가고 있었다. 신희가 뜻밖에 동생 현정을 통하여 만나자는
연락을 해 왔다. 그간 서울에 있는 언니 집에 다녀왔노라고
했다. 여름날 밤이었다. 하늘에서 어둠이 내려와 사위를 물
들였다. 둘은 걸었다. 칠월칠석. 읍내에서 벗어날수록 눈에
보이는 모든 것은 지워지고 있었다. 사방은 깜깜했지만 별
들은 총총 빛났다. 누가 먼저였는지, 어느새 손을 잡고 있
었다. 은수천으로 가는 신작로 길은 은하수처럼 어렴풋이
드러났다. 호젓한 길에는 아무 사람들도 보이지 않았다. 신
희가 콧노래를 부르다가 말문을 열었다.

"오늘이 칠석날이야."

"아, 그럼 견우하고 직녀가 오작교에서 만나겠구나."

"그러겠지. 음, 작년에는 새벽녘에 빗방울이 떨어졌는데,
오늘은 하늘을 보니까 아직 기별도 없다아. 저 별들 좀 보
아, 초롱초롱하잖아."

"견우와 직녀가 눈물을 안 흘리면 어쩌냐?"

"하긴 새벽까지는 아직 멀어서 몰라. 호호호."

내가 너다

산들바람이 부는 듯 했다. 손을 놓아버린 신희가 다시 현식의 어깨에 어깨를 댔다. 뜬금없이 신희가 말했다.

"현식아, 우리가 계속 만날 수 있을까?"

"고향이 여기인데 못 만날 거 없잖아."

"지금만 같으면 그렇지……."

별들이 흐드러져 금방이라도 쏟아질 것 같았다. 현식은 어둠 속으로 둘이 멀리멀리 사라지고 싶은 마음이 들었다.

학교에서 돌아온 현식은 가방을 들고 들어섰다. 가게 안에서 어머니는 웬 여인에게 꾸중을 듣는 모습이었다. 통통하게 살찐 여인이 어머니를 닦아세우고 있는 모습에 현식은 무조건 왈칵 화가 돋았다. 여인은 신희 엄마였다. 고개를 수그린 현식을 못 볼 것을 본 것처럼 신희엄마가 눈살을 찡그렸다.

"누군가 했더니 너로구나.

신희 엄마는 찢어지게 높은 목소리를 냈다. 어머니는 가만히 듣고만 있었다.

"앞으로 우리 신희를 만나지 마라. 누가 그러는데, 너희들이 바깥에서 만나는 걸 보았다는구나. 남녀가 유별하고 남녀칠세부동석이라는데, 다 큰 학생들이 그러면 못 쓴다.

그리고 아주머니? 아까도 내가 말했지만, 이참에 애 교육 똑바로 시키세요. 내 다시 이런 치사한 일로 이런 집에 발걸음 좀 안 하게!"

신희 엄마는 뒤도 돌아보지 않고 가 버렸다. 어머니는 눈물 글썽한 표정을 애써 감추었다.

"시장하겠다. 들어가 씻고 밥 먹어라."

그냥 아들을 안쓰럽다는 듯 바라보다가 딴 말로 무질러 버렸다. 그것이야말로 어쩌면, 자존심에 상처 난 어머니 자기 자신에 대한 다짐일 게 분명했다. 현식이 밥을 물에 말아 몇 숟가락 떠 넣었을 때 어머니는 다가왔다.

"아까 그 아주머니 입장이야 그럴 수 있지 않겠냐? 나도 이해는 한다마는……."

"죄송해요."

"아니다. 우선은 잊어버려라. 인연은 누구라도 어쩔 수 없단다. 다시 인연이 있으면 만날 것이고, 아니라면 추억이 되겠지."

그해 겨울이었던가. 신희는 크리스마스 선물로 모나미 그림물감을 현식에게 주었다. 용추산이 가릴 정도로 눈이 펄펄 내리는 날, 현식이네는 읍내를 떠났다. 그 후 고향에 발걸음을 한 것은 손가락을 꼽을 정도였다.

먼 장래를 알고나 있는 듯 신희는 그랬다. 아련한 슬픔이 가끔은 현식의 머릿속 어딘가 떴다가 지워졌다. 불면의 밤이 없었다 하더라도 못내 아쉬운 추억이었다. 꺼지다 만 잉걸불처럼 다시 떠오르는 것을 보면. 신희가 없는 지금에도 이 미결의 장은 언제까지 남아있을까. 그것은 첫사랑이었으리.

****

몇 곳의 정류장을 지났지만 승객들은 줄지 않았다. 버스는 아직 시발점의 한 중간을 지나고 있었기 때문이다. 현식은 애써 바깥으로 고개를 돌렸디. 앳된 여사에게 열려 있는 마음을 체면으로 붙잡은 셈이다. 타인들의 시선에 수상한 행동이 잡히기라도 한다면 추잡한 성추행이라고 떠들 것은 자명하다. 나잇살 먹은 남정네가 딸 또래의 여자를 어찌한단 말인가.

갑자기 승객들 중 누군가 울리는 휴대전화를 받는 목소리가 들렸다. 바깥에서 찬바람이 한 움큼 비집고 들어왔다. 새로 탄 승객들이 앞으로부터 왕창 밀려들었다. 앳된 여자는 주춤주춤 밀려서 현식의 옆으로 왔다. 약간 창백한 얼굴빛이었다. 우연을 가장하고 두 번째로 여자를 훔쳐보았다. 마주 친 여자의 속눈썹이 유독 길고 도드라져 보였다. 가 짜 눈썹은 아닌 성싶었다. 고개를 돌릴 때 본 콧날도 성형 은 아니었다. 성형을 했다면 콧날이며 콧방울이 부자연스 런 선을 만들었을 것이다. 옆 얼굴선까지도 신희와 너무나 닮은꼴이었다. 현식은 또 다시 가슴이 뛰었다. 주책 일시 분명하건만 어디서부터 마음을 다잡아야 할지 모를 일이었 다.

여자가 버스에서 내렸다. 그렇지만 현식은 고개를 돌리 지 않았다.

내가 너다

아수라의 문턱

현식이 용범을 처음 만난 것은, 609 특공대였다. 대간첩작전에 투입되는 특수부대였다. 공작 거점으로 유인되는 간첩이나 해안으로 은밀하게 침투하는 간첩을 사냥하는 임무를 띠고 있었다. 소령이 지휘하는 특공대의 인원은 소대 병력 정도. 절반 이상이 하사관과 장교로 이루어진 직업군인이었다. 병사들은 훈련소에서 차출되었다. 백용범은 유도 3단이었고, 노현식은 태권도 유단자로 이들과 합류했다. 병사들은 각종 운동 특기자와 특이 기술을 소유한 사람이 뽑혔던 것이다. 금고 털이라든가, 폭탄 제조 기술자도 섞여 있었다.

정신교육을 강조했던 소령은, 눈매가 날카롭고 키가 후리후리한 특공대장은 태권도 7단이었다.

"우리 부대 구호가 충성이다! 알겠나? 국가에 충성, 대통령 각하에 대한 충성, 그리고 마지막으로 자기 자신에 대한 충성이다. 알겠나?"

"예!"

"자기 자신에 대한 충성이 제대로 되어야 국가와 각하에 대한 충성이 되는 거다. 무슨 말인지 알겠나?"

"예!"

"우리 부대는 대한민국 최정예 특공부대원들이다. 너희들은 죽음까지도 대한민국을 사수하는 귀신으로 남아 있어야 한다."

"예!"

여러 사람이 한 목소리로 대답했다. 군대 조직이란 목숨을 담보로 하는 조직이다. 무슨 일이건 무조건 받아들여야 몸도 마음도 편했다. 개인의 소신이란 이미 폐기 처분되어야 마땅했다. 조직은 여느 부대와도 달랐다. 비정규전이 부대의 임무인지라, 먹고 자고 훈련만 했다. 올빼미처럼 한밤중에 행군하는 일이 일상이었다. 계절에 관계없이 하루 내내 몸을 혹사시키는 신체 단련이 밥값이었다. 원래 모두 운동으로 단련된 대원들이었지만, 시간표대로 운동을 시켰다. 태권도와 합기도가 버무려진 격투 기술을 다시 배웠다. 새벽에 일어나면 날마다 앞차기 수백 번, 옆차기 수백 번, 돌려차기로 몸을 풀고 아침밥을 먹었다. 왕모래에 주먹을 수천 번 쳐서 전권을 돌덩이처럼 만들었다. 주먹은 깨지고 터진 상처가 아물어 굳은살이 박였다.

체조 대형으로 움직이는 동작 또한 흡사 로봇들의 시운전이었다. 만약에 조금이라도 농땡이를 부리면 훈련 교관들의 구둣발과 몽둥이가 사정없이 날아들었다. 훈련 교관들은 하사관들이었다. 담당 교관은 육군 상사였다. 월남에 파병된 맹호부대에서 태권도 교관을 하다가 온 사람이었다. 대원들은 실전 위주로 받는 운동이라서 머리통이며 어깨, 다리, 몸 어디고 할 것 없이 성한 곳이 없을 지경이었다. 용범이 힘없이 팔을 뻗는다며 몽둥이로 뒤통수를 맞아 실신하기까지 했다. 의무실 야전침대에 누워 있는 몸뚱이는 한 마리 호랑이가 쓰러져 있는 것과 같았다. 입원이 휴식 시간이었다.

"괜찮아?"

용범은 눈을 뜨고 현식을 쳐다보더니 쑥스러운지 돌아누웠다. 매트리스를 받치고 있던 철침대가 스프링 소리를 냈다. 현식은 가만히 있었다. 딱히 무슨 할 말이 있었던 것도 아니었다. 무슨 생각이 들었는지, 돌아누웠던 용범이 한참만에 짙은 눈썹을 찡그리며 현식에게 물었다.

"저 교관 자식 진짜로 무식한 놈이네. 이게 기계지 사람이냐? 우리를 아주 죽이려고 작정을 한 모양이야."

"어쩌겠어. 훈련이라고 여기까지 왔는데, 하는 데까지 하다보면 뭐 끝이 보이지 않겠어."

"따지고 보면 우리가 하는 모든 게 사람 죽이는 연습인데, 조국을 위하는 명예로운 훈련이라니까 아무렇지가 않으니 생각할수록 우습지?"

"자네 말이 맞아."

"저녁 먹을 때까지 누워 있다가 툴툴 털어버리고 일어나서 식당으로 갈게. 저녁 메뉴가 뭐더라?"

"불고기하고 꽁치 조림."

용범이 웃음을 머금었다. 먹고 배설하는 일이 그들의 휴식 시간이었다. 크나큰 몸뚱이를 유지하는 일이 동물의 본능이었다. 사람의 모든 일은 그것으로 귀결되었다. 움직이

내_가 너_다

는 표적들을 걷거나 달리면서 쏘는 사격술은 물론, 모래주머니를 종아리에 차고 달리는 지옥의 행군이며 사격, 칼 던지기 따위도 되풀이되었다. 날마다 파스 냄새가 콧구멍을 찔렀다. 끙끙 앓는 소리를 자장가처럼 듣고 잠이 들었다. 줄에 매달린 개 목숨과 별반 다를 바 없었다. 훈련이라기보다는 생존을 위해서 죽는 연습을 한다는 이중적 모순이었다. 자신을 내던지는 짓거리였다. 개인의 생각이나 의지 따위는 안중에 없었다. 그야말로 기계의 부속품으로 전락시켜 인간이 가진 자유의 의식을 깡그리 말살시키는 훈련이었다고나 할까. 다만, 감옥에 갇혔거나 강제로 끌려온 것이 아니라는 점 때문에 탈영자는 없었다. 참으로 이상한 일이었다. 힘든 훈련 과정이나 작전에 투입될수록 서로의 힘이 되었다. 말하지 않고 눈빛만으로 소통이 가능한 것도 일종의 연습의 축적이었다. 자의와 타의가 다른 인간의 인내력이었다. 거기에는 이념에 마취된 인간의 우월감이 감춰져 있었다.

**

2주일에 한 번 가는 외박을 다녀온 이튿날이었다. 부대의 분위기는 긴장되면서 뭔가 바쁘게 움직이고 있었다. 대장은 선임 보좌관인 강 준위를 팀장으로 선발대를 꾸렸다. 바야흐로 적이 침투하려는 바닷가 현장을 정찰하는 일이었다. 현장의 나무 하나, 돌덩이 하나라도 알아야 아군을 투입하는 작전에 실패가 없고 적을 놓치지 않았다.

"백용범과 노현식! 너희들도 이번에 함께 다녀온다."

"알겠습니다."

"이제부터는 우리 모두 뱃놈들이야! 그따위 상명하복 식으로 말을 주고받으면, 안 돼지. 그냥 고향의 형님이나 객지에서 만난 선후배처럼 지내는 거야."

강 준위가 웃으며 눈빛으로 나무랬다. 팀원은 7명이었다. 누가 보아도 모두 바닷가에서 흔히 보는 어부들의 옷차림이거나 낚시꾼이었다. 미니버스를 타고 해안 도시 변두리에 있는 안가에 도착했다.

그들은 그곳에서 한 사내를 데리고 나왔다. 구릿빛으로 물든 네모진 얼굴과 억센 팔뚝은 거센 바닷바람을 맞은 사람임이 분명했다. 사내는 서해안의 섬 태음도에서 태어나 초등학교를 졸업했다. 가난한 집안에서 더 이상 진학하지 못하고 자신의 아버지처럼 어부가 되었던 것이다. 그리고 자기 자신의 처지를 비관했고 대물림 받은 가난을 저주했던 터.

공작 보고서에 의하면, 사내의 이름은 서남칠이었다. 사내가 공작 대상자로 편입된 연유는 이러했다. 어느 해 5월 하순이었다. 사내는 그날도 동료들과 함께 안강망 어선을 타고 서해 바다에서 파도와 싸우며 그물질을 했다. 배 주인이자 선장이 투덜거렸다.

—에이 씨발! 오늘따라 왜 이렇게 잡히는 게 없냐.

—정말로 하늘도 무심하구먼.

어망을 끌어올리던 박 씨가 선장을 돌아보며 대꾸해 주었다. 선장이 소리를 높였다.

—이렇게 하다간 밥 굶기가 십상이여. 야늘아! 안되겠다. 북쪽으로 더 올라가자고.

—조심해야 해요. 조금만 더 올라가면 군사분계선인데.

선원들은 머뭇거리며 서로 눈치만 살피고 있었다.

—이 사람들아! 굶어 죽을 거야? 빈손으로 집으로 들어갈 수는 없잖아. 애새끼들하고 마누라 생각해봐! 그걸 말이라고 해.

구름이 바람을 불렀지만, 뱃머리는 북쪽을 향해 파도를 헤쳤다. 그물질을 할수록 많은 조기떼가 걸려들었다. 황해도 안골 해역쯤이었던가. 갑자기 나타난 북한경비정이 한창 조업을 하던 뱃전에 총을 쏘아댔다. 그들은 경비정에 나포되어 북한 지역으로 끌려갔다. 사내는 동료들과 함께 납치된 후 평양 여관에 감금되어 북한의 대남공작 지도원으로부터 세뇌 교육을 받았다. 그리고 납치된 사람들이 그러하듯 노동당에 입당식을 하고 간첩 교육과 특수 지령을 받았다. 3개월 만에 다시 남한으로 귀환하여 심사를 받고 풀려났다. 풀려날 당시에 조사를 받은 사내는 용의주도한 변명으로 합동신문기관의 눈초리를 피할 수 있었다. 그리고 인천, 군산 등지의 항구도시에서 잡일을 하다가 고향으로 돌아왔다.

사내의 일상적인 삶은 본인 모르게 주변으로부터 감시되었고, 정보기관에 즉시 보고되었다. 사소한 모든 것들은 전문가들의 날카로운 분석으로 드러나기 시작했다. 의문이라는 것은, 관찰하는 자들의 입장이었다. 사내가 납치되기 전보다 더욱 생활에 성실해진 점. 바다 일을 나가면서도 예전처럼 투덜거리지 않았다는 점. 말수가 갑자기 많아지고 사교적인 성격으로 변한 점 따위. 더구나 북한으로부터 수신되는 A3 지령 방송에서 결정적 단서를 잡았던 터. 암호해

내가 너다

독에 필수불가결인 난수표까지 사내의 집 화장실 천장에서 나왔다. 가족들도 모르게 고정간첩으로 5년간 암약 활동하다가 검거된 것이다.

팀장은 사내를 다른 사무실로 데려왔다. 대원들은 거울 모니터를 통해 사내의 모습과 목소리를 들었다. 팀장은 노련하면서 부드럽게 사내에게 말을 걸었다.

"이제 이번 일이 당신의 협조로 잘 끝난다면, 당신은 자유야. 당신 맘대로 할 수가 있어요."

"잘 알겠습니다."

"안착 신호는 언제, 어떤 방법으로 하기로 했다고?"

"전에도 말씀 드렸습니다마는, 제 생일이 음력으로 유월 스무날인데, 그날로부터 일주일간 저의 집 담벼락에 하얀 러닝셔츠를 빨래인 것처럼 걸어두기로 했습니다.

"무인 포스트는 누구하고 어떻게 정했어?"

"북에서 교육을 받을 때, 지도원은 〈포스타〉를, 저와 같이 정했는데요."

"그래, 그 포스타 말이야. 그게 뭔가?"

"지도원이 가르쳐 준 것은, 김일성 수령님이 항일 투쟁을 하실 때 사람들이 잘 안 다니고 쉽게 찾을 수 있는 큰 소

나무나 바위 밑을 〈포스타〉로 정해놓고, 서로 연락할 일이
있으면 그곳에 문서나 물건을 파묻어서 상대방이 파가도록
하여 연락을 했다고 했습니다. 그래서 저는 〈포스타〉라는
것이 상대방을 직접 만나지 않고 남몰래 연락하는 장소라
고 알고 있습니다."

무인 포스트를 말함이었다. 사내는 많은 조사를 받은 듯
담담하게 술술 대답을 했다. 순간을 놓칠세라 팀장의 눈초
리가 빛났다. 수사 서류와 담당 수사관에게 이미 모든 내용
을 들었으면서도 팀장은 다시 한 번 확인하는 용의주도함
을 잃지 않았다.

"그때 포스타는 정했겠지?"

"그것도 다 말씀 드렸는데요. 지도원이 저더러 이남으로
돌아간 뒤에 자기들과 연락을 하기 위해서 동네 사람들에
게 잘 들키지 않게 배를 대고 쉽게 찾을 수 있는 큰 소나무
나 바위 같은 것이 있으면 그 밑을 파고, 페니실린 병이나
구론산 병 같은 데에 종이쪽지를 넣고 습기에 젖지 않도록
꼭 막아서 파묻어 놓을 만한 곳이 없느냐고 물어서, 제가 그
런 곳이 있다고 했지요."

"그래, 서남칠 씨! 이번에 그 사람들과 접선하기로 한 그

곳은 어딘가요?"

"제가 사는 마을에서 배를 타고 조금 더 들어가는 섬입니다. 사람들은 그 섬을 까마귀 섬이라고 부르는데, 사람이 살고 있지 않은 작은 섬이지요. 북한의 지도원은 제게 지도를 펴놓고 설명을 했는데, 그 부근에 살고 있는 저보다 훨씬 그 섬에 대하여 속속들이 잘 알고 있었습니다. 인천에서 배를 타고 우리 마을 선착장으로 일단 갑니다. 우리 태음도에서 다시 배를 타고 서북쪽으로 십 분쯤 가면 까마귀 섬이 나옵니다. 동쪽은 우둘투둘한 바위들이고 서쪽은 완만해서 꼭 까마귀 꽁지처럼 생겼지요."

"배를 댈 정도가 되나?"

"작은 배는 충분히 댑니다."

"장소는 어떤 곳으로?"

"까마귀 꽁지처럼 생긴 곳에서 더 올라가면, 두 개의 둥근 바위 가운데 굵은 소나무가 있습니다. 섬사람들은 그게 꼭 남자의 그것과 닮았다고 해서 불알바위라고 부른답니다."

"허허허, 그래, 신호는 어떻게 하기로 했어?"

"플래시 불로 서로 두 번 세 번 비추고, 돌로 삼, 삼, 칠!

두 번씩 쳐서 확인해 주기로요."

"틀림없지?"

"몇 번이나 말씀 드리지 않았습니까."

약간 짜증이 섞인 서남칠의 대답이었다.

"안착신호는 어떻게 하기로 했어?"

검붉은 얼굴은 멈칫거리더니 고개를 수그렸다. 서남칠은 일단 다시 안가에 인계되었다. 안가에서 나올 적에 백용범은 알 수 없는 표정을 지었다. 뭔가 마음에 안 드는 것처럼 모래 씹은 얼굴이었다.

적이 만들어 놓은 대남공작을 역용 공작으로 바꾸는 것이었다. 팀원을 태운 미니버스는 인천항으로 향했다. 통로 쪽에 앉아있던 눈을 지그시 감은 백용범이 잠꼬대처럼 중얼거렸다. 그 말은 옆에 있던 현식이만 들었다.

"잘못 짚은 것 같아……, 배반당할 거라고."

"뭐라고? 뭘 말이야?"

현식이 반문했지만, 용범은 입을 다물어 버렸다. 사냥꾼들은 부지런히 움직여야 했다. 사냥감을 잡으려면 빈틈없는 함정과 올가미를 준비하고 현장을 꼼꼼하게 확인하는 일이 먼저였다. 차창 밖으로 가로수들이 스쳐 지나갔다. 이

내가 너다

파리들이 바람에 떨며 푸른 자태를 뽐내는 미루나무들이었다. 모두 말이 없었다. 거의 연안 부두 쪽으로 버스가 가까워질 무렵이었다. 조수석에 앉아있는 팀장의 얼굴이 일그러졌다. 휙 고개를 돌리던 대장이 대원들에게 말했다.

"너희들 어떻게 생각하나? 저 새끼의 말을! 난 말이야, 저런 놈들을 수십 명 보아왔어. 놈에게는 믿는 척하되 그대로 믿으면 안 돼! 나중에 우리만 개박살 나는 수가 있지. 양쪽을 오가며 살려고 발버둥치는 놈들은 오로지 제 살길만 찾는 게 정답이었어. 그게 이중간첩이야! 해안 침투 공작에서는 미끼가 아무리 좋아도 다시 확인하고 점검해야 해. 공작의 실패는 우리의 죽음을 부를 뿐이야."

모두 특공대장 앞에서 가만히 듣고 있을 때였다.

"옳으신 말씀입니다."

백용범이었다. 맨 뒤에 서 있는 졸병의 목소리에 모두 깜짝 놀라면서 어안이 벙벙했다. 대장의 훈시이고, 더구나 말단 졸병이 토씨를 단 것 자체가 말도 안 되는 짓이었다.

***

비릿한 냄새가 났다. 팀장은 해군 경비정을 지원받지 않고 연안 부두에서 여객선 표를 끊었다. 하늘은 맑았고 바람은 건듯 불어 바다는 잔잔했다. 갈매기 떼는 날개를 저으며 유유히 떠다니는 어선들 위로 돌아다녔다. 섬과 섬 사이를 여객선은 통통거리며 빠져나갔다. 가끔 암초와 거센 물살의 흐름이 변화무쌍했다. 배 타는 시간은 지루했다. 태음도는 항구도시에서 남서쪽으로 20Km 지점에 있었다. 항구가 점점 멀어질수록 바다는 망망했다.

섬이 다가왔다. 태음도는 섬 전체 면적의 반 정도가 낮은 야산으로 소나무가 빽빽하게 우거져 있었다. 야산들이 모여 바깥으로 돋아나 섬 내부를 향하여 완만한 경사를 이루었다. 배에서 내리자 포구를 따라 다닥다닥 붙은 멸치 건조장을 지났다. 멸치들은 바짝 마른 주검으로 햇살에 은빛을 발했다. 아낙네들이 가마솥에서 멸치들을 건져내어 말리고 있었다. 그네들은 초췌한 눈빛으로 그들을 흘깃 바라보았다. 흙길 옆으로 낡은 그물들이 널려 있거나 둥글게 말아진 채 놓여 있었다. 마을 고샅에 서 있는 커다란 은행나무의 가지들은 흡사 불가사리 모양 같았다. 가운데로 들어서면 논과 밭이 형성된 분지였다. 섬의 동쪽으로 900여 명의 주민들이 살고 있는 마을들은 도란도란 모여 있었다.

팀장은 4명의 대원에게 낚시질을 시키면서 백용범과 노

내가 너다

현식을 데리고 마을 이장 집으로 향했다. 아무래도 현지 사정을 이장만큼 아는 이는 드물기 때문이다. 빼빼 마른 이장은 턱이 길고 쉰 살도 넘은 듯 했다. 야산 정상에서 섬 전체를 카메라로 찍은 팀장은, 이장에게 가져온 담배 두 보루를 건넸다. 잔뜩 경계하며 눈빛을 머금었던 이장은, 팀장과 담배를 나눠 피우면서 금방 친숙해졌다.

"까마귀 섬이라고 하는 데는 어딥니까?"

포구 쪽으로 되돌아오면서 팀장이 물었다.

"아까 이곳으로 들어오기 전에 보면 보이는데, 별 볼일 없는 그 섬은 왜요?"

"그쪽이 조용하여 낚시하고 쉬기 좋다는 말을 들어서요."

"누가 그래요, 잘못 들으셨소. 음, 하기야 조용하니까 하루 이틀 텐트치고 놀다 가긴 괜찮을 겁니다."

"이장님이 우리를 그곳으로 좀 안내해 주시면 좋겠습니다."

누런 이를 드러내며 이장은 겸연쩍은 얼굴로 머리를 긁적거렸다. 팀장이 재빨리 이장의 눈치를 살피더니,

"비용은 충분히 드릴 터이니 돈 걱정은 마시고."

"꼭 그런 건 아니지만……."

이장의 표정이 금세 밝아졌다.

"행정기관에서 오신 분들이라서 제가 직접 모시겠습니다. 저기 선착장에서 지금 이 길을 따라 쭉 가면 여기서는 안 보이지만, 초등학교가 있지요. 그 학교 뒤에 산이 있는데, 그 산 밑으로 돌아가면 까마귀 섬이 바로 보입니다."

"아까 우리가 타고 온 연락선은 못 갑니까?"

"그 부근에는 암초가 워낙 많아서 큰 배들은 도저히 접근하기가 어렵습니다. 우리도 특별히 그 섬에 갈 일이 별로 없다 보니, 작은 배도 그쪽으로 가는 일이 거의 없다고 봐야지요."

넘실거리는 파도 위로 뱃전이 흔들렸다. 햇덩이가 해수면을 반사시켰다. 빛은 바다의 비늘이 되어 굼틀거렸다. 작은 어선의 뱃전은 뭍으로 머리를 들이댔다. 까마귀 섬이었다. 까마귀 대신 갈매기 떼가 날아올 듯 수더분한 섬이었다. 야트막한 능선을 따라 소나무와 갈참나무 같은 활엽수들이 섞여 숲을 이루었다. 해안은 파도가 후벼 판 바위들이 들쑥날쑥 기괴한 모양으로 섬을 감싸고 있었다.

검은 빛깔의 죽음을 상징하는 텃새. 까치와 까마귀는 닮은 텃새임에도 상징하는 바가 전혀 다르다. 까으악 까으악 ~우는 소리가 들리는 느낌이었다. 이름부터가 기분이 썩 좋지 않은 지명이었다. 기암괴석이 끝나는 짧은 해안은 모래톱을 품고 있었다. 백사장은 반원형으로 짧았지만 폭이 넓었다. 백사장을 지나 가파르게 올라가는 야산자락 너머. 무인 포스트였다. 소나무는 바닷바람을 겪어 구부러졌지만, 기품을 잃지 않고 두 개의 바위를 불알처럼 차고 있었다. 멀리서 보았을 적에도 첫눈에 남성의 성기를 상징하는 모양새와 어찌 그리 닮았을까. 가까이 봐도 누군가 일부러 만들어 놓은 것 같았다. 통통하면서 약간 휘어진 소나무 밑둥치 양 옆에 바짝 붙은 고환처럼 생긴 바윗돌들. 팀장과 나중에 합류한 대원들은, 작전구역을 하나하나 점검하고 사진 촬영과 함께 지도에 표기를 했다.

****

달은 보이지 않았다. 별빛들만 캄캄한 하늘에 박혀 있었다. 하찮은 빛마저 검은 물결로 떨어지고 말았다. 섬들도 어둠 속으로 잠겨버렸다. 밤바다는 잔잔했다. 스르륵 철썩 철썩~ 밀려오고 쓸려 가는 파도 소리만 적막을 깨고 있었다. 오감이 주는 본능적 감각과 훈련된 지식으로 짐작할 뿐. 어둠은 악마를 불러들이고 인간들의 죄의식을 감싸 주는 분위기이므로.

침투공작조는 진즉 공해상에서 근해로 뱃머리를 돌렸을 것이다. 어쩌면 적의 공작원들은 벌써 모선에서 분리된 자선으로 옮겨 타 접선 장소를 향하고 있을 것이었다. 609 특공대 병력은 까마귀 섬 곳곳에 잠복하여 배치를 끝냈다. 그리고 먼바다 쪽에는 해군 경비정 2척이 떠다니며 대기했다.

609 대원 전원은 사전에 팀장이 지시한 곳곳에 빠짐없이 투입되었다. 몇몇 병사를 제외하면 이런 일에는 이골이 난 대원들이었다. 용범과 현식은 M16 자동소총을 들고 불알 바위 옆으로 숨어들었다. 실탄이 끼워진 수백 발의 탄창들과 수류탄 2발씩은 몸과 일체가 되었다. 유탄 발사기와 LMG 기관총이 바다를 겨누고 있었다. 작전은 일상이고 준비 또한 제각각 맡은 일에 이상이 없으면 완료된 것이다.

멀리서 밀물을 따라 다가오는 보트가 있었다. 육안으로는 얼른 식별이 되지 않았다. 배에 탄 사람의 수효는 알 수가 없었다. 3명? 4명? 통상적인 적의 전술로는 안내원과 호송원까지 합하면 4명일 수도 있었다. 많아 봐야 5명 안팎일 뿐이다. 가시거리까지 아니, 유효 사격거리까지는 인기척은 물론 사람의 냄새를 풍겨서는 절대로 안 되었다.

이미 그런 사례는 몇 차례 있었다. 주민 신고가 들어와 한밤중에 경찰관이 간첩을 검문하는 순간, 간첩이 경찰관의 이마를 주먹으로 내리쳤다. 무장간첩은 수류탄 핀을 뽑아 던지려고 몸을 움직였다. 함께 출동했던 다른 경찰관이 이를 뺏으려고 간첩에게 달려들어 손을 잡고 서로 껴안아 뒹굴던 중이었다. 도주하던 또 다른 간첩이 뒤돌아 쏜 총에 경찰이 맞았다. 간첩이 손을 놓치면서 수류탄이 터지고 경찰과 간첩은 둘 다 죽었다. 잠복 중이던 예비군들이 도주로를 차단하여 도주하던 간첩 1명은 사살했으나 1명은 배를 타고 도주해 버린 일이 있었다. 오지 섬마을에서 경찰과 지역 예비군들의 합동작전으로 일어난 일이었다. 다 된 밥에 콧물 빠트리는 잘못을 저지른 것이다.

팀장과 대원 두 명은 서남칠을 데리고 모래톱 끝에 잠복했다. 609 대장은 산봉우리로 이어지는 바위 뒤에 있었다. 나머지 대원들은 예상 접근로 가까운 곳에서 잠복했다. 후텁지근한 기운이 남았지만 가끔 바람이 산들산들 불었다. 사람의 손이 안 간 수풀들이 웃자라 있었다. 시야가 트여 은폐와 엄호하기 좋은 곳이었다. 가끔 모기 주둥이가 팔뚝을 물어뜯었다. 찌르르 찌르~ 울던 풀벌레 소리가 그쳤다.

멀리서 들리던 모터 소리가 멈추었다. 보트는 엔진을 끄고 노를 저어왔다. 바다에 떠있는 물체의 형체가 드러났다. 뱃머리가 바닷가로 다가왔다. 움직이던 검은 물체가 뭍으로 밀렸다. 뱃전을 어른거리는 물체들은 사람이었다. 두 명이었다가 세 명으로 다시 한 명은 주저앉았다. 이쪽에서 손전지 등 불빛을 번쩍, 번쩍, 2번 비쳤다. 저쪽에서도 이쪽을 향해 반짝, 반짝, 반짝 3번 비쳤다. 배가 뭍에 닿았다. 낮에 정찰했던 바로 그 지점이었다. 팀장이 굵은 돌 두 개를 쥐고 마주 때렸다. 딱 딱 딱, 딱 딱 딱, 딱 딱 딱 딱 딱 딱 따악! 팀장은 되풀이했다. 소리의 여운이 허공에 남기도 전에, 저쪽에서도 똑같이 돌끼리 부딪치는 소리가 들려왔다.

팀장은 그대로 있고 이제 서남칠은 보트를 향해 걸어갔다. 이쪽의 바람은 그랬다. 우리의 공작원이 잘해 줘야 할 터인데. 모두 초조한 나머지 마른 침을 삼키며 숨소리를 죽였다. 안내원과 서남칠이 주고받아야 할 마지막 확인 절차가 남아있다. 어둠 속에서 바다로부터 두 사람이 뭍을 향하여 걸어오기 시작했다.

"고기는 잡았습니까?"

내가 너다

"물 반, 고기 반입니다."

그들은 함께 불알바위를 향해 발걸음을 다시 옮기는 듯했다.

"서 동무 반갑소!"

"고생하셨습니다."

그들의 목소리가 가깝게 들려온 바로 그 순간!

후다닥! 세 명의 형체가 다시 바다 쪽으로 뛰었다. 모두 예상은 했지만, 미처 생각이 정리되기 전이었다. 탕 탕 탕! 팀장이 있는 곳으로부터 총소리가 났다. 바닷가 배에서 이쪽을 향해 총소리와 함께 불빛이 날아왔다. 연발이었다. 이쪽에서도 고막이 찢어질 정도로 사방에서 총알들의 불빛이 획획 날아가며 요란한 소리가 들렸다. 어디선가 유탄 발사기에서 쉬익 소리가 났다. 조명탄이 날아가더니 펑펑 거리며 공중에서 밝은 불빛이 퍼졌다. 도망가는 쪽에서 수류탄을 던져서 꽝! 모래밭에 터졌다. 이쪽의 기관총에서 불을 뿜었다. 피아간에 총구에서 나온 불빛들이 엇갈렸다. 이쪽에서 쏘는 소리와 불빛들이 더 컸다. 서남칠은 그들과 함께 거의 뱃머리 가까이 가 있었다. 갑자기 용범이 뛰쳐나가려고 몸을 일으켰다.

“왜 그래?”

“놔! 임마! 저 새끼가 배 타기 전에 작살내야 돼!”

용범은 다리를 잡은 현식의 손을 뿌리쳤다. 현식이 말릴 틈도 없이, 용범은 빠져나와 크나큰 몸뚱이를 바위 밖으로 사뿐하게 날렸다. 그리고 바윗돌이 구르듯 쏜살같이 내달려 팀장과 대장 사이의 모래사장까지 갔다. 저들이 왔다가 도망가는 선상이었다. 팀장이 놀라 뒤에서 크게 소리를 질렀다.

“너 새끼, 죽으려고 환장했어! 뒤로 빠져 새끼야!”

용범은 못 들은 척 뛰었다. 그들과 용범의 거리는 열 걸음도 채 안 되었다. 용범의 총구에서 마구 총소리를 질렀다. 자동 연발이었다. 배에 오르려던 둘이 쓰러졌다. 1명은 바닷물에 빠져가며 배를 향하여 다가갔다. 배가 뭍에서 바다로 떠나가고 있었다. 잠복했던 대원들이 여기저기에서 몸을 드러내며 밑으로 달려 나왔다. 사방에서 자동소총 소리, 조명탄 터지는 소리, 기관총 소리들로 요란스러웠고 화약 냄새가 현장을 뒤덮었다. 대장이 호루라기를 불었다. 현식도 뛰어 내려갔다. 몇몇 대원들이 저만치 떠나가는 배를 향하여 달려갔다. 수류탄 몇 발이 투척된 작은 배는 쿵 소리와 함께 뒤집혔다. 대기 중인 해군 경비정으로 무전기의 전파가 날아갔다. 위치가 파악된 모선은 바로 격침될 것이었다. 설혹 도망을 간다 하더라도 남방 한계선에 닿기 전에 고기밥으로 수장될 것은 뻔했다.

모래밭 위에 두 사람이 누워 있었다. 그중 총에 맞은 몸뚱이 하나가 꿈틀거렸다. 용범이 한두 걸음 다가섰다. 용범은 아무 말 없이 몸뚱이를 노려보았다. 그리고 총구를 머리통에 대고 텅 텅 텅, 몇 발인가를 당겨 버렸다. 머리통은 떨어뜨린 수박처럼 파편을 튀기며 형태를 잃었다. 살아 있는 것과 주검은 순간이었다. 서남칠의 몸뚱이는 엎어져서 그대로 뻗었다. 죽은 자는 한낱 고깃덩어리에 불과했다. 쨍쨍한 햇볕에 모래밭이 달궈지면 고깃덩어리는 곧 썩어지리라.

생각할수록 이상한 노릇이 아닌가. 용범은 왜? 팀장이 명령을 하지 않았는데도 확인 사살을 해야만 했을까. 왜 그랬을까. 도무지 알 수 없었다. 현식은 차마 물어볼 수도 없었다. 충격적이었다. 여태껏 용범과 함께 했지만, 전혀 다른 면을 봤기 때문이다. 도저히 이해하기 어려웠다.

인간의 잔인함은 무엇일까. 말은 인간의 신뢰이자 배신

의 도구였다. 안착 신호에서 보인 서남칠의 이중적 행태에 따른 용범의 무모한 지껄임. 개인 간의 배신이 증오의 극대치를 만든 것일까. 아니면 엉뚱하게 헛소리처럼 지껄인 그 뜬금없이 내뱉는 주술 같은 말들. 물어보면 할아버지가 어떻고 하는 애매모호한 평계들. 꼭 서남칠이 배반할 것을 미리 아는 것처럼 말했던 것은?

핵무기가 폭발하여 불특정 다수가 참혹한 죽음을 당한 대량 살상의 현장이라면? 살인과 정당방위의 살상은 어떻게 다른가. 현식은 이상하게도 승리자로서 쾌감을 느끼지 못했다. 귀대하면 특진과 훈장을 받고 휴가를 가는 환상조차 금세 슬슬 무너지고 있었다. 그리고 슬며시 고개를 든 것은 알 수 없는 느낌이었다. 아수라장의 현장에서도 뭔가 몸 안팎으로 얼쩡거리는 느낌이었다. 그 무엇의 정체를 확인하지는 못했으나 현식은 불현듯 자아인식에 사로잡혔다.

신은 죽었을 것이다. 크나큰 두 번의 전쟁으로 지구인들이 좌절하고 지식인을 매료시킨 화두. 실존? 언제나 현실은 무거울 뿐이었다. 수정되고 보완되는 이론은 인간들의 넋두리에 불과했다. 신은 죽은 것도 아니다. 너무 멀리 있는 것도 아니다. 있다? 없다? 가끔은 혼돈에 휩싸인 불온한 생

내가 너다

각이 불쑥 고개를 쳐들었다. 예측 불가능한 현실에 무엇이 있겠는가. 당장 짐승이건 사람이건, 저 고깃덩어리에는 파리 떼와 갈매기들이 날아와 내장을 빨고 뜯을 것은 빤한 일이다. 내일을 알 수 없는 불안함은 누구에게나 도사리고 있다. 이 순간, 자기 자신은 가해자였다. 현식의 가슴은 형언할 수 없는 허전함이 범벅된 채 가득 채워졌다. 이 불안함은 허블 망원경으로 우주에서 잡아올 일도 아닌 것이다. 인간이 진화해 본들 서로 죽이고 죽는 이 슬픔을 어찌 한단 말인가.

대원들은 밧줄로 묶은 배를 뭍으로 끌어왔다. 날빛은 수평선에서 돋아 오르고 있었다. 부윰한 빛이 점점 모든 사물의 윤곽을 깨우기 시작했다. 무전기로 응답하는 대장의 목소리와 바쁘게 오고 가는 대원들이 움직였다. 어둠 속에서 일어났던 처참한 장면은 썰물이 빠진 개펄처럼 드러났다. 어지러웠던 발자국들과 모래밭에 묻어 흩어진 핏자국들. 서남칠의 두개골은 박살이 나서 겨우 목에 붙어 있을 뿐이었다. 하얀 두개골은 검붉은 피에 튀어 범벅이 된 채 처참하기 이를 데 없었다. 대원들이 사체들의 몸을 뒤졌다. 옷과 살갗이 붙어 버린 주머니에 든 종이류에는 검붉은 핏자국이 묻어 있었다. 현식은 보좌관을 도와 소련제 소총과 TT 권총 3정, 수류탄, 실탄, 독침, 암호표 등 노획품을 종이상 자에 옮겼다. 땀에 흠뻑 젖은 용범의 눈은 벌겋게 충혈되었 다. 멀리서 갑자기 로터블레이드 돌아가는 소리가 들렸다. 통통하게 알 밴 잠자리 모양새의 UH-1H 수송 헬기가 모 래바람을 일으키며 내려앉았다.

작전 끝나고 포상 휴가를 받고 둘은 하루 내내 서울을 돌 아다녔다. 졸병들의 처지로 상금까지 제법 두둑하게 받았 다. 사복으로 갈아입은 둘이서 모처럼 홀가분한 기분으로 도심지의 이곳저곳을 기웃거렸다. 덩치가 큰 용범과 나란 히 걸을 때면 현식은 작아 보였다. 명동 한일관에서 불고기 에다 소주를 마신 후였다. 스탠드바에서 그랬던가. 드라이 진을 칵테일 하여 마신 백용범이 노현식을 지그시 바라보 며 한마디 던졌다.

"해 보니까, 군대 생활 재밌네. 이참에 콱 말뚝이나 박아 버릴까?"

"말뚝? 말도 마라. 나는 간이 콩알만 해서 자신 없다."

"괜히 해 본 소리야. 그 작전이 벌어질 때 현장에서는 귀 신이 씌었는지 어땠는지 잘 몰랐는데, 시간이 지날수록 이

내가 너다

상하게 소름이 끼쳐. 그 뒈진 놈이 자꾸 손을 까딱까딱하면
서 나를 부르더란 말이야."

"어디서? 누구 말이야?"

"아 씹할! 누군 누구야, 내가 닭어 버린 그 간첩새끼지."

"참, 그런데 너! 왜 그랬어?"

"뭘?"

"난 지금도 너를 도저히 이해를 못하겠어. 간첩작전 나가
기 전에 그놈이 배반 어쩌고저쩌고 하는 것도 그렇고, 넌 처
음부터 작전이 실패할 것처럼, 무슨 쓸데없는 말들을 혼자
서 주절거렸잖아."

"아! 그거? 꿈에 우리 할아버지가 그랬거든."

"뭐! 무슨 할아버지? 그거하고 뒈진 놈하고 무슨 상관이
야?"

"아니야 아냐, 아무 것도."

"그건 그렇다고 쳐! 이왕에 다 죽어 가는 놈에게 연발로
갈겨 버린 거는 또 왜 그랬어? 아무리 생각해도 분풀이치고
는 이해가 안 돼."

"난 원래 배신하는 꼴은 죽어도 못 봐! 너 말이야, 생각을
해봐! 그 새끼가 만약에 북괴 공작원들과 안착 신호를 하기

도 전에 그 새끼들에게 소리라도 질렀으면, 우리는 진짜 개고기 될 뻔 했잖아? 이 분단된 나라에서 그 새끼들한테는 인정을 베풀면 우리가 죽는 거야. 자넨 귀가 따갑도록 교육을 받고도 몰라! 나한테는 뭐가 그렇게도 서운하고 궁금해?"

"아냐! 서남칠인가 하는 사람, 우리를 배반한 것은 지 양심상 그럴 수도 있지 않을까? 양다리 걸친 놈의 비극이지만 말이야. 아무튼 머리통 벌겋게 벌집 되어버린 거 자꾸 생각이 나면, 밥 먹다가도 토할 것 같아."

"현식이? 나는 솔직히 말해서 어려서부터 나도 잘 모르게 생기는 일들이 있어. 어떤 일은 내 마음먹은 것과 정반대로 가거든. 아마 그 사람이 죽은 건 우리 할아버지 때문이었을 걸. 난 할아버지의 목소리가 들리면 꼼짝 못해."

"거 무슨 뚱딴지같은 말을 하는 거야? 죽은 그 간첩이랑 용범이 자네 할아버지랑 그게 무슨 상관이야. 그게 뭔데?"

"아, 씨~자꾸 알려고 하지 마. 그런 게 있다구!"

용범이 눈을 치뜨며 우악스럽게 현식의 말을 무질러 버렸다.

내가 너다

확률 1/48,000,000

　거리에는 찬바람이 불었다. 현식은 인사동에서 화방에 들렀다. 서로가 오래된 거래처였다. 그림을 팔고 물감, 캔버스 따위를 사는 이유였다.

　주인과 점심을 먹고 나서 찻집을 찾았다. 2층의 전통찻집이었다. 한지로 만든 은은한 조명등 아래 고가구들이 놓여 있었다. 반닫이 위에 놓인 떡살들과 치렁치렁하게 걸린 한지에 쓴 글씨 따위. 오래된 짝퉁 골동품으로 치장된 분위기였다. 그들은 창가로 자리를 잡았다. 실내는 그다지 넓지 않았다. 손님이라곤 카운터의 여주인과 옆자리의 스님 두 사람 뿐이었다. 한 사람은 양파처럼 얼굴이 동글동글하게 생겼으나 늙었다. 잿빛물이 빠져 낡고 허름한 승복 차림이었다. 또 한 사람은 얼굴이 길쭉스름하여 신수가 훤해 보였다. 누빈 두루마기를 입은 스님들은 말없이 서로 바라만 보고 있었다. 현식은 화방 주인과 이미 용건에 관련된 얘기는 끝났던 터였다. 스님들의 모습이 눈에 자꾸 걸렸다. 허우대가 크고 얼굴이 길쭉스름한 스님은, 어디선가 본 듯한 낮익은 얼굴이었다. 저쪽의 그 스님도 차를 마시다 말고 이쪽을 자꾸만 훔쳐보는 느낌이었다. 걸려 온 휴대폰을 받던 화방 주인이 찻값을 계산하고 먼저 나갔다. 현식은 남아 있는 녹차를 음미하며 조금씩 마셨다.

"찻물 더 드릴까요?"

나이 지긋한 주인 여자가 말했다. 현식은 웃는 얼굴로 고개를 끄덕였다.

"주시면 고맙지요."

여자가 찻물을 더 부어 주고 갈 때, 현식은 스님과 눈빛이 마주쳤다. 순간, 긴 얼굴을 들어 이쪽을 보던 스님의 눈빛이 그대로 멈춘 것 같았다. 그러자 조금 후 스님은 이쪽으로 성큼 걸어왔다. 먹장삼을 입었지만 허우대가 크고 눈

내_가 너_다

빛이 날카로웠다.

"저 혹시, 609에서 군 생활을 하지 않으셨는지요?"

"맞습니다마는, 누구신지?"

현식이 엉거주춤 일어서서 대답했다.

"나 몰라요?"

눈을 똥그랗게 뜬 현식은 스님을 찬찬히 보았다. 낯이 익은 얼굴이었지만 이름이 얼른 생각이 나지 않아 빙빙 돌았다. 기억소가 지옥에서 처박혀 있는 모양이었다.

"나, 용범이, 백용범 몰라?"

"아! 맞아. 나 노현식이요."

두 사람은 손을 맞잡고 얼싸안았다. 둘은 낡은 추억을 꺼내 들었다. 해후란 불쑥 찾아온 불청객이었는가.

"머리만 길렀어도 빨리 짐작을 했을 텐데……."

"그렇지, 우리는 군대 생활을 할 때 장발족이었으니까."

"풍각? 나 먼저 가 있으리다."

함께 온 다른 스님이 용범에게 눈짓을 하더니 찻집 밖으로 나갔다.

군대 생활을 한 지가 얼마만인가. 하루 스물네 시간을 3년 동안 뒹굴었던 사이였다. 서로 삭은 모습으로 우연히 만난 것을 인연이라고 해야 하는지. 609 특공부대원 출신답지 않게 스님과 그림쟁이라니. 서로 말없이 바라보며 비시시 웃음만 흘러나왔다.

꼭 만나자고 약속을 한 지 일주일 만이었다. 현식은 오후에 화실 문을 잠그고 지하철을 탔다. 궁금한 것도 그렇지만, 그새 중간에도 용범에게 여러 차례 전화를 받았던 터였다. 전철역에서 내려 두리번거리며 찾아간 곳은 상가를 지나 주택가였다. 아파트 단지 옆길을 지났다. 연립주택들이 모여 있는 골목길을 휙 돌아서 제법 큰 3층 건물이었다. 건물 꼭대기 모서리에 커다란 간판이 붙어 있었다. 대한불교 천불종 성불포교원.

승용차 3대가 주차되어 있는 공터를 지나 출입문이었다. 현식은 대웅전 현판이 붙은 아래 잘 조각된 푸른 창살문을 열었다. 백여 평도 넘게 탁 트인 공간이 나타났다. 금빛 찬란한 석가모니 부처님과 좌우의 문수보살과 보현보살. 검은 바탕의 커다란 탱화는 한쪽 벽면을 가득 채웠다. 몸뚱이를 바짝 구부려 절 3번씩. 금빛 선으로 상징화된 탱화 속의 많은 인물들이 금방이라도 튀어나올 것 같았다. 크고 작은 인물상들은 주춤거리는 현식을 내려다보았다. 현식은 머

내가 너다

리를 숙여 합장을 했다. 구석진 한쪽에는 허연 수염을 길게 늘어뜨린 산신령이 구불구불한 지팡이를 들었다. 상투를 묶은 산신령 조각상은 호랑이를 타고 앉아 웃는 듯 마는 듯 현식을 바라보고 있었다.

"잘 찾아왔군."

용범의 목소리가 들렸다. 절을 하다 말고 현식은 뒤를 돌아다보았다. 잿빛 승복을 입은 용범 아니, 훤칠한 풍각 스님이 서 있었다.

"마중을 나가려고 했는데."

"아니, 길 찾는 게 그리 어렵지 않았어."

"역 앞까지 가려고 했는데 갑자기 찾아온 보살님들 때문에 못나갔네. 일을 보고 있는 중이니까, 아래층으로 따라 내려오게."

신발장 옆에 아래층으로 내려가는 긴 계단이 있었다. 밖에서 보면 지하였다. 현식은 내려가다가 흠칫 놀랐다. 웬 여인이 서 있는 듯 했다. 벽에 긴 액자로 걸려 있는 것은 하얀 옷을 입고 서 있는 관세음보살의 전신 그림이었다. 왼손으로 감로수병을 들고 있는 여인의 얼굴은 해맑고 자비로우나 왠지 범접하기 어려운 위엄을 품은 표정이었다.

위층의 넓이만큼 그만한 공간이 땅속에 도사리고 있었다. 긴 탁자가 놓인 공간 뒤로 칸칸이 막은 방들과 식당이었다. 벽을 등지고 용범 아니, 풍각 스님께서 앉아있었다. 웬 여인 둘이서 등을 보이며 앉아있었다. 금테 안경을 코에 걸치고 탁자 앞에 있던 스님이 손을 들어 문이 열린 방 쪽을 가리켰다. 현식은 조심스럽게 사뿐사뿐 안으로 걸어갔다. 여인들 앞에서 무슨 책을 뒤적이며 종이에 뭔가를 끼적거리던 스님의 목소리가 방 안까지 들렸다.

"시월에는 조객살이 끼었으니 조심하시고……."

"조객살? 스님, 그게 뭔데요?"

"으음, 쉽게 말하자면 죽은 사람이 산 사람을 잡아간다는 뜻이랄지, 그렇지요."

"죽은 부모나 남편도, 거기에 드나요?"

옆에 있는 여인이 더 궁금해 안달하는지 목소리가 컸다.

"보살님의 기도가 약해서 그럴 수도 있습니다. 삼재니까, 잘 참아 내시고 금년에는 몸 관리나 잘하세요. 날 삼재 때는 더욱 조심해야 합니다. 사업 운은 욕심부리지 말고 하던 일 그대로 하세요."

"아이들도 좀 봐주세요. 스님."

내가 너다

여인의 목소리가 떨리며 아스라이 들렸다. 열려진 방문 밖으로 여인들의 옆모습이 보였다. 금목걸이를 두른 통통한 여인에게 가려진 마른 여인의 목소리 같았다. 붉은 바탕의 민소매 옷을 입은 통통한 여인이 거들었다.

"그렇게 해 주세요. 얘는 아들만 둘이거든요."

"가만있자, 무슨 띠? 생월생시는요?"

책상 위에는 컴퓨터 말고 각종 고지서와 신문이 켜켜이 쌓여있었다. 현식이 엔터키를 눌렀더니 컴퓨터가 살아났다. 게임 화면이 나타났다. 어둠 속에서 깃발이 세워진 중세의 성곽 곳곳에는 칼과 도끼와 활로 싸우는 캐릭터들이 잠시 싸움을 멈추고 있었다. 609 시절의 추억이 스쳐 지나갔다. 현식은 책상 옆으로 서 있는 서가의 책들을 훑어보았다. 불교의 번역된 경전들, 팔만대장경 국역본 세트와 처세술, 경영서 따위가 망라된 수백 권의 책이 아무렇게나 꽂혀 있었다. 현식은 이상하게도 손님으로 온 그녀들이 주고받은 말들에 귀가 쏠렸다.

"죽은 아저씨가 자꾸 나타나누먼. 배가 고파 미치겠대."

"그럴지도 몰라요. 꿈을 꾸어도 그랬으니까."

"시간 나면 아까 말씀 드린 천도재 올리는 일 한 번 생각해 봐요.”

“애? 천도재 하면 좋아진다더라.”

미래의 일들을 누가 알겠는가. 여인들은 한참 동안 미래의 희망과 불안에 대하여 흥정을 하고 있었다. 원래 불확실하게 만들어진 인간을 어이하리.

“스님! 감사합니다. 저희들은 가 보겠습니다.”

여인들이 일어서는 모양이었다. 현식은 안 보는 척 여인들의 뒤태를 흘끔흘끔 훔쳐보았다. 통통한 여인 옆에 있던 여인은 키가 더 크고 마른 편이었다. 여인의 옆얼굴은 하얗다 못해 창백했다. 여인이 계단으로 올라가다 말고 뒤를 돌아다보았다. 시선이 어슷하게 비켜 갔다. 여인의 반듯한 콧날과 다문 입이 낯설지 않은 느낌이었다.

**

초하루 공양이 끝났을 무렵이었다. 신도들 틈에 낀 봉제 공장을 한다는 보살이 찾아왔다. 보살은 눈웃음을 지으며 뜸을 들였다. 또 다른 보살들이 옆으로 지나가자 보살은 입을 열었다.

“스님? 전에 저와 함께 절에 왔던 제 친구 아시겠지요?”

“예, 그 돌아가신 남편 말씀하시던 그 보살님?”

내 가 너 다

"아무래도 절에 와서 천도재를 한번 해야 할 것 같은데, 애가 좀 생활이 어려워서 비용 때문에 망설이거든요."

"걱정 마시고 오시라고 하세요. 비용이야 성의껏 하면 되는 거고, 망자가 원한을 품어서 꼭 해줘야 할 겁니다."

"그럼, 주지 스님? 하는 것으로 알고 갈 테니까, 날짜는 스님께서 연락을 주셔요."

사주를 본, 그 얼굴이 창백한 여자였다. 보살들은 준비물을 가져왔다. 과일이며 떡과 나물들의 짐을 풀었다. 다른 이들처럼 절에서 준비를 하지 않고 본인더러 해오라고 했기 때문이다. 단 아래로 상을 차리는 것을 보며 망자의 사진을 보았다. 죽을 무렵 찍은 영정이었는지, 흑백사진이 흐렸다.

젊었을 적에는 고운 모습이었을 보살이었다. 얼굴은 병색에 찌들다 못해 창백했다. 그녀는 하얀 반소매 옷과 검정 바지를 입고 왔다. 그녀를 데리고 온 경순이 보살은 친구라면서도 꼭 언니처럼 행세했다. 통통하게 생긴 경순이 보살은 포교원 행사 때마다 열성으로 공양했다. 아마 보살의 마음이 건강하고 다부진 것은, 천성보다 생활의 윤택함에서 오는 것 같았다.

용범은 낭랑한 목소리로 염불을 했다. 목탁 소리가 포교원을 울렸다.

"구천을 떠도는 영가여! 울지 마시라. 두고 온 인연들을 생각하자면, 눈물은 바다만큼 넘칠 것이요, 이승을 잊고 극락왕생하시라."

긴 시간의 의식을 마쳤다. 보살의 눈에는 별로 눈물이 보이지 않았다. 너무 삶이 험난해서 눈물샘마저 말라버린 것인가. 용범은 천도재를 끝내면서 여느 때처럼 보살을 위로했다.

"이 세상을 함께 살며 자식을 낳고 맺은 인연이야 칡넝쿨 얽혀 꼬이듯 어찌 할 길 없었겠지요. 이제는 이승의 끈끈했던 인연일랑 떼어 놓고 열심히 기도하세요. 애통해 하는 마음이 있어 생의 집착이 있습니다. 기도를 하십시오. 가슴 속으로 들끓는 슬픔이야 이승에 있지만, 후생으로 갈 남편을 위하여 빌어 줍시다. 무거운 짐을 버리고 육도 윤회와 해탈로 갈 수 있도록 도와 드립시다. 북망산천으로 돌아갈 때는 한 마리 새처럼 포르르 날아갈 것입니다."

***

용범의 전화였다.

내가 너다

“바쁘지 않으면 바람 좀 쐬고 올까?”

“어딘데?”

“좀 멀어! 그 언젠가 인사동에서 봤잖아, 우리 사형. 거기에 좀 가려고.”

“그러지 뭐. 어차피 카메라 가지고 가서 사진도 몇 장 찍고 그러면 나도 좋겠어.”

“뭐? 사진은 뭐하게?”

“그런 거 있어. 요새는 밖에 나가서 사생하는 대신 사진으로 찍어 갖고 와서 그림으로 그리는 거 있거든.”

“잘 됐네, 그럼.”

늦가을 산이었다. 햇빛조차 밍밍하여 산세는 스산했다. 수액이 땅 밑으로 내려가는 계절이었다. 산천초목은 발가벗거나 말라 가는 중이었다. 우두산이라고 했던가? 소대가리처럼 생겼다고 붙인 이름일 터. 산봉우리는 깎아지른 암석이 드문드문 박혀 있어 꽤 험준한 느낌이었다. 기가 꺾인 오후의 햇살은 점점 힘을 잃었다. 산그늘이 길고 넓게 퍼졌다. 용범이 운전한 승용차는 좁다란 시멘트 길을 겨우 비집고 가다가 공터에서 멈추었다. 등산복 차림의 현식이 배낭을 어깨에 멨다. 차 트렁크에서 종이 가방과 물건을 꺼내면서 용범이 현식에게 말했다.

"여기서부터 조금 걸어야 할 거야."

"얼마나?"

"한 오백 미터쯤."

산 중턱에 퇴색한 절간 한 채가 갸우뚱하게 나타났다. 그 옆으로 달랑 오두막 같은 산신각도 있었다. 잿빛으로 변색된 기와지붕을 받치고 있는 기둥의 밤색 방부제 칠이 군데군데 벗겨져 있었다.

"스님?"

아무 대답이 없었다.

"스님? 법각 스님?"

절 뒤에서 누군가 나타났다. 까까머리 둥근 얼굴은 거무스름하게 그을렸고, 몸은 깡말라 있었다. 인사동에서 보았던 그 늙은 스님이었다. 낡은 바지의 무르팍은 누더기로 기워져 있었다.

"이게 누구야? 풍각."

두 스님은 합장을 했다. 거무데데한 얼굴에도 눈빛만은 형형하게 빛났다. 풍각 스님이 현식을 소개했다. 현식은 엉거주춤 합장을 했다. 법각 스님이 동그란 얼굴로 웃었다.

내가 **너**다

"인연이 있었나 봅니다. 오랜만이지요?"

"예, 주지 스님의 말씀은 많이 들었습니다."

"풍각? 자, 안으로 들어가세."

절간 옆으로 블록으로 쌓아 덧댄 방이었다. 승복들과 회색 털실로 짠 모자가 벽에 걸려 있었다. 방구석에 있는 경상에는 몇 권의 책과 안경이 놓여 있었다.

"사형! 눈이 많이 안 보입니까?"

용범이 가지고 온 것들을 방바닥에 내려놓으며 말했다.

"이 사람아! 내 걱정 말고 자네 걱정이나 하시게."

"대처에 나가실 때, 병원에도 좀 가보시라니까, 암튼 고집은 누굴 닮아서."

"휴대폰도 배터리 충전 못 하면 말짱 헛것 아닌가. 허허허허."

스님들이 이야기를 나누는 동안 현식은 절을 돌아봤다. 카메라를 들이대고 몇 컷 찍었다. 기묘하게 생긴 산등성도 줌으로 당겨 잡았다. 오래된 절이었으나 여간 깔끔하게 관리가 되어 있는 게 아니었다. 현식은 카메라를 가방에 넣고 방 앞으로 왔다. 안에서 말소리가 들렸다.

"이거 얼마 안되지만, 사형님 쓰십시오."

"됐네."

"또 이러십니까! 받으세요."

"그러세."

"저는 아직도 운수납자의 길이 무언지 잘 모르겠습니다."

"누군들 잘 알겠나? 모르니까, 공부를 하는 거지. 어떤 이들은 윤회에 의하여 청정해진다고 하고, 신을 떠받드는 이들은 태초에 신이 세상을 만들었다고 하는데, 숙명이라고 생각하는 이들은 중생들의 행복이나 불행이 전생의 업보라고 하며, 죽으면 그만이지 죽은 다음에 수미산이 어디 있겠느냐는 무지한 사람들도 있거든. 무얼 어찌하겠나? 부처님께서도 윤회는 있지만, 영혼이 윤회의 주체가 되는 건 아니라고 하셨네."

"갈수록 마음이 풀어지지가 않아요."

"보살의 아파트에서 살림한다는 소문을 들었어. 내가 뜬소문을 잘못 들었다면 좋겠네. 큰스님께서 한 말씀을 잊었는가. 수도하는 중이 조심해야 하는 게 욕심이고, 특히 색욕은 몸과 정신을 망친다고 하지를 않으셨나? 차라리 뱀한테 물려 죽을지언정 색은 가까이 하지 말라고. 뱀한테 물리면 한 번 죽지만 색에 얽매이면 세세생생 천만 억겁을 애욕

내가 너다

의 쇠사슬에 얽매여 말할 수 없는 고통을 받게 되니 피하고 또 멀리 하라는. 기억나지? 그 말씀.”

“에이, 사형께서도, 그냥 포교원 잘되라고 도와주는 보살님이에요.”

“하기야 첩첩산중보다 애욕을 끊기가 힘은 들겠지…….”

안에서 바깥으로 나오려는지 인기척이 가깝게 들렸다. 현식은 얼른 뒤쪽으로 피했다. 밖으로 나온 용범이 큼큼 목청을 다듬더니 현식을 불렀다. 앞으로 나타난 현식은 짐짓 모르는 척 쳐디보았다.

“급하게 갈 일 없지?”

“왜?”

“아무래도 늦었으니까 내일 갈까 해서.”

하룻밤을 묵어야겠다고 용범이 현식에게 말을 던졌다. 아까 이곳에 들어올 적에는 밤중이라도 금방 돌아갈 것처럼 말했던 것이다. 그가 결정한 일에 토를 달 필요가 없었다. 용범은 예전에 군대 생활을 할 적에도 제 맘대로 정해 놓고 따라오기를 바라는 성질 머리였으니까. 평소의 용범답지 않게 비좁은 싱크대 앞에서 그릇들을 꺼내 놓고 덜그럭거렸다. 방바닥을 물걸레로 훔치더니 바깥에 있는 장작을 소리 나도록 내려놓았다. 포교원에서처럼 거들먹거리던 용범이 아니었다. 하는 짓이 어찌나 부지런하던지 전혀 다른 사람모습이었다.

저녁 밥상이라고 모두 둘러앉았다. 깻잎과 희멀건 김치 말고는 된장국이었다. 그나마 용범이 사온 두부, 고추장 통조림과 맛김, 장아찌가 구색을 맞추었다.

비가 추적추적 내리는 산사라니. 어둠 속에서 귀신의 슬픈 곡소리가 들릴 것 같았다. 산의 기운이 써늘한 게 예사롭지 않았다. 아궁이에 지핀 불기운이 미지근하게 달아올랐다.

****

현식이 고등학교 동창회를 처음으로 나갔다. 어찌어찌 귀동냥으로 들어 참석하게 되었던 것이다. 도시에서 수소문하여 만난 고향 친구 몇이 등산하면서 결성했던 터. 중년에 접어든 사내들과 아줌마들의 모임. 열대여섯 명. 몇 년 전 회장 격인 경순이가 우격다짐으로 만들게 되었다는 것이다.

통통한 경순은 학교에 다닐 적하고는 전혀 다른 모습이었다. 세련된 중년 여인이었다. 왕십리에서 봉제 공장을 운

영한다는 경순이. 왈가닥이라는 별명처럼 앞장서기를 좋아
하는 그녀의 성격은 여전했다. 의리가 있는 경순이는 여자
들보다는 남자 친구들하고 말하는 것에 더 흥미가 있는 듯
했다.

"현식이는 하나도 안 변한 것 같네. 서울역에서 척 봐도
그냥 알겠구먼."

돼지갈비를 손으로 뜯다 말고 경순이 말하자, 소주잔을
탁 털어 마시던 다른 남자친구가 웃으면서 맞받았다.

"으흐흐흐, 경순이 너는 동대문 시장에서 봐도 그냥 알겠
다."

먹다 말고, 모두 박장대소. 거의 대부분의 화제는 학창
시절의 선생님과의 추억이었다. 가끔 죽은 누구누구와 동
창회에 빠진 아무개들의 근황 따위가 끼어들었다. 분위기
가 시들해질 무렵, 노래방으로 가자는 패와 생맥주나 한 잔
더 하자는 패로 두런거렸다. 호프집으로 자리를 옮겼을 때
경순의 자리는 현식이 옆이었다. 끼리끼리 이런저런 대화
로 시끌벅적할 무렵이었다. 경순이 옆에 있는 여자 친구와
시시덕거리다가 현식을 흘끔 쳐다봤다. 생맥주잔을 입에서
뗀 현식이 슬쩍 말을 꺼냈다.

“저어 말이야?”

“왜, 내 얼굴에 뭐라도 묻었어?”

“그게 아니고 저, 혹시 신희 소식을 들었나 해서…….”

“포목집 딸 신희? 김신희 말이야?”

경순이 되물으며 옆 사람들을 슬그머니 둘러보았다. 그리고 눈을 껌벅거리며 현식의 말에 눈치껏 귀를 기울였다. 빤히 현식을 쳐다보던 경순이 조심스럽게 말을 꺼냈다.

“현식이 혹시 말이야. 작년 언젠가 절에, 포교원에 스님한테 온 일 없어? 거기에 우리가 손님으로 갔는데, 나 본 일이 없느냐고!”

“어! 키가 큰 스님이 있는 포교원 말이지?”

경순은 현식이 고개를 갸우뚱하자, 똑바로 쳐다보더니 휘둥그렇게 눈을 떴다.

“그래, 풍각 스님이라고 꽤 이름이 있는 분이야. 그날 나와 함께 간 사람이 김신희였다고.”

“정말?”

“그때 답답한 일이 있어서 포교원에 갔을 때 본 사람이 바로 너였구나. 그 계집애가 자꾸 스님한테 온 손님이 너를 닮은 것 같다고 했는데. 내가 잘못 봤을 거라며 미친년이라

내가 **너**다

고 했더니만.”

“그랬구나, 그랬어! 아이고.”

“나와는 학교 다닐 적에 단짝이었던 거 알지? 지금도 가끔 만나. 나하고 한동안 절에도 같이 다녔어. 아무리 바빠도 초하룻날이면 꼭 절에 나가곤 했어. 한이 많았던 애라서. 그 계집애는 원래 이런 분위기는 별로고 이런 데는 잘 안 나오지만, 분식집을 차린 뒤부터는 바빠서…….”

“분식집을 하고 있어?”

“그럼 어떻게 하나? 택시 기사로 있던 남편은 죽고 애들하고 살려면 그런 거라도 해야 먹고 살지. 아이고, 여자들한테는 목구멍하고 새끼들이 웬수지.”

“어디서 사는데?”

“어머머! 현식이 너? 그 계집애한테 지금도 관심이 있어?”

“그건 아니고, 그냥 궁금해서.”

“난 너희들이 미술반으로 만날 때 체육반을 했잖니. 신희가 아무 말 안했어도 그때 벌써 내 눈치로 때려잡았지. 아마 다른 애들은 전혀 몰랐을 걸. 후후후.”

“한번 만났으면 좋겠다.”

"어쭈, 얘가 지금도 그때 연애 감정이 남아 있나봐. 현식이 정말 그래?"

"그건 아니고."

"아 알았어, 알았다고! 죽은 귀신 소원도 들어준다는데, 산 홀아비 소원 못 들어줄까. 내가 시간을 한 번 내서 너하고 신희를 만나게 해 줄게."

시일이 지났다. 현식은 자꾸만 신희의 생각이 났다. 그런데 쉽사리 나아가지지 않았다. 그냥 경순이와 안부 전화만 나누다가 말았다.

신희가 죽기 몇 주일 전이었다. 지하철역에서 만난 경순이 함께 마을버스를 타고 오르막길에서 내렸다. 지은 지 오래된 낡은 아파트는 5층이었다. 마른 살 밖으로 뼈마디가 노출된 것처럼 군데군데 콘크리트 기둥의 녹슨 철근이 드러났다. 아파트 B동은 언덕배기 아래 비탈진 곳에 갸우뚱 서 있었다. 아파트의 외벽 칠은 벗겨져 우중충했다. 삐죽삐죽 삐져나온 녹슨 철근의 물에 젖은 기둥은 마스카라를 흘린 여자의 우스꽝스런 얼굴 같았다. 기둥에 받혀진 아파트는 종이 상자처럼 몰골사납게 금방이라도 넘어질 듯 위태롭게 보였다.

내가 너다

과일 봉지를 든 경순이 묻지도 않은 말을 꺼냈다.

"내가 알기로는 전세를 살다가 그마저도 월세로 주저앉은 것 같아."

"원래 건강은 별로 안 좋았나?"

"말도 마! 그 자존심 센 계집애가 한다는 말이 참, 내."

현식이 궁금한 표정으로 경순의 말을 기다렸다.

"내가 야! 너, 얼굴이 너무 망가져서 못쓰겠다고 그러니까, 뭐라고 그런 줄 아니? 기가 막혀서 말이 안 나오네. 너무 잘 먹어서 그러나봐. 그러면서 얼굴을 돌리더라고."

경순이 묻지 않은 말을 내뱉었다. 현식은 고개를 돌리며 말꼬리를 이었다.

"애들하고 그렇게 어려웠나?"

"남편 병치레로 거의 십 년 세월을 보냈으니, 살림인들 거덜 나지 않겠어. 남편이 젊었을 적에는 무슨 사업인가 하다가 부도를 냈는데, 그나마 남은 돈을 노름으로 홀랑 까먹었대나 어쨌다나."

"나도 신희 집에는 두 번인가 가보았는데, 먼저 올라가서 만나보고 휴대폰으로 연락해 줄게."

경순이 아파트 계단이 보이는 출입구로 들어갔다. 현식

은 과일 바구니를 든 채로 바깥에서 기다렸다. 신희를 만나면 무슨 말부터 해야 할까. 현식은 고향의 아스라한 보리밭과 한줄기 소나기를 맞았던 생각이 스쳐 지나갔다. 가슴이 들떠 얼굴이 화끈거리는 느낌이었다. 서성거리고 있을 때, 경순이 예상보다 빠르게 내려왔다. 조금 전과는 달리 얼굴이 심상치 않아 보였다.

"병원에 입원했대! 중환자실에."

현식은 경순과 함께 부랴부랴 택시를 타고 시립 병원으로 갔다. 응급차에 실려 입원한 지 며칠이 지났다는 것이다.

강산이 세 번이나 변할 동안 그녀를 찾지 못했다니. 빼빼마른 신희의 몰골은 그녀의 아파트처럼 어두웠다. 눈망울은 툭 튀어나와서 병색으로 가득했다. 신희에게서는 용추산의 고즈넉함도 보리밭도 보이지 않았다. 조용하고 차분했던 소녀는 어디로 가버렸을까. 생활고와 병마의 세월에 시달린 소녀는 부석부석 할멈처럼 삭아서 현식의 눈앞에 누워 있었다. 침대 옆으로 경순이 바짝 다가갔다.

"힘들지?"

"왜, 또 왔어."

경순을 보던 신희의 목소리는 나직했다. 그녀는 눈을 돌려 옆에 서 있던 현식을 물끄러미 쳐다보았다. 한동안 시선이 멈췄다. 신희의 눈은 똥그랗게 커졌다. 경순이 참다못해 말을 꺼냈다.

"이 사람이 누군지 알아? 현식이야, 고향 동창 노현식!"

현식이 다가가 가만히 입을 열었다. 그녀의 입술은 바싹 메말라 있었다.

"나! 알겠어요?"

고통이 퍼져서 그랬을까. 신희는 고개를 끄덕이며 애써 웃으려고 했다. 얼굴 표면에 떠 있는 그녀의 잔잔한 웃음을 현식은, 내면의 슬픔으로 짐작할 수는 없었다. 그것은 사람마다 제각각 다를 것이기 때문이다.

"자세히 보니……, 옛날 모습이 생각납니다."

"진즉 보았어야 했는데, 이렇게 늦었네요."

"아니, 이제라도 보았으니 괜찮아요."

중간에 경순이 냉큼 끼어들었다.

"너희들은 학교 친구끼리 무슨 말을 서로 올리고 그래. 나 전화 좀 하고 올게. 그동안 못 만났으니까 시원하게들 이야기해."

현식은 자기 자신을 바라보는 신희의 눈이 점점 편하게

느껴졌다. 신희가 팔을 내밀었다. 하얗다 못해 검푸른 반점이 돋은 파리한 손이었다. 현식은 머뭇거리다가 덥석 손을 잡았다. 온기가 느껴지지 않았다. 힘은 없으나 조금 전보다 더 알아들을 정도로 신희의 목소리가 들렸다.

"어머니는?"

"진즉 돌아가셨지."

"현정이는 어떻게 살아? 어렸을 적에는 예뻤는데."

"애들만 셋인데, 잘 있어."

현식은 불현듯 혼자서 장애인 아들 뒷바라지를 하는 여동생이 떠올랐다. 그리고 다달이 부쳐 주던 생활비를 깜빡 잊었던 것이 생각났다. 조곤조곤하게 들려오는 신희의 목소리가 생각을 무질렀다.

"우리 학교 다닐 적에 용추산에 간 거랑 해수욕장에 간 거 기억나?"

"그럼, 나고 말고."

"나…… 살면서도 가끔씩 그 생각이 났었어."

현식은 가슴이 저려오며 눈물이 핑 돌았다. 한참 만에 경순이 들어왔다. 경순이 말문을 다시 열었다.

"신희야? 빨리 정신 차리고 일어나야지?"

내가 **너**다

“친구야? 나 죽으면 우리 아이들은 어떻게 될까?”

“그게 무슨 소리야! 빨리 나아야지! 신희야, 이제 일어나서 동창들도 좀 찾아서 만나고 옛날이야기도 하며 그러자.”

신희는 빙긋 웃으며 손사래를 내저었다.

“경순아? 나는 그래도 아들을 둘이나 두고 가는데, 옆집 아람이 할머니 있지? 그 할머닌 자식들이 다 죽고, 외손녀 아람이가 이제 초등학생인데 어떻게 사실는지 걱정이 돼.”

“이 계집애야! 지금 누가 누굴 걱정하는 거냐!”

경순이가 눈시울을 붉히다가 소리를 버럭 질렀다.

현식은 이틀이 지나서 혼자 다시 병원을 찾았다. 신희는 혼수상태였다. 신희가 죽었다는 소식을 들은 것은 며칠 후였다. 비바람이 몹시 후려치던 새벽녘이었다. 아직 창창한 그녀를 췌장암 귀신이 잡아갔다. 중환자실에서 마지막까지 그녀를 지킨 것은, 희미한 형광등 불빛과 링거 병이었다. 그리고 세상모르게 내팽개쳐진 중환자 대여섯 명이었다. 남겨진 아들 둘. 택시 기사로 생을 마감했던 남편이 대장암으로 죽은 지 이태 만이었다.

경순이가 알려 주어 몇몇 친구들이 문상을 왔다. 친인척도 별로 보이지 않았다. 영정 사진은 오래된 듯 흑백이었다. 약간 웃는 듯 그녀의 입술은 꼭 다물지 않았다. 손가락 마디만한 양초토막에서 가물거리는 촛불이 바람에 흔들렸다.

　나이 어린 아들 둘은 엄마의 시신을 화장터로 데려갔다. 그녀는 입자가 되어 저수지가 있는 숲에서 아들들의 손에 들려 있었다. 하얀 가루로 빻아진 신희는 바람에 날리며 풀잎과 흙에 엉켰다. 숲은 고요했고 호수는 잔잔했다. 호수 근처, 카페로 보이는 곳에서 연인들이 걸어 다녔다. 연인들의 밀어는 봄바람처럼 허공에 흩어지리라.

*****

　그 후 경순으로부터 연락이 왔다. 현식은 등산 배낭을 꾸렸다. 그리고 친구들을 따라 길을 따라나섰다. 세차게 불던 바람은 다 어디로 갔을까. 밍근하게 어깃장을 부렸던 날씨는 언제 그랬냐는 듯 따사한 빛이 가득했다. 하늘은 파르스름한 빛깔이었다. 대도시의 장막에 갇혀 있다가 탈출하는 기분이었다. 본래대로 귀환하여 본성으로 가는 것일까. 현식으로서는 오랜만에 고향 땅을 밟았다. 고속도로를 벗어난 국도를 달리던 승합 버스는 낯익은 곳으로 접어들었다. 읍내는 예전과 달리 높은 건물들이 더 생겨났으며 넓어진

내가 너다

것 같았다. 봄은 남쪽 세상의 기운을 맘껏 빨아들였다. 메말랐던 논둑을 쑥부쟁이 따위들이 파릇파릇 덮어가고 있었다. 휘늘어진 수양버들은 잎의 촉이 돋아나 푸른빛이 차올랐다.

　햇살이 용추산 정수리를 비쳤다. 태양의 기울기에 따라 산의 음영은 달라졌다. 들어가는 부분과 튀어나오는 부분은 낯익기와 낯설기를 되풀이했다. 세상의 모든 빛깔은 상대적이다. 서로가 서로를 챙겨주는 프리즘의 빛처럼. 마을과 마을이 이어진 지평선이 펼쳐져 있었다. 은빛으로 반짝이는 비닐하우스들이 지나갔다. 얇은 비닐 막을 사이에 두고 서로 다른 계절이 존재하는 것이다. 그 안에는 빠른 계절을 불러들인 식물들이 숨 쉬며 크고 있으리라. 들녘은 긴 겨울잠에서 깨어났다. 겨우내 잠들었던 경작지를 트랙터의 삽날이 갈아엎어 놓았다. 묵은 땅거죽은 뒤섞이어 에너지가 충만한 흙을 만들고 있었다. 기름진 토양에 씨앗들이 뿌려지면 식물은 새순을 잉태할 것이다. 만물이 깨어나 새롭게 일어났다. 곧 풀과 나무들의 모양새는 거칠어지리라. 자연이란 우주의 역학에 충실했다. 먹고 먹히는 먹이사슬. 세상의 이치는 거듭나는 것을 두려워할 필요가 없다. 부스럼

딱지가 떨어지면 새살이 돋는 것을.

고향이라는 것. 어머니의 자궁에서 나온 아이가 처음 몸으로 공기를 접한 곳. 눈을 처음으로 떠서 사물을 인식한 후 산천초목은 몸과 자연이 되었던 곳. 승합차 안에서 현식은 스쳐 가는 정경 하나하나에서 잊어버린 추억을 되찾고 있었다.

승합차가 읍내를 우회했다. 재학 시절 소풍을 갔었던 추억들이 살아났다. 절 용추사를 먼저 가기로 했다. 들녘을 지나 용추산 자락에 접어들었다. 은수천은 바싹 말라서 바닥을 드러냈다. 현식은 불현듯 소나기에 흠뻑 젖었던 신희의 모습이 떠올랐다. 함께 왔다면 좋았을 것을. 그것은 상상과 추억일 뿐이었다. 절 아래 주차장에는 봄의 꼬드김에 못 이겨 올라오는 등산객들이 더러 있었다.

퇴락한 대웅전이 작아 보였다. 처마 끝에 매달린 풍경이 바람에 흔들렸다. 쨍강쨍강~. 고즈넉한 산사 주변의 자연은 겨울잠에서 기지개를 켜고 있었다. 대웅전 뜰에도 삐죽삐죽 풀들이 돋아났다. 동백꽃들이 하나둘 붉은 입술을 벌리기 시작했다. 나무는 나무를 감아 수액을 훔치며 풀은 풀을 빨아 살아나고 있었다. 지평선이 끝나고 멀리는 바다였

내가 너다

다. 섬들이 고개를 내민 바다는 하늘과 같은 물빛이었다. 섬들 사이로 밀려오는 바닷물. 신희와 거닐었던 모래톱이 떠오르며 파도 소리가 들려오는 듯 했다.

빛살은 산산이 부서져 멀리 번졌다. 현식은 갑자기, 눈을 뜬 상태에서 아무것도 보이지 않았다. 신희 생각에 너무 몰두했음일까. 별생각이 다 났다. 어쩌면 서둘러 떠난 신희는 갈매기가 되었을지도 몰라. 바닷가에서 갈매기 떼를 환호했던 그 모습이라니. 포구에 갇힌 물고기를 찾아서 끼룩끼룩 돌아다닐 거야. 발 갈퀴로 물결을 박차며 날개를 펴서 하늘로 오르며. 모든 인연이 끝나 기다리던 영혼의 그림자를 찾지도 못하고 어쩌다가 부리로 물고 온 슬픔마저 놓칠라.

현식은 어질어질한 머리를 흔들며 앉았다가 일어났다. 사물이 점점 보였다. 그리고 대웅전을 지나 한참 떨어진 부도전으로 걸어갔다. 고승대덕들의 무덤이었다. 마른 이끼가 낀 돌들은 풍상을 겪은 채 말이 없었다. 생김새가 제각각 다른 돌비석들은 세월의 곰팡이가 슬어 음각된 글씨들을 죄다 갉아먹고 있었다. 탁본으로 뜬다 해도 글씨의 형태는 온전하지 못할 것이다. 음각을 좀 먹은 세월의 바이러스는 원본의 닥종이까지 갉으려 들 것이기 때문에. 풍화되어 가는 무덤들은 지층으로 편입되겠지. 고승대덕이 된 자들의 표석도 빛이 바래서 나그네들의 발길만 무심했다. 저 사람들은 모두 다 어디로 갔을까. 자못 만감이 교차했다. 현식은 바다를 바라보며 스쳐 오는 바람을 맞았다. 흩어져 구경을 하던 경순이 현식에게 다가왔다.

"여기 있었어?"

"왜?"

"아무리 찾아봐도 없길래."

"아, 이쪽에서 보면 저 멀리 바다가 보여서."

"시간만 괜찮으면 바다 쪽으로 한 바퀴 돌아 횟집에도 들어가면 좋은데, 계집애들이 집을 나온 지 얼마나 됐다고 벌써 서방하고 새끼들 타령이야."

"경순이는 안 그래?"

"내가 미쳤어! 저 계집애들하고는 학교 다닐 적에도 차원이 다르다는 거 현식이는 잘 알잖아. 신희네 엄마하고 울 엄마하고 친하니까, 집안끼리 우리끼리 서로 통했지만. 우리 영감탱이는 지금 골프장에 갔어. 골프 귀신들려서 어떤 연놈들하고 갔는지 모르지만, 아마 며칠이나 떨어져 있어

내가 너다

도 전화 한 통 안 할 걸."

경순이는 거침없이 말을 이어 나갔다.

"너? 솔직하게 말해봐. 학교 때 신희, 좋아했지?"

현식은 경순을 바라보던 얼굴을 옆으로 돌렸다. 등산복 바지차림인 경순이 엎드려 돋아난 민들레꽃을 꺾어 들며 풀썩 앉았다. 부도전 비석들은 떨어지는 햇살을 맞아 음양으로 윤각을 드러냈다. 경순이 손가락으로 꽃잎을 잡더니 노란 잎들이 닭털 뽑히듯 하나둘 뜯었다.

"그 계집애, 아주 엉큼한 구석이 있긴 해도 내가 물어보면 나한테는 안 감추고 다 말했어. 언젠가 신희한테 얼핏 네 이야기를 들었어. 하긴 그때는 너희 집안도 어려웠고 하니까."

"언제 적 이야기냐? 하하하하."

"아이고, 너도 그 계집애하고 똑같이 엉큼하구나. 하긴 우리가 이렇게 늙어 가는데, 정말로 쌍팔년도 이야기지. 너? 신희가 살아온 내막은 아무것도 모르지?"

"그렇지. 경순이한테 들은 것 말고 내가 뭘 알겠어."

"남편이 대장암에 걸려 죽었을 때, 장례식장에 갔을 때 신희가 나한테 그러더라. 병원에서 남편이 무지하게 고생하다가 죽었잖아? 죽기 하루 전인가 어린애처럼 어리광을 부리듯, 여보! 어디 가지 말고 그냥 옆에 있어줘. 그리고는 손을 잡더니 아, 당신 손이 아주 부드럽다. 이렇게 늘 붙잡고 있으면 얼마나 좋을까. 그랬다는구먼. 평소에는 타인들처럼 겉돌게 살았단다. 자기들 부부는 어디를 가도 남처럼 저만큼 떨어져서 걸었다는 거야.”

“신희가 무척 힘들었겠네.”

“그걸 말이라고 해! 당연하지. 그래도 나한테는 그러더라. 병수발도 안 하고 남편이 갑자기 죽어버렸다면, 얼마나 더 견디기 어려웠겠냐고. 남편을 차츰차츰 잊어버리라고, 부처님이 그렇게 시간을 주었을 거라고.”

경순은 풀을 뜯어 손가락에 감았다가 풀었다. 무슨 할 말이 있는 듯 머뭇거리는 눈치였다. 흘깃 현식을 쳐다보는 경순의 눈빛과 마주쳤다. 경순은 약간 쑥스러운 표정이더니, 불쑥 말을 뱉었다.

“아직도 혼자라며?”

“그렇지 뭐.”

“짧은 인생을 왜 그렇게 지내?”

“짧으니까 그렇지. 하하하하.”

내가 너다

억지웃음으로 들렸는지 경순이 눈을 흘겼다.

"아직 젊은데…… 독신으로는 좀 그렇지 않나? 내가 좋은 사람 하나 소개해 줄까?"

"말씀만 들어도 고맙긴 한데, 나는 그럴 능력이 안되네."

"왜? 안 돼? 잘생기고, 직업 있고, 딸린 새끼도 없고, 거기다가 삭았지만 신제품인데. 호호호~."

"빠진 것도 있네요. 돈 없고, 연금조차 기대할 수 없는 날라리 건달!"

"명색이 예술가인데 그 정도의 조건에서 돈 없는 거야, 당연하지. 안 그래?"

"그건 경순이가 좋게 봐주니까 그렇고."

"뭐, 특별히 여자를 싫어하는 이유는 없지?"

"하하하, 이건 또 무슨 의미야? 별거 아니고. 난 그래, 사랑은 피차 희생인데 나는 그럴 능력이 안되는 사람이고, 원래 여자와 인연은 없는 모양이야. 나이 들어 소개를 받으면 꼭 무슨 거래를 하는 느낌이 들어."

절이 있는 쪽에서 부르는 소리가 들렸다. 빨강 등산복을 입은 여인의 손짓을 보며 두 사람은 입을 닫고 그쪽으로 움직였다.

　4월의 햇살도 목구멍에 걸리었다. 삼키거나 뱉어도 햇빛은 찬란하다. 하얀 목련꽃. 현식은 그랬다. 목련꽃이 필 즈음에는 언제나 신희 생각이 났다. 슬픔의 꽃들은 바람에 떨어지고 또 필 것이다. 슬픔이란 어딘가에 도사리고 있다가 불쑥 튀어나왔다. 무던히 속을 썩이다가 죽어간 이들처럼. 이미 겨울을 알아 버린 봄이 아닌가. 늦은 봄을 애무해 보았자, 봄은 오르가즘에 도달하기 전에 슬픔으로 떨어졌다. 구렁이 담 넘어가듯 머잖아 봄도 그녀도 함께 실종될 것이다.

　몸은 호흡으로 봄을 떠는데 자기 자신은 생의 부피만큼 살아왔던가. 그녀가 첫사랑이었던가. 색이 짙었든 옅었든 간에 그것은 분명히 사랑이었음이 분명했는데. 운명이 사랑을 선택하지 않았으니 그냥 추억이라고 할까. 추억은 수채화처럼 아스라했다. 사랑한다는 일도 죽음을 염두에 두는 것이라면, 진즉 용감하게 쟁취했어야 하는 것. 막연한 세월이 무심하게 흘렀던 것이다. 자신은 그 오랫동안 신희를 죽도록 사무치게 그리워하기나 했던가. 현식은 심히 부끄러웠다. 신희는 죽어서 무엇이 될까. 별똥별처럼 멀어져 버린 추억의 허무여.

내가 너다

어둠이 깔리고 가로등 불빛만 드문드문 골목을 비쳤다. 거뭇하게 연립주택들이 켜켜이 모여 있었다. 찌뿌드드한 날씨였다. 현식은 어깨를 움츠리며 발걸음을 재촉했다. 몸도 마음도 지쳤다. 등짝을 누일 방바닥이 어둠 속에서 손짓을 하는 것 같았다. 며칠 동안 깊은 잠에 들지 못했다. 신축 모텔 방에 걸겠다는 4호 크기의 그림 수십 점의 주문까지 해내자니 몹시 피곤했다. 아무리 에너지가 넘쳐도 생물은 휴식이 필요하다.

계단을 올라갔다. 현관문에 열쇠를 끼워 넣었다. 스위치를 누르자, 어둠이 뛰쳐나갔다. 현식은 신발을 벗고 들이갔다. 유리문을 뚫고 찬바람이 들어왔었나 보다. 단열이 덜 되는 낡은 집의 구조 탓이기도 했다. 방문을 열고 손을 더듬거리다 뻗어서 스위치를 눌렀다. 천장에서 빛이 떨어지며 방 안을 환하게 드러내 주었다. 빈 방은 언제나처럼 기다려 주었다. 아무도 없다. 옷을 벗고 화장실로 들어가 물에 몸을 씻었다. 차디찬 물이 점점 미지근해졌다. 샤워기에서 나온 뜨거워진 물로 머리부터 뿌렸다. 부연 물안개가 거울에 서렸다. 거울 속에서 누군가 나타났다가 사라진 듯했다. 수건을 든 채 다시 거실로 나왔다. 리모컨을 눌렀다. 화면에 나온 여성 아나운서는 지도를 배경으로 서 있었다.

—내일 낮 최고 기온은 영상 15도로 구름이 오락가락하겠습니다.

거실 바닥에 깔려 있는 전기장판의 스위치를 켰다. 신경줄처럼 장판 속에 깔렸을 전선 가닥들이 반응을 하자면 시간이 걸릴 것이다. 퍼뜩 생각해 보니, 자기 자신은 전깃줄에 꽁꽁 묶여 있는 꼴이었다. 위태로운 전깃줄에 목숨을 맡긴 거나 진배없었다. 현식은 장판 옆에 있는 이불자락을 끌어당겼다. 미지근하게 온기가 몸으로 전해졌다. 그는 벌레처럼 이불 속으로 미끄러져 들어갔다.

흰옷을 입은 신희는 근심 어린 모습으로 바짝 현식이 옆에 붙어 있었다. 약간 부은 얼굴이었다. 불에 타다 만 건물이었다. 거멓게 그을린 창문 안은 어떤 목로주점 같았다. 안에서 사람들이 음식을 먹으며 뭔가를 의논하듯 잔뜩 모여 있었다. 왁자지껄한 분위기에서 신희는 음식이 차려진 상 앞에서 손가락질을 했다. 현식은 큰 그릇에 밥과 반찬을 섞어 가득 담아 왔다. 통통하고 야비하게 생긴 아낙네가 손을 내밀었다. 신희는 재빨리 흰옷 속에서 빨강 지갑을 꺼냈

내_가 너_다

다. 지갑에서 나온 것은 나뭇잎들이었다. 노랑 나뭇잎들이 바닥으로 흩어졌다. 그런데, 바닥에 흩어진 나뭇잎들은 어느 새 푸른색 달러 지폐로 변했다. 주인 아낙네가 험악하게 인상을 쓰며 고래고래 소리를 질렀다. 신희는 창백한 얼굴로 현식을 안쓰럽게 쳐다보았다. 그러더니 느닷없이 입고 있던 흰옷을 훌훌 벗어 버리는 것이었다. 주점 안에 있던 사람들의 눈이 휘둥그레지면서 손을 들어 일제히 신희를 가리켰다. 현식은 부끄럽고 분하여 발가벗은 신희의 손을 잡고 한참 동안 도망을 다녔다. 둘은 무작정 걸었다. 몸이 썰렁하여 두리번거리다가 자기를 내려다보니, 자신도 신희처럼 발가숭이였다. 컴컴한 하늘에 별들이 반짝 반짝거렸다. 어떤 아파트 앞은 시골집들 마당이었다. 대여섯 명의 사람들이 명석 위에 누웠거나 앉아서 별을 쳐다보고 있었다. 사람들은 발가벗은 그들을 훑어보고도 아무렇지 않는지 별만 헤아리고 있었다.

꿈이었는가? 불에 사르르 타다 만 종잇장처럼 날더니 꿈은 사라졌다. 현식은 잠에서 깼다. 한밤중이었다. 아주 켜켜이 겹쳐진 생각들이 서로 연결되지 않고 떠돌아다녔다. 억지로 잠을 청한들 뇌세포들이 명령을 들어줄 것 같지도 않았다. 몸에서 발생한 신호들이 다시 충돌 작용을 일으켰을까. 몸의 세포는 과학이다. 우주의 섭리이고 자연이다. 그 틀 안에서는 사람이나 짐승이나 똑같다. 현실을 저항하는 힘없는 정신. 그런 류의 기억들이 재생되었으리라. 기억이 금세 퇴색하기야 하랴마는, 갑자기 어눌해질 적도 있었다. 자신의 몸속에 누군가 들어 있는 느낌이었다. 끔찍한 증세가 낡아가는 몸을 야금야금 잠식하여 마지막에는 어디론가 끌고 갈 것 같았다. 정말 영혼이라는 게 있기는 있는 것인가. 작신작신 눌려 터지고 흐트러져 만신창이 된 개체. 자기 자신의 몸뚱이를 제어할 수 없다니.

잠을 놓쳐버린 의식은 다시 돌아와 말짱했다. 아무리 잠을 청해본들, 달아난 잠이 올 리 만무했다. 현식은 일어나 방바닥에 주저앉았다. 따지고 보면 일상이란 것은 동물의 생존, 그 이상도 그 이하도 아니었다. 동물과 인간이라는 이중적 잣대를 만든 것은, 존재라는 말에 힘을 준 사람들의 자만 아니었을까. 어떤 힘에 밀려 여기까지 왔을까. 자의와 타의라는 구분도 무색했다. 현실이 팍팍하면 그 어떤 이상의 푯대마저 세울 수가 없다. 이상이란 사막의 신기루처럼 환상이니까. 현식은 허망했다. 자기 자신을 붙잡는 이는 없

었다. 아무것도, 누가 누구를 붙잡는 것은 아니었다. 죽음
이라는 그 종점에 닿을 때, 모든 것은 제각각 흩어질 뿐이었
다. 모든 것들은 시간에 의해 달라지고 있었다. 째깍거리는
사발시계 소리. 유리문을 뚫지 못하고 들려오는 자동차의
진동.

　늦잠을 자고 일어났더니 어깨가 결렸다. 현식은 가끔 팍
팍한 생활에서 헛웃음처럼 삐져나오는 모멸감을 어쩌지 못
했다. 스산한 날씨만큼이나 헐렁한 마음으로 떨고 있는 자
기 자신이 한심스러웠다. 세상에 자기 몸뚱이 하나마저 관
리할 능력이 없는 사람들은 얼마나 많을 것인가. 아직도 사
자나 하이에나와 하등 다를 바 없는 사람들. 죽은들 아무도
가벼운 육신을 위로해 주지 않을 거라는 생각이 들었던 것
이다. 현식은 입을 앙다물며 쌀을 씻어 쿠쿠 밥솥의 메뉴
스위치를 눌렀다. 먹다 남은 김치찌개를 그릇에 덜어 전자
레인지에 돌렸다. 에너지와 에너지끼리 물려 있는 먹이들
의 사슬. 동물의 몸뚱이로 고통의 물결이 남실거리는 어둠
속에 잠겨서 무엇을 하자는 것인가. 현식은 시나브로 함몰
되어가는 육신의 한계를 느꼈다. 불현듯 뭔가 머릿속을 맴
돌며 소용돌이쳤다. 용추산에 비치는 저녁노을이 떠올랐

다. 머릿속이 개운치 않았던 것은, 그 까닭이었던가?

카메라와 짐을 챙겼다. 현식은 고향에 가 보려고 고속 열차표를 샀다. 플랫폼에서 움직이던 열차는 점점 가속했다. 도시의 구조물들이 순식간에 뒤로 밀려나면서 시야에서 사라지고 있었다. 미끄러져 가는 열차 속에서 중얼거렸다. 내가 만든 슬픔들아! 이제 나를 떠나다오.

내가 너다

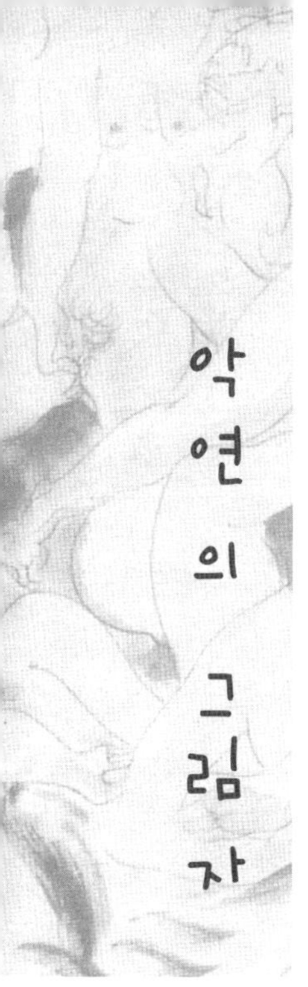

악
연
의
그
림
자

*

2년 전쯤이었든가. 한동안 고독은 파리한 형광등 불빛처럼 천장에 걸려 있었다. 상좌 승이 떠나 버린 법당의 아래층은 용범 혼자서 기거했다. 장맛비가 억수로 쏟아지는 그 밤이었다. 우르르 쾅쾅. 밖에서 떨어지는 번개가 포교원의 창문을 뚫고 들어왔다. 몇 번인가 만났던 여인의 이름은 마처영. 법회에도 간혹 찾아온 보살은 고운 모습을 지닌 만치 외로움도 잔뜩 껴보였다. 마흔 중반으로는 보이지 않을 만큼 여인은 젊었다.

"스님? 저 이만 가 볼게요."

"아니? 지금 이 밤중에요?"

여인은 대답 대신 하얀 얼굴을 약간 수그렸다. 정색을 하며 용범이 손사래를 쳤다.

"아이고, 보살님? 이렇게 비가 억수로 오는데, 빗줄기나 좀 그치면 움직이시지 그래요."

"조금 더 있으면 그칠라나요?"

"모든 것이 머물지 않듯 그치면 흘러가겠지요."

"소나기인 줄 알았는데."

"오락가락하니까 그럴 거요."

"보살님? 곡차나 한 잔 하실래요?"

"곡차라니요? 아, 술! 저는 조금밖에 못하는데요."

"날씨가 궂을 때는 한 잔 하셔도 몸이 안정되고 괜찮을 겁니다. 으흐흐흐. 이거 실수! 기수련을 하는 분에게 유식을 떨었네."

땅콩과 멸치가 든 깡통을 내온 스님은, 접견실에서 방에 들어가더니 양주병을 들고 왔다. 그리고 장삼을 벗고 흰 추리닝과 노란 티셔츠로 갈아입었다. 허우대가 큰 체격이며 남자다움이 한눈에 드러났다. 옷을 바꿔 입으니 까까머리를 빼 놓고는, 스님의 이미지가 반쯤 지워졌다.

내가 너다

"곡차를 하는 줄 알고 어떤 분이 보내와서 놔두었는데, 오늘에야 진짜 임자를 만난 것 같습니다그려. 허허허허."

처음에는 사양하던 여인이었다. 한잔을 받아 마시더니, 석 잔을 더 마셨다. 여인의 얼굴은 불그레한 빛을 띠기 시작했다. 여러 잔을 마신 용범의 얼굴빛도 붉고 눈도 게슴츠레하게 변했다. 아랫부분이 뻐근해 왔다.

"보살님도 혼자 된 지 오래지요?"

"애 때문에 그렇게 되었어요. 애 아빠가 교통사고로 죽어서 한동안은 태풍이 휩쓸고 간 마음처럼 껍데기만 달랑 남아 있었나 싶었어요."

"그렇군요. 전생의 업보가 사람을 지치게 히겠지만, 이승의 생은 금방 지나가고 마는 것이니 새로운 인연을 만나면 잊고 살게 됩니다."

"스님의 법문을 들으면 생활에 용기와 자신이 생기는 것 같아요."

"저처럼 수도하는 스님도 사람의 몸입니다. 힘들어도 보살님같이 좋고 고마우신 분을 만나면 정진하는 데 도움이 될 것 같습니다."

용범은 슬며시 여인의 손을 잡았다. 여인이 손을 잡힌 채

자못 혼란스러운 듯 눈을 들어 쳐다보았다.

"누가 오면 어떡하시려고……."

"별 걱정을 다하십니다. 이 캄캄하고 비오는 한밤중에 누가 옵니까. 염려 마시오."

남자와 여자의 얼굴이 겹쳐졌다. 입술끼리 맞붙었다. 여인의 혼란스런 감정은 금세 용범에게 빨려 갔다.

"아, 이러시면 안 됩니다. 스님."

"너무 아름다워서."

"이건 아닌데요."

"보살님, 좋은 게 좋은 겁니다."

암묵적인 위협이 함축된 말. 입에 발린 말이라도 듣는 이가 즐거우면 좋을까. 풍각 스님, 아니 용범은 그녀를 데리고 안방으로 갔다. 그리고 그녀를 두툼한 요 위에 눕혔다. 그녀는 가만히 있었다. 용범의 참아 왔던 욕정에 불이 당겨졌다. 손이 그녀의 은밀한 곳을 가린 옷을 벗겨 나갔다. 가는 허리 아래 튀어나온 궁둥이는 군살이 없었다. 서로의 눈빛은 욕망을 갈구했다. 여인의 본능은 꿈틀거리듯 자제력을 털어 버렸다. 어느새 그녀는 용범의 목을 끌어안았다. 불타는 육체는 불길로 끌 수밖에 없었다. 입술과 입술이 겹

내가 너다

쳐졌고 뱀들은 혀끼리 감았다. 그의 뜨거운 입김이 그녀의 턱 밑에 있는 까만 점을 지나 목덜미를 훑었다. 용범의 손이 그녀의 젖을 만지며 아래로 내려갔다. 숨이 막힐 듯이 온몸이 불덩이처럼 뜨겁게 달아올랐다. 남자의 몸은 소용돌이 속으로 빠져들었다. 그녀의 초점 없이 반쯤 감긴 눈동자가 떠 있다가 감겼다. 나사처럼 조였던 그녀의 몸은 자동으로 풀렸다. 손발이 떨리고 얼굴이 붉어진 여인이 조그맣게 말했다.

"이건 죄악이 아닐런지요?"

"아닐 거요."

"그래도……."

"누구든 사람의 본능은 어쩔 수 없지요."

두 사람의 숨결은 턱밑까지 차올랐다. 그녀는 허벅지를 벌리며 순순히 받아 주었다. 둘은 하나처럼 신음했다. 용범의 몸놀림이 점점 빨라졌다. 되레 그녀가 허리를 힘껏 끌어안았다. 사람끼리 주고받는 언어는 필요 없다. 오직 본능으로 소통될 뿐. 가빠오는 숨결이 짜릿하고 황홀한 어둠을 불러들였다. 야릇한 표정을 지은 여인은 온몸이 땀으로 젖었다. 그리고 전율하면서 허리를 솟구치며 부르르 떨었다. 용범은 쾌감이 아득하게 밀려오면서 목이 타오르고 정신이 몽롱했다. 아랫도리에 힘이 빠지며 갑자기 맥이 풀리는 느낌이 들었다.

"좋아?"

"아이, 몰라요."

"사랑에도 용기가 필요해."

"맞아요."

"이제부터 우리 자주 만나도 되겠지?"

"모르겠어요."

"또 다시 태어나 당신을 사랑하게 되는 운명이라면 이를 거역하지 못할 것 같아."

"스님께서 민들레 꽃씨처럼 아무 데나 날아가시지 않는다면."

본능에 가까운 말은 수식어가 생략되는가. 행위는 말을 대신했고, 서로가 필요한 만큼 가져갔다. 불륜과 불륜이 끈끈한 무엇으로 그들을 묶어 주었다. 용범은 잠깐 머릿속을 맴돌던 윤리와 도덕 따위를 도리질해 버렸다. 스승의 말씀은 명왕성보다 멀리 있고 자신은 현존했다. 그들은 구렁이의 긴 혓바닥에 감겨 깊은 잠 속으로 빠져들었다.

내가 너다

깨어나 보니, 새벽이었다. 여인은 어느새 옷매무새와 머리를 고치고 일어나 앉아 있었다.

"벌써 가게요? 비가 그쳤나?"

"일이 있어서 집에 일찍 들어갔어야 했는데."

"그럼 내가 차로 데려다 드릴게."

용범은 운동모자를 쓰고 점퍼를 걸쳤다. 승용차의 뒷좌석에 탄 여인을 룸미러로 훔쳐보았다. 일부러 뒤에 탄 까닭은 묻지 않았다. 손가락으로 자동 안내 시스템을 찍었다. 달리는 승용차 안에서 여인은 아무 말도 하지 않았다. 용범도 가만히 있었다. 여인의 아파트는 외곽도로를 거쳐 한참 만에 나타났다.

"오늘 인연이 좋은 시작이기를 바랍니다."

"조심히 가세요."

용범은 말을 아끼며 인사를 했다. 여인이 웃음을 머금고 합장으로 답례를 했다. 여인을 그녀의 아파트 입구 떨어진 곳에서 내려주었다. 여인의 뒷모습이 점점 멀어졌다. 용범은 차창을 살짝 내리며 담배를 피워 물었다. 여태껏 안아본 여인들과 사뭇 다른 느낌이었다. 뭐랄까, 은근히 조용하면서 기품을 지키려 하는 태도였다. 아니면, 한번 튕겨본 것인지 알 수 없었다. 금방 내려 주고도 간밤에 여인을 녹였던 기분이 남아 있었다. 모르겠다니? 무엇을 말인가. 용범은 그녀의 말을 곰곰이 새겨보았다. 그녀의 부드러운 말씨나 인상이 머릿속에 깊이 박혀 왔다. 그녀도 자신을 깊이 각인하여 파문을 남겼을까. 아직은 모를 일이었다. 용범은 처영을 알게 된 일도 운명이라고 생각했다. 만나서 교접한 일은 욕망을 이기지 못한 탓이었다. 보살의 의도였는지도 알 수 없었다.

**

화실에 잠깐 들렀다며 용범이 불쑥 찾아왔다. 승복 대신 셔츠를 입은 모양새였다. 현식은 냉장고에서 박카스 병을 꺼냈다.

"바쁜 스님께서 웬일로 여기까지?"

"그림 좀 팔려?"

벽에 걸린 그림들을 휘휘 둘러보면서 용범이 말했다.

"쪽팔려?로 들리는군. 하하하. 어렵지 어려워. 경기가 요 모양으로 먹고살기도 어려운데 누가 그림을 사가겠나."

"돈 많은 사모님들이야 불경기하고는 아무런 상관이 없지. 이런 짝퉁 그림을 사가는 사람들은 돈이 없으니까, 힘들겠네.”

병마개를 비틀어 박카스를 마신 후 용범이 현식을 바라
보았다.

“여자가 하나 있는데, 서울 가까운 곳에 살거든. 이 여자
가 글쎄 나이가 오십이 넘었는데 아들과 딸만 있어.”

“우리 주지 스님께서 뭐 스폰서라도 하나 낚으셨나?”

“어허! 스님한테 이제 못하는 말이 없네. 이 사람이!”

“남편은?”

“자기 말로는 서방은 진즉 죽었다고 내게 그러는데, 요샌
이혼했거나 별거하면서도 그렇게 지껄이는 여자들이 하도
많으니까.”

“그런데 왜?”

“어떻게 우연히 알게 되었는데, 참 이런 말 해서 뭐한데
나더러 함께 절을 지어 놓고 살자는 거야.”

“그럼 살지 뭐!”

“에이, 그런 뜻이 아니고! 나더러 살자는 의미로 수도권
에 땅이 있는데, 그린벨트에 묶여 있대. 한 천 평은 될까 말
까하는데, 그곳에다 절을 짓자는 제안을 하지 않겠어.”

여기까지는 좋았다. 아무리 스님이라도 용범이라도, 안

먹고 배기는 장사는 없으니까.

"얼굴도 못생기고, 뱃살은 디룩거리는데, 옷이랑 패물은 아주 돈으로 처발랐더라고. 그런데, 완전히 노 패션이라 유행 감각을 몰라도 그렇지, 전혀 깡통이더라고."

"아, 그게 스님과 무슨 상관이람. 자네는 절 짓겠다며 돈, 돈 하잖아. 예쁘게 생겼건 못생겼건 돈 많으니 됐구먼."

"그래서 말인데, 이걸 해? 말아?"

현식은 멀건 얼굴에 야릇한 웃음을 띠며 물었다.

"남들 운세도 풀어주는 자네가 그걸 왜 나 같은 놈한테 물어?"

"쉽게 생각할 문제가 아닌 것 같아서 그러지. 자네 생각 좀 들어 보게."

"왜? 난들 별 수 있나."

"빌딩과 사우나탕을 가지고 있어서 현찰은 팡팡 돌아간다는데, 보살이 하는 짓을 가만히 보니, 돈은 많아도 그리 호락호락하지 않고 잘못하면 나를 이용할 것 같아서."

"세상일이 다 그렇고 그렇지. 서로 다 영양가가 있으니까, 접근하는 거 당연지사 아녀?"

"처음부터 쉽게 풀어지는 일은 결과가 시원찮을 수 있거든. 내 생각에는 아마 나를 앞장세워서 그린벨트를 풀어 뭔가 해 보려는 욕심으로 그런 것 같기도 하고."

마침 휴대폰이 울렸는데, 저쪽에서 걸어 온 사람은 대화의 당사자인 듯 했다. 용범은 임기응변의 도사였다.

"보살님 생각을 하고 있던 중입니다. 하하하. 예, 그렇지요. 보살님이 부처님께 시주하신다는 마음으로 하면 일이 다 잘 풀릴 겁니다."

***

며칠이 지났다. 보살이 살고 있는 곳으로 용범은 차를 몰았다. 호텔 로비 한쪽에 있는 커피숍이었다. 오후임에도 손님들은 거의 차 있었다. 구석진 곳이었다. 여자는 꼭 살찐 얼룩말이 웅크린 듯 보였다. 하얀 바탕에 얼룩말 무늬를 찍은 원피스가 뭐람. 잿빛승복처럼 전혀 어울리지 않은 편이 훨씬 나았다는 생각이 들었다.

"잘 계셨지요?"

"네, 스님 덕분에요."

일어서던 여자가 합장을 하며 앉았다. 여자가 손을 까딱하며 종업원을 불렀다. 종업원이 다가와서 주문을 받았다.

"커피 주세요."

"나도 같은 걸로."

곡차도 마시는데, 커피가 무슨 대수랴. 용범은 탁자에 놓인 커피 잔으로 손이 갔다. 흰 찻잔은 뜨거웠다. 어수선했던 마음이 손가락을 타고 전해진 뜨거움 때문에 잡혔다. 여자는 짧은 하체인데도 얼굴은 말처럼 길고 넙죽했다. 몇 번 만났지만 아무리 뜯어보아도 못생긴 여자였다. 아니지, 아니야. 관세음보살의 현신일지도? 어쩌면 어두운 곳에서 자신을 시험하고 계실지도 모르는 법. 용범은 내리깔았던 눈을 떠서 앞을 보았다. 못생긴 여자는 비시시 웃는 표정으로 야릇한 눈길을 보내고 있지 않는가. 아직 여자의 표정에 숨겨진 정확한 속내를 읽을 수 없었다. 쉽지가 않았다. 무슨 게임을 하고 있다는 착각이 들었다. 도무지 여자의 마음을 추려 내기가 썩 어려웠다.

모든 것은 마음먹기에 달려있다는 화두가 떠올랐다. 큰스님이나 사형인 법각 스님이 잘 쓰던 말이기도 했다. 호랑이에게 물려가도 정신만 차리면 되는 일 아닌가. 또 다른 생각으로 자신의 마음을 다독거렸다. 아무리 못생겼어도 여자는 여자다. 몸 안팎에 있을 것은 다 있을 것이다. 그렇다면 저 못생긴 여자의 장점은 무엇일까? 생각이 거기까지 미치자, 용범은 마음이 조금 정리가 되었다.

법회 관계로 온 휴대폰을 용범이 받고 있을 때, 여인은 슬며시 일어났다. 화장실에 다녀올 낌새였다. 용범은 눈을 힐끔거리며 여자의 뒷모습을 훔쳐보았다. 궁둥이가 실팍하게 툭 튀어나온 게 제법이었다. 얼룩말이 서서 걸어가는 모습이었지만 육감적인 호감이 싹트기 시작했다. 발밑은 얼른 보이지 않는다. 진리는 늘 가까운 거리에 있다. 그렇다! 그냥 남성과 여성이면 될 일이었다. 꿩 대신 닭이 낫다는 생각이 들었다. 하다 보면 관세음보살께서 자비를 베풀어주실 일이었다. 돈! 게임의 정점은 돈다발이다.

여자는 돌아와 남아 있는 커피를 찔끔찔끔 마셨다. 여자의 누리끼리한 눈은 뭔가를 간절하게 원하고 있었다. 그 눈동자 속에 자신의 눈을, 아니 남자의 전체를 빨아들일 듯 불타고 있었다. 떠돌이 행성 하나쯤 훅 마셔 버릴 듯이 거대한 블랙홀이 소용돌이치고 있었다. 눈썹 안에 감춰진 게슴츠레한 눈빛으로.

아무리 좋게 봐준들, 생각들은 다양한 느낌으로 다가왔다. 과연 보살에게 접근하여 무엇을 얻을 수 있을까. 외로움을 풀어주는 것? 서로의 입장을 촉발시켜 더 많은 돈을 얻는 이로움? 머릿속으로 아무리 셈을 해본들 대차대조표의 셈이 딱 떨어지지 않았다.

여자도 머리를 굴렸으리. 손을 대면 금방 움켜쥘 듯해도 막상 다가서면 저만치 도망가는 스님. 비구의 길을 너무 지키려고 안달한 스님이라고 생각할 수도 있겠지. 약을 올려도 유분수지, 이제껏 만난 어떤 남자도 이런 유형은 보지 못했다. 스님이라는 알량한 위치를 뺀다면 남자와 여자가 만났는데, 어떤 진전이 없는 게임이었다. 우선은 핵심을 두고 빙빙 겉돌았다.

"스니임? 저는 스님을 처음 뵐 때부터 편안한 마음이 들었어요."

"모든 인연은 믿음에서부터 시작될 겁니다. 보살님과는 필시 전생의 인연인가 봅니다."

"저도 그런 생각이 들었어요. 손바닥도 마주 쳐야 소리가 난다지 않아요. 세상에 독불장군은 없다고 해요. 인간이란 언제나 부족한 것투성이인데, 스님께서 앞으로 저를 도와주시고 그 덕분으로 제가 부처님께 가까이 가면 분명 좋은 일이 생길 거예요. 그치요, 스니임."

용범의 눈빛은 여전히 웃음을 띤 채 여유만만했다. 적어도 잔잔하고 평온한 표정임에도 무엇을 원하고 있음이 분명했다. 그 감추어진 의미를 딱 끄집어내지 못한 것이 여자로서는 답답했으리라. 여자가 화두를 꺼냈다.

"본능에 충실하기만 하게 되면 내 어지러움이 사라질 거 같아요."

"그것도 아주 손쉽고 좋은 방법이라고 생각합니다."

우문현답도 현문우답도 아닌, 우문우답이었다. 조상 중에 말 못해 죽은 귀신이라도 있나. 서로 미꾸라지처럼 잘도 빠져나갔다. 산전수전, 공중전까지 겪은 여자로서도 보는 만큼 보일 터. 헤아릴 수 없을 정도로 많은 여신도를 봤을 잘생긴 스님께서 자기 자신을 마음에 들기야 하랴. 상대방이야 어떻든 여자의 입장으로서는 게임의 판은 유지되어야 했다.

"스님께서 현장을 한번 둘러보시면 어떠실까요?"

"보살님께서 잘 알고 계시는데 뭘. 아, 하긴 절을 지을 땅이라면 제가 한번 가 봐도 무방하겠습니다만, 시간이 너무 늦었지 않나 해서요."

"차로 금방인걸요. 저도 답답하니까, 바람 한 번 쐬신다는 마음으로 가셔요."

"까짓것 그럽시다."

호텔 주차장에서 용범은 여자의 벤츠 승용차로 갈아탔다. 용범은 모처럼 조수석에 앉아 스쳐 지나가는 풍경을 가끔씩 바라보았다. 승용차는 고층 건물과 아파트들을 뒤로한 채 한강을 거슬러 갔다.

"바쁘신 시간을 일부러 내주셔서 제가 저녁은 쏘겠습니다. 스님."

돼먹지 않게 여자는 약간 코맹맹이 소리를 냈다. 대도시의 변두리를 벗어난 승용차는 짙푸른 자연 속으로 매몰되어 갔다. 온통 산야를 뒤덮은 푸른빛 가운데로 하얀 강물이 흘렀다. 강가를 따라 카페들과 모텔이 띄엄띄엄 앉아 있었다. 많은 서비스업은 거대도시의 하수구였다. 쾌락과 환락은 노동과 자본의 잉여가 안겨 준 선물이었다. 여자는 FM에서 흘러나오는 음악을 들으며 핸들에 손가락을 까딱까딱 두드렸다. 입이 심심했는지 인연이 어떻고, 요즘 종교와 정치를 제대로 알아야 투자가 가능하다는 엉뚱한 말까지 지껄였다.

"보살님 말씀도 일리가 있어요. 사바세계인지라."

용범은 가끔 여자가 고개를 돌리기 전에 한마디씩 점잖

게 대꾸해 주었다. 오후의 햇빛은 서서히 놀더니 갑자기 강물에 풍덩 빠져 버렸다. 여자는 강물과 강물이 합해진 곳에서 왼쪽으로 틀었다.

"지루하시죠? 스니임, 조금만 더 가시면 됩니다.

땅거미가 불러온 어둠이 내려 사위는 검은 실루엣끼리 겹쳐졌다. 그다지 넓지 않은 공원에는 듬성듬성 가로등 불빛이 반짝였다. 주차장에 차를 세운 여자와 용범이 걸었다. 공원이 끝나는 부분으로부터 옆길은 보도블록이 깔려 있었다. 겨우 두 사람이 지나다닐 정도의 좁은 길이었다. 거무칙칙한 느티나무들이 울창한 숲이 뻗어 있었다. 여자가 발길을 멈추었다. 손을 뻗어 가리키며 입을 열었다.

"스니임? 이쪽에서 저쪽 끝까지예요. 나중에 지적도랑 서류를 떼어 보내드릴 거고. 저 숲 안에다 절을 지으면 얼마나 좋을까 생각을 해 봤어요. 더구나 목청 좋으신 스님께서 함께 해 주시면 더더욱 빛이 날 거에요."

"보살님의 지극정성으로 일이 잘 되었으면 합니다."

용범은 속으로 은근히 놀랐다. 미리 서류를 대충 보았지만, 생각보다 좋은 땅이었다. 이럴수록 기쁨의 표현을 내비치는 것은 하수들이나 할 짓이었다. 어차피 생존의 게임이었다.

"시장하시죠? 저 아래로 내려가면, 장어구이 잘하는 데가 있어요. 좋아하시는지 모르겠네."

"네발 달린 짐승이 아니니, 뭐 상관은 없습니다만."

"그렇고 말고요. 보신탕 먹는 스님들도 있다는데."

붉은 벽돌집 옆 주차장에서 둘은 내렸다. 민물 장어구이 전문집. 용범은 승복이 거추장스러웠지만, 애써 남의 시선을 의식하지 않은 지 오래였다. 휴일이 아니라서 그런지 손님들은 드문드문 앉아있었다. 카운터에 앉아있던 주인이 여자를 반갑게 맞았다.

"아이구, 사장님 어서 오세요."

"빈방 있지요?"

홀을 지나 바깥이 보이는 방이었다. 여자는 여종업원에게 음식을 시켰다.

"소금구이하고 양념구이 반반씩! 아참, 스니임? 곡차도 한 잔 하셔야죠? 아줌마? 술 뭐 있어요? 아, 복분자술이 좋겠네. 그걸로."

검정 철판에 담긴 뱀장어들은 깔끔하게 분해되어 나왔다. 구렁이 닮은 뱀장어 대가리들은 싹둑 잘려져 달궈진 철판 맨 끝에 가지런했다. 놋쇠 젓가락이 익은 장어 살점을 집었다. 유리잔에 시뻘건 피처럼 복분자술이 채워졌다. 용범은 가급적 말대가리를 닮은 여자의 얼굴을 어슷하게 피했다. 시장해서 씹고 삼켰다. 죽은 장어와 붉은 피가 뱃속으로 곤두박질했다. 그것들의 주검은 다른 생물의 에너지로 순환될 따름이었다. 여느 날보다 술맛이 났다. 순식간에 술병 4개가 바닥이 났다. 용범은 그다지 취기를 못 느꼈다. 게임을 할 때나 도박을 할 적에 술은 마귀였다. 여자가 장어를 상추쌈 만들어 용범의 입으로 가져가자, 용범은 재빨리 손으로 받아먹었다. 여자는 겸연쩍었는지, 얼른 말을 돌렸다.

"별로 독하지 않으니까, 더 드세요."

식당 주차장에서 나왔을 적에는 10시가 넘었다. 여자는 많이 취한 것 같지 않았다. 오히려 용범을 안심시키려는 듯,

"음주운전 걱정 마세요. 기분만 좋을 정도로 마셨으니까."라고 말했다.

승용차가 움직였다. 왠지 여자의 옆얼굴의 표정은 활짝 펴 있었다. 승용차는 어둠 속에서 희끄무레하게 흘러가는

강물을 따라갔다. 가끔 맞은편에서 오던 차량들의 전조등 불빛이 드문드문 나타났다. 2차선 길은 가끔 휘어져 속도를 줄였다. 슬며시 뜨듯한 온기가 용범의 손목을 감쌌다가 핸들로 되돌아갔다. 말없이 운전하던 여자의 오른손이었다. 그러기를 또 한 번. 손과 손끼리 타협을 했다. 갑자기 여자의 손은 잡았던 위치를 바꾸었다. 아뿔싸! 용범의 샅이었다. 여자의 기습으로 말미암아 용범의 배꼽 아래는 뜨거워졌다. 뜨겁고 묵직한 기운이 가운데로 모여졌다. 물컹한 무기는 이내 딱딱하게 날을 세웠다. 술기운 때문인가. 꼭 그런 것만도 아닐 것이리.

"보살님? 저쪽으로 차 좀 세워요."

여자는 대꾸 없이 기다리고 있었다는 듯 차를 꺾어 도로를 이탈했다. 컨테이너 박스만 덩그마니 지키고 있는 빈터였다. 차가 멈추자 전조등 불빛도 꺼졌다. 악마가 어둠의 옷을 뒤집어쓰고 차창 속으로 들어왔다. 여자의 얼굴은 아물아물 잊혀졌다. 생김새란 편견일지도 모른다. 용범의 입이 여자의 입술을 열었다. 서로 호흡 소리가 거칠어졌다. 아주 감미로운 악마의 노랫소리가 용범의 달팽이관을 맴돌았다.

내가 너다

"우리 뒷좌석으로 가요."

멀리 불빛들이 가물가물할 뿐 어둠이었다. 수컷은 못 이기는 척 암컷을 따라 자리를 옮겼다. 자리는 자세를 만든다. 여자는 누웠다. 서로는 서로를 더듬었다. 몸의 모든 것들은 탐닉을 원했다. 여자는 스스로 벗었고 남자는 허리춤을 내렸다. 여자의 길쭉하고 넓은 얼굴을 어둠이 가려주었다. 어쨌거나 하얀 살빛을 지닌 암컷의 몸뚱이는 수컷에게 천국이었다. 삼각지의 검은 숲에서 악마의 큰딸이 유혹하는 웃음소리가 들렸다. 가랑이가 벌어지고 지옥의 문은 열렸다. 질퍽한 늪에 빠져 들어간 사문. 아아아~ 아니다. 두 개의 무서운 속도로 달려오던 소행성이 부딪쳤다. 한없는 쾌감이 소용돌이치던 우주는 곧 빅뱅으로 헤아릴 수 없는 파편의 빛이 떨어졌다. 이미 여자, 말대가리는 사라지고 없었다. 가뭇한 여자의 얼굴 위로 처영의 얼굴이 겹치더니, 또 다른 여인들이 잇따라 겹치며 멀어져 갔다. 운동의 법칙에 따라 악마의 웃음소리가 머릿속에서 발끝으로 퍼져 나갔다. 관세음보살의 품에 안기는 느낌이 이럴까. 아니었다. 헤벌쭉하게 웃는 여자의 얼굴이 드러났다. 여자는 잽싸게 티슈 통에서 화장지를 뽑아 용범의 돌기를 감았다. 하얀 종이꽃은 피다가 말았다. 여자가 또 다시 뽑은 화장지는 자기 자신의 아랫도리로 가져갔다. 관세음보살님은 사라지고, 뭉툭한 눈을 가진 말대가리가 자신을 바보처럼 웃으며 바라보고 있었다.

두 사람은 원래대로 좌석에 앉았다. 승용차는 엔진 소리를 내며 전조등 불빛을 따라갔다. 그냥 서로 묻지도 따지지도 않았다. 여자는 제목을 알 수 없는 콧노래를 불렀다. 빗방울들이 차창에 하나둘 떨어졌다.

"소나기가 오려나?"

여자는 중얼거리며 얼굴을 창밖으로 돌렸다. 유리창에 빗방울들이 어룽지면서 흘렀다. 비가 오고 있었다. 그만그만한 속도로 내리는 가랑비였다. 저게 눈송이었다면 서로의 마음이 달라졌을까. 가끔 사람들은 날씨에 따라 마음의 변화가 있을 수 있으니. 이쯤에서 여자로서 단정 지을 수 있는 점은 쉽게 거래가 끝나지 않으리라는 것이다. 그렇다면, 그것만으로도 획득이었다. 아쉬운 성과였다.

****

용범으로부터 그 여자와 잘되고 있다는 소식을 들었다. 심심하면 현식에게 전화질이었다. 무엇이 잘되고 있다는

내가 너다

말인가. 여자를 꼬드기는 직업을 가진 남자들도 어려울 일
을 했다는 뜻일까. 가장 쉬운 방법으로 수행하는 일이라고
말하겠지. 벌써 번뇌를 끝내고 수행의 정진에 들어갔는가.
한 여인과는 살림을 하고 있으며, 사채업을 하는 여인은 현
재진행형인데, 돈 많고 못생긴 여인과 인감도장을 찍었다
는 것이렷다. 전생이 있다면 그녀들은 붓다를 유혹했다던
악마 빠삐요의 딸이었던가. 유혹은 땅속에 매설된 폭발물
처럼 발걸음 앞에 널려 있겠지. 못생긴 여인의 재산이 어른
거리고, 그녀의 알몸 따위를 질겅질겅 씹고 있다는 것이리
라. 꿈틀거리는 본능을 밑천으로 구렁이가 쥐새끼를 삼키
듯 그녀의 부동산의 한쪽을 씹어 먹겠다는 신호다. 남의 부
동산을 먹는 일에 끼려면 우선 인감도장을 팍 찍어야 한다.
인감도장은 신뢰의 원인이다. 인감도장의 종류야 아무려면
어떤가. 그게 인간끼리 주고받는 어떤 행태라도 그렇다. 계
약의 성립은 어디까지나 인간관계의 신뢰 확인이 급선무이
니까. 하긴 태초부터 땅의 주인이 어디 있으랴. 잠깐 지표
에 기생충으로 살다가 죽으면 반납하게 될 뿐이고.

　"어떻게 할 건데?"

　"알아보니까, 그 그린벨트의 땅 삼분지 이를 공원 부지로

시청에 헌납하면, 나머지 땅은 대지로 지목을 형질 변경하여 집을 지을 수 있대.”

“절 짓는 허가는 난대?”

“사찰 허가야 신청하면 나겠지. 문제는 땅이 해제되었을 적에 보살이 제대로 절을 지어 줄지, 편법을 동원하여 다른 지랄을 할지가 문젠데.”

인간들은 자연의 고마움을 모르는 족속들인가. 지구의 표면에 살면서 땅을 오염시키고, 햇빛마저 흐릿하게 만들겠다는 것이다. 하기야 아무리 발버둥을 쳐 봐야 죽으면 지층으로 편입되는 건 시간문제일 터. 물론 그녀를 못 믿겠다는 말들은, 귀가 간지러워도 절대로 믿는 건 아니었다. 설혹 땡땡이 스님이 그녀의 기둥서방이 되어 부자가 되고 머리털을 기른들 현식이 자신과는 아무 상관조차 없다. 그런데도 왜? 이 형편없는 땡추 스님은, 자신에게 이따위 소리를 늘어놓는가. 그 이유를 곰곰 생각하자니 현식은 머릿속 계산이 복잡해지기 시작했다. 그 음흉한 일이 잘될 수도 있다. 그렇다면 자기 자신은 국물이라도 핥아먹을 수 있으려나. 더러운 것은 사람과 사람의 관계이니까.

내가 너다

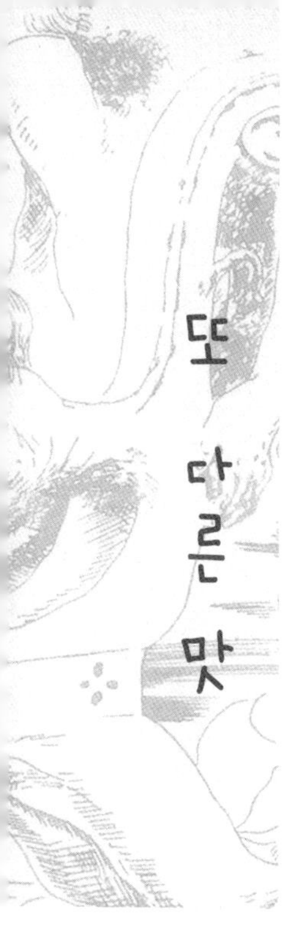

또 다른 맛

*

북한이 또 핵실험을 했다고 야단법석이었다. 세상은 금세 얼어붙은 느낌이었다. 긴가민가하던 온 나라가 갑자기 불안한 분위기였다. 영변의 약산 진달래꽃은, 핵시설로 이목을 집중시켰다. 인생을 산다는 일이, 천적의 먹이사슬도 아닌, 동족 간 테두리 안에서 벌어지고 있었다. 인간의 욕망이 인류를 발전시킨 원동력이었다고? 인간들끼리 화학적이고 물리적인 싸움을 하는 동안, 무수한 은하계의 별들과 땅속에서는 진화와 퇴화를 거듭할 미생물들인 것이다. 그럼에도 지표면을 잠시 빌려 있는 오만한 동물들은 까불고 있다. 개나리가 노랗게 방긋방긋 돋아나고 있었다. 노란 생명은 언제부터 나타났을까. 산야의 것뿐만 아니라, 만물에 돋은 빛과 빛깔이 예사롭지가 않았다. 소리 없이 제때를 거르지 않고 봄이 온 것이다.

현식이 용범을 찾아갔다. 별일 없으면 꼭 오라고 해서였다. 불사 일을 하는 업자가 와 있었다. 김 사장은 용범과 퍽 가까운 듯 했다. 서로 말로 통하지 않고 손짓만 해도 두꺼비처럼 눈을 껌벅거리며 대꾸했다. 보살이 사는 아파트로 간다는 것이다. 묻지도 않았는데 마흔 여덟이라고 용범은 현식에게 귀띔을 했다. 그녀는 남편이 죽고 혼자서 아들을 키우며 스포츠센터를 운영하고 있다는 것이다.

"내 차 타!"

그 집은 용범의 포교원이 있는 곳에서 그리 멀지 않았다.

"들어와!"

고층아파트 꼭대기 층에서 승강기가 멈췄다. 용범이 현관문 손잡이 밑판의 번호를 꾹꾹 누르자 열렸다. 거실은 꽤 넓었다. 웬 여인이 안쪽 부엌에서 뛰어나왔다.

"어서 오세요."

"아이고 이거, 또 미안합니다."

김 사장이 과일 꾸러미를 내놓으며 말했다. 두 사람의 말

내가 **너**다

을 주고받는 깜냥으로 보아 처음은 아닌 것이 분명했다. 여인이 고개를 숙이며 받아 들고 거실로 안내했다. 거실 천장에서 내리는 불빛이 모두를 드러냈다. 여인은 흰 살갗으로 머리를 뒤로 묶었다. 갸름한 얼굴로 이마는 좁았지만 턱 밑에 콩알 크기의 까만 점이 있는 여인. 낯익은 얼굴이었다. 어디서 보았더라? 여성들이 하도 성형을 많이 하는 세상인지라 닮은꼴이겠지. 그럼에도 불구하고 어디선가 분명히 본 느낌을 떨쳐 버릴 수가 없었다. 아미가 치켜 올라가 영리하고 성깔 있게 보이는 여인. 까맣고 긴 속눈썹과 보조개 진 볼살. 그러나 시일이 오래돼서일까. 현식에게는 뭔가 하나의 이미지로 보여지지 않았다. 싱크대 쪽으로 가넌 여인은 고개를 비틀며 현식과 눈길이 마주쳤다. 여인이 순간, 멈칫하더니 종종걸음으로 지나쳤다.

거실 한가운데 큰 상이 미리 놓여 있었다. 그녀의 음식 솜씨는 깔끔했다. 각종 나물이며 밑반찬은 물론 메기탕이 큰 냄비에 가득했다. 투명한 유리잔과 양주병도 놓여 있었다.

"이 아파트 말이야. 내가 옛날 솜씨를 한번 부려 보았는데, 어때? 비용을 절감하려고 건축자재는 직접 사오고 꼭 필요한 기술자하고 사람만 불러 직접 리모델링을 했어.”

　새 아파트는 다시 꾸몄는데, 내부를 높여 마치 단독주택의 천장 같았다. 용범은 마치 자신의 집인 듯 호기를 부리며 말했다.

　“김 사장님께서 많은 수고를 했어.”

　“주지 스님은 벽지까지 골라 오셨지요.”

　양주병들이 가득 들어 있는 장식장 앞에서 여자가 말을 거들었다. 목소리를 들으니 여인이 준 이미지가 달리 보였다. 용범스님은 그녀를 보살님이라고 불렀다. 여인을 슬그머니 보면 볼수록 현식은 머릿속이 복잡해졌다. 현식은 잠시 머릿속이 혼란스러웠다.

　“마 보살님? 여기 생마늘이 빠졌네요.”

　부엌으로 들어간 여인이 응답이 없었다. 용범이 좀 더 크게 불렀다.

　“마처영 보살니임, 마늘요!”

　바로 그 여자 기수련인가 뭔가 한다던 여인 같았다. 영길 형이 결혼식장에 데리고 와서 함께 음식을 먹었던 그 여인의 성 씨가 ‘마’ 뭐라 했던 기억이 돋았다. 그렇다! 분명히 그 여인이 맞을 것이다. 그런데, 그 여인이 왜? 이곳에 있단

내가 너다

말인가. 알 수 없었다. 불현듯 영길 형과 함께 있었을 때가 떠올랐다. 지금의 이미지와는 달랐다.

"시장들 하실 텐데 다들 드십시다."

용범이 바로 이 집주인과 다름없었다. 손님인 두 사람은 서로를 바라보았다. 주저주저하다가 상을 가운데 두고 양쪽으로 갈라져 앉았다. 여인은 눈을 내리깔았다. 현식은 여인에게 아는 척 할 수 없었다. 그런 눈치였는지 여인도 모른 척 하는 것인지, 모르는 것인지 용범에게 데면데면했다. 숟갈을 들어 냄비 안에 넣었다. 메기 대가리들은 마치 구렁이 닮은 모양새로 토막토막 그득 담겨 있었다. 김 사장이 허허거리며 한 숟갈 떠서 입에 넣었다. 현식은 뜨거운 살토막을 건져 입에 넣고 움질움질거렸다. 쫄깃하면서 담백한 육질의 맛이었다. 쩝쩝 입을 다시던 용범이 보살을 돌아보면서 말했다.

"이 사람 조카가 저번에도 보내왔지? 동네 저수지에서 그물로 잡은 거라고 보내왔어."

"나도 가끔 메기나 빠가사리를 먹어 봤지만, 이건 무지하게 큰 놈들이네."

"많이 드세요."

여인의 말도 끝나기 전에, 우둑우둑 생마늘을 통째로 씹던 용범이 손을 들어 현식을 채근했다.

"노 화백? 어서 안 들고 뭣해! 체면 차리지 말고 듬뿍 떠서 먹으라고."

흐물흐물 삶아진 육질이 현식의 입안에서 녹았다. 김 사장은 한발 더 앞서 나가 뼈를 바르는 대신 말을 뱉었다.

"몸에 좋은 거라니까, 맛도 더 있네. 뱀을 삶아도 이런 맛이 나더라구요. 물론 구렁이나 뱀보단 훨씬 못하지만."

"에이 그걸 말이라고 해!"

여인은 일어서더니 잠깐 자리를 떠났다. 술이 몇 순배 돌아갔다. 불콰해진 얼굴로 용범이 호기롭게 떠들었다. 그럴 수밖에 없는 것이, 주인으로 주도권은 당연지사.

"김 사장? 아까 구렁이 말했지? 구렁이 그놈은 보통 영물이 아녀. 구렁이가 오래되면 이무기 되고 이무기가 더 있으면 용으로 승천하는 거요. 아참, 그 이야기가 생각나네."

보살이 눈을 반짝이며 용범 옆으로 바싹 다가와 앉았다. 그러더니 현식을 흘깃 쳐다보며 외면했다. 아는척하지 말라는 눈치인가. 현식은 모르는 척 앞을 보았다. 김 사장이 짙은 눈썹을 펴며 귀를 쫑긋했다. 현식이 유리컵을 들어 한 모금 마셨다.

"자비도량참법慈悲道場懺法이라는 게 있어."

"그게 불경에 나오는 말인가요?"

"그건 아니고!"

"제목을 들어보니, 비슷한 것 같아서……."

김 사장이 겸연쩍게 대꾸하자, 느긋한 표정으로 용범이 낭랑한 목소리로 말을 이었다.

"내 말을 천천히 들어 봐요. 옛날 중국에 무제라는 임금이 있었어요. 그 임금의 마누라의 성 씨가 치 씨인데, 갑자기 병으로 죽은 거야. 살았을 적에 부부 사이가 썩 괜찮았던지, 마누라 죽은 다음에 임금은 여러 해기 되도록 수심이 가득하고 슬퍼하여 밤에 제대로 잠들지 못하여 나랏일조차 손에 잡히지 않았나 보더라고. 그런데 어느 날이었어. 침실에서 혼자 잠을 못 이루고 이리저리 뒤척거리는데, 밖에서 이상한 소리가 들리는 거야. 그래서 벌떡 일어나 침실 밖으로 나가니까, 침전 앞 담장에 커다란 구렁이 한 마리가 기어 올라오면서 임금을 바라보고 있는 거야. 얼마나 놀랐겠어. 그러나 임금이 위엄을 보이면서 내가 거처하는 궁전에는 뱀 따위가 생길 수 없는 곳인데, 네가 무슨 연유로 나를 해코지하려고 하느냐! 그러자, 구렁이가 사람이 하는 말로서 혀를 날름거리며 임금한테 그러는 거야. 저는 당신의 아내였던 치 씨입니다. 제가 왕후로 살아있을 적에 성품이 사나워서 후궁들에게 질투하며 불같이 화도 잘 내서 잡히는 대로 물건들도 내던지고 많은 사람들을 죽였습니다. 죽은 뒤로 그 죄보로 구렁이가 되었는데, 입에 넣을 음식도 없고 몸을 감출 구멍조차 없으며 굶주리고 곤궁하여 스스로 살아갈 수가 없을뿐더러, 비늘 밑마다 많은 벌레가 살고 있어 괴롭기가 바늘로 찌르는 듯 아픕니다. 구렁이는 보통 뱀과 달라서 사람에게 함부로 해코지를 하지 않습니다. 폐하께서는 저를 예뻐하시던 옛정을 생각하여 이 누추한 몸으로 그저 간청하오니, 무슨 공덕이든 지어서 저를 제도하여 주십시오. 이러면서 슬그머니 사라지더라는 것이지."

여인이 슬그머니 자리를 떴다.

"그러니까 임금은 감개무량해서 구렁이를 찾으려고 신하들을 동원하여 온 궁전을 샅샅이 뒤졌으나 땡이지 뭐. 그래서 임금이 곰곰이 생각하다가 구렁이 말대로 스님들을 궁궐로 불러서 그 사실을 이야기 한 거야. 스님들이 참회문을 짓고 만든 것이 자비도량참법인데, 임금이 날마다 정성스럽게 불공을 드렸대요. 그런데 어느 날, 대궐에 향기가 진동하면서 주위가 환하게 빛나는데, 임금이 하늘을 우러러보니 웬 사람이 나타난 거야. 그러면서 임금에게 말하기를, 저는 구렁이의 후신입니다. 폐하의 공덕을 입어 이미 도리천에서 왕생하였으며 이제 본신을 나타내어 고맙다는 말씀을 드린다고 하고는 사라졌다는 거요."

모두 듣고만 있었다. 식은 탓인지 매운탕에 숟가락이 더 이상 가지 않았다.

"누가 그러는데 말이야. 뱀이나 구렁이가 그 짓을 하루 종일 한다던데. 그래서 정력제니 뭐니 하며 남자 자식들이 좋아하나 봐요."

김 사장이 주위를 둘러보더니 목소리를 죽이며 대꾸를 했다. 용범이 뒤질세라 팔뚝을 뽑아 들이대며 웃었다.

"특공대장이 뱀술이라면 환장했지? 현식이? 기억 나?"

"맞아. 살모사하고 구렁이도 어지간히 먹었을 걸."

현식은 자신도 모르게 부엌 쪽을 흘깃 바라보았다. 스님들을 여성이 가깝게 대하는 것은 거세된 남성으로 보기 때문이라고? 불제자라고 모두 금욕을 해야 하는 건 아니지. 그렇다면 금욕을 하는 대부분의 스님들은 뭐란 말인가. 현식은 문득 자신이 이상한 게 아닌가 하는 생각이 들었다.
풍각 스님이 과연 불제자로서 괜찮았느냐는 건 또 다른 문
제였다. 인간의 몸뚱이로 벅찬 과제를 수행하려는 자세는
자기 자신의 일일 테니 말이다. 그런데도 왠지 서글퍼져서
그 자리를 뛰쳐나가고 싶었다. 불현듯 죽은 영길 형과 보살
의 생각에 미친 때문이었을까. 그도 저도 아니라면.

"너무 늦었네요. 스님? 보살님! 오늘 너무나 잘 먹고 갑
니다. 자자! 우리도 나갑시다."

김 사장이 엉거주춤 일어서면서 말했다. 용범이 장식장
옆에 서 있는 여인을 보면서 대답했다.

"일단 여기를 나가서 보자고요. 보살님? 나 손님들 모셔
다 드릴게."

여인의 표정이 샐쭉하게 변하는 것을 현식은 훔쳐보았
다. 현식도 일어섰다. 용범을 바로 뒤따라서 김 사장이 나
갔다. 저절로 현관문이 닫혀졌다. 순간, 여인은 용범 앞을
나아가 설닫힌 현관문을 열었다. 신발을 신던 용범은 여인
을 쳐다보았다. 여인의 표정에서 긴장감이 역력했다.

"선생님을 처음 뵈었지만, 또 놀러 오세요."

여인이 들릴 듯 말 듯 현식의 뒤통수에 대고 입을 열었

다. 내뱉은 말은 마치 영길 형과 함께 만났던 기억을, 삭제하라는 것과 다를 바 없었다. 그것은 여인의 단호한 요구 사항임이 분명했다. 하긴, 용범에게 그 기억을 말해본들 무엇하랴. 현식은 술이 확 깨는 듯했다.

수컷들이란, 동물적 본능에 못 이겨 자기 자신을 내팽개치는 짓을 마다하지 않았다. 홀몸 아닌 홀몸들이었다. 그처럼 용범의 처지도 마찬가지였다. 적어도 외형으로는 그랬다. 술이 돌기 시작하여 불콰하도록 마시고 아파트를 나섰다.

***

비가 주룩주룩 쏟아졌다.

"언제부터 이렇게 왔나?"

"술 마시기 좋은 날씨네. 우리 어디 가서 마무리 합시다. 김 사장!"

빗줄기가 세차게 쏟아지고 있었다. 번쩍번쩍, 우르르 꽝꽝. 천둥과 번개가 어두운 공간을 찢었다. 흔들리는 기운이 바깥으로부터 승용차 안으로 들어왔다. 은근히 두려운 마음이 들었다. 죄 진 것 있나? 비가 세차게 올수록 현식의 마음은 점점 차분해졌다. 심지어 멍청해지기까지 했던 것이다. 용범이 주차장에 차를 세우고 모두 내렸다. 노래방에 들어갔다. 김 사장은 작은 몸을 흔들며 제 소굴에 들어온 것 마냥 들떴다. 현식은 한잔 더 하자는 용범의 호의를 일단 받았다.

"도우미 불러?"

"그래, 괜찮다면."

"으흐흐흐, 뭐 쫄고 그래. 기본인 거지."

그랬다. 사내들끼리 노래방에 가서 허전하다고 느끼면 당연시하는 풍조가 아니던가. 여자 도우미가 들어왔다. 서른을 훨씬 넘긴 여인의 잔주름살은 크림과 분칠 속으로 숨어 버렸다. 어차피 그게 중요한 게 아니다. 그럼? 사내들 속으로 여자가 끼어들었다는 것이다. 1대 4의 성비율이 가당키나 한가.

"성 씨가 뭐요?"

"이숙단입네다."

조선족의 억양이었다. 동포들은 모국으로 들어와서 일상을 살고 있다. 신청곡은 입력되었고, 모두 한두 곡씩 불렀다. 여인은 흘러간 가요며 최신 가요까지 넘나들었다. 현식은 화장실에 다녀오다가 냉장고에서 음료수 깡통 하나를 꺼냈다. 컬컬한 목과 갑갑한 몸을 위하여 차디찬 음료수를 목구멍에 들이부었다. 꿀 꿀 꿀~. 주인 여자가 카운터에 앉아서 웃음기를 머금은 채 현식을 쳐다보았다. 바로 옆 의자에 낯선 여인이 앉아있었다. 왠지 어둡고 슬픈 표정이 느껴지는 모습의 여인이었다. 그녀는 다소곳하게 고개를 숙인 상태였다. 현식이 깡통을 내밀었다. 그녀는 두려운 듯 두 손으로 받았다. 주인 여자에게 물었다.

"누구요?"

"도우미인데 저쪽 방에서 퇴짜를 놓았나 봐요."

또 다른 조선 동포였다. 현식은 다시 고개를 돌려 그녀를 보았다. 키는 작았고, 평범한 얼굴이었지만 야무지게 생겼다. 그녀는 금세 어두운 거미줄을 걷어 냈다.

"아가씨의 말씨가 여기는 아닌 곳 같고."

"그렇게 물으시니, 신의주입네다."

"온 지 얼마나 됐어요?"

"가족 모두 빠져나왔습네다. 한 육년 전쯤에."

"이건 알바일 거고 낮엔 다른 일이 있어요?"

"말해도 될까요?"

"내가 물었잖소."

"낮에는 요양원에 나갑니다. 남한에 와서 요양사 자격증을 땄거든요."

그녀는 스스럼없이 말하면서 현식을 물끄러미 쳐다보았다. 현식은 일어서면서 슬며시 물어보았다. 그녀의 말이 신빙성이 있건 없건, 그게 중요하지 않았다.

"나를 따라올 수 있어요?"

그녀는 대답 대신 얼굴 표정이 밝아지며 현식을 따라 일어섰다. 노래방에 들어선 키 작은 여인과 현식을 번갈아 보는 사내들은 어안이 벙벙했다. 현식이 겸연쩍은 얼굴로 말했다.

"기본적으로 짝 수는 맞춰야 할 것 같아서."

시끄러운 반주 음악 때문에 모두 잘 알아들을 리 만무했지만, 짐작은 했으리라. 그녀들은 서로 아는 눈치였다. 금방 스스럼없이 분위기를 맞췄다. 키 작은 여인이 신청한 노래의 제목이 회면에 떴다. 흘러간 노래였다. 아마 그 노랫소리가 남한에서 유행했을 무렵에, 그녀는 그쪽에서 초등학교에나 다녔을까? 그녀는 노래를 끝내고 탁자에 놓인 깡통맥주를 터서 마셨다. 잠시 노랫소리가 멈췄다. 모두 앞에 놓인 깡통 맥주를 마시거나 노래 가사 책을 뒤적거렸다.

내가 너다

"아가씨 고향은 심양이요? 연변이요?"

스님이, 아니 용범이 운동모자를 쓴 채 물었다. 여인이 고개를 약간 수그리더니 대답했다.

"아닙니다. 저는 북한입네다."

"북한?"

"그럼요. 여기 온 지 한 이 년 되었지요."

그녀는 두만강을 건너는 데 250만 원이 들었고, 가족 모두 남한으로 오는 데 드는 비용이 1,500만 원이라는 말을 현식에게 또렷하게 귀띔해주었다. 이럴 수가?

"뭘 그렇게 놀라세요? 그런 방법으로 남한에 들어온 사람이 벌써 몇 만 명쯤 될 겁니다."

현식은 속으로 적이 놀랐다. 이럴진대 원자폭탄이 무슨 소용이람. 바야흐로 먹고사는 문제가 바로 원자폭탄보다 무서운 현실이 된 것이다.

비틀어진 생흔

*

　용범은 김 사장과 현식을 차에 태웠다. 승복 대신 점퍼 차림이었다. 포교원에 자주 오는 둥글고 땅딸한 체격의 김 사장의 승용차는 포교원 앞마당에 세워 두고 용범의 차로 바꿔 탔던 것이다. 승용차는 서울을 벗어난 서북쪽으로 한참을 달렸다. 멀리 바다가 보이더니 해안을 끼고 돌았다. 하늘은 우중충했지만 비바람은 다소곳했다. 달리는 승용차 앞 유리에 빗방울이 돋았다가 윈도 브러시로 지워졌다. 바다는 왼쪽으로 길 아래 질펀하게 펼쳐 있었다. 가끔 하얀 펜션들과 집들이 스쳐 지나갔다. 차가 멈춰 섰다. 바다가 보

내가 너다

이는 절이었다. 야산을 밀었는지 절 건물 뒤편은 깎여 누런 흙의 단면이 흉했다. 지은 지 얼마 되지 않았는지, 시멘트 냄새와 대들보 칠도 선명한 건물 3동이 늘어선 앞마당은 널찍했다. 석가탑의 짝퉁 같은 돌탑이 마주보고 있었다. 화강암의 모서리는 칼날처럼 서 있고 이끼 자국조차 없었다. 제 색깔을 내려는 향나무들이라도 군데군데 서 있기 망정이지, 그 신축 건물들은 삭막하기 이를 데 없었다. 종무소는 신축 건물 안에 있었다. 잿빛 파석들이 깔린 절 마당 한쪽은 주차된 차량들이었다. 승용차가 멈추고 모두 내렸다.

"야, 손님 많다!"

그 말을 용범이 말했는지, 김 사장이 했는지는 확실치 않았다. 현식은 다른 상념에 빠져 있다가 깨었다. 신도가 손님이고 절을 먹여 살리니까 당연하다고 해야 할 것인가.

"대웅전으로 모이는 걸 보니 법회 시간인가 봅니다."

그 말에는 아랑곳없이 가재미눈으로 대웅전 쪽을 흘깃 쳐다보던 용범은 산신각 쪽으로 걸어갔다. 현식도 그를 따라갔다. 김 사장이 용범에게 물었다.

"풍각 스님? 법당에는 안 들어가실 거요?"

"이따가 끝나면 가지요 뭐."

　현식의 귀에는 용범의 대꾸가 남의 집 영업 방해를 하지 않겠다는 말로 들렸다. 한참 신도들 앞에서 법문을 하실 주지 스님을 배려한 것일 터.

　절 기둥에는 주련들이 걸려 있었다. 산신각에도 북두칠성北斗七星이라고 흰 바탕에 군청색으로 휘갈겨 써져 있었다. 종교미술은 사람들을 이끄는 힘이 있었다. 시대에 따라 색감과 형태의 변화는 있지만, 본래의 형상을 미화하는 정도였다. 예수나 부처의 상을 변형시켜 상징화한들 사람들은 이미 다 알고 있다. 현식은 가만히 생각해 봤다. 그랬다지? 원래 붓다의 그림자가 이 땅에 수입되기 이전, 제각각의 모든 형상들과 다양한 신들을 쫓아낼 수가 없어서 절 모퉁이나 외딴 곳에 산신각을 마련해 놓았던 것. 토속 신들은 종족의 풍습으로 길들여져 변한다. 정말 그랬을까. 신들이 진화하고 인간도 운이 좋게 거듭 진화를 하게 된다면 그 만나는 꼭짓점은 무엇일까. 지구조차 머나먼 우주의 어떤 이름 모를 별똥별이 먼지처럼 이곳에 떨어졌을지도 모른다. 인간의 기억은, 그 작용의 찌꺼기 때문에 존재의 성찰을 어렵게 겪는다. 육신과 정신의 괴리만큼 현재의 속박은 자아로부터 멀어질 수도 있겠지. 신과 지옥을 확인했던 이는 과

내가 너다

연 얼마나 될까.

절 마당에는 주룩주룩 빗줄기가 굵어지고 있었다. 법회에 모인 사람들은 백여 명쯤. 대부분 여성이었다. 아까부터 뚱뚱하고 어깨가 넓은 스님은 짙은 밤색 가사를 걸치고 마이크 앞에 있었다. 살갗이 가무잡잡하고 구레나룻이 깎인 얼굴이었다. 스님의 눈빛은 금테 안경 너머에 있었다. 엄숙함을 내비치며 속내의 심경을 들키지 않으려고 헛기침을 해대는 모습에서 방송기자와 대담하는 정치인을 떠올리게 했다. 고적할 스님과 세태가 덕지덕지 묻었을 정치인 따위를 비교라니 가당치 않을 노릇. 느낌이란 편견이 있더라도 자기 기준이다. 그 자리가 대웅전의 중심선이라 바로 뒤에는 대자대비하신 분이 모두를 내려다보고 계신 바였다. 그러니까, 스님의 눈빛이 렌즈에서 한 번 굴절되어 비치는 현상을 그들을 포함한 신도들은 보게 되는 셈이다. 착시 현상이란 것도 있을 수 있는 법이렷다.

삼존불상 앞에 촛불들이 흔들리고 있었다. 단 아래서 법문을 하는 스님 목소리에는 강약이 없었다. 그나마 짧았으면 좋았을 것을, 연이어 길어지기만 했다. 현식은 등허리를 펴며 자세를 몇 번인가 바꿨다.

"지금 천안호 침몰 사건으로 온 나라가 뒤숭숭합니다. 아무리 우리가 북한을 용서하려고 해도 저들은 우리를 참을 수 없게 만들고 있지 않습니까? 저 깊은 바다 속으로 수장된 불쌍한 영혼들을 위해 극락왕생을 빌어야지요. 내가 몇 년 전에 북한을 갔을 적에 묘향산에 다녀왔는데, 그때 내 이름을 장아무개라고 바꿔서 거길 들어갔지. 생각해 보니 안 그래도 되었는데 말씀이야. 그래요, 김정일이가 체제를 유지하려고 이쪽에서 비싼 물품과 돈을 보내도 그걸 핵무기 만드는 데, 다 써 버리니까 문제인 거요."

뒤에서 여자들의 소곤거리는 말소리가 들렸다.

"무슨 뉴스 해설 같아서 조금 지루하긴 하다."

"그런 말씀 마셔!"

"저 스님은 본사에서 높이 계시다가 오신 분이거든. 이 절 말고도 사찰을 두 개나 더 관리하고 있다는 거야. 얼마나 대단한 분이시면 그러겠어."

"부처님의 공덕이야 뭐야?"

"그러게."

법당 출입문 가까이 앉은 두 사람이 소곤거렸다. 그렇지만 거의 대부분인 나이가 든 여성 신도들은 합장 혹은 눈을

내가 너다

지그시 감은 채 법문을 듣고 있었다. 너희들이 성불을 아느냐고 물으신다면 어찌해야 할까. 그건 사랑은 눈물의 씨앗이라고 말하는 유행가보다 어려운 문제다. 그렇겠지. 현재의 삶보다 미래가 그들에게 확신을 주지 못하니까.

그랬다. 대청도 부근에서 해군 초계함인 1,200톤급 천안호(772함정)가 침몰했다. 침몰 6일째 되던 날에야 건져 낸 배는 두 동강 난 채로 인양되었다. 죽은 장병이 46명이고 구출된 장병은 57명이었다. 한미 연합군의 해상 합동 훈련 시기에 일어난 사건이었다. 또 전쟁이냐고, 간 떨어질 만한 소식에도 세상은 다시 평온했다. 서해안이면 바로 절 앞에 펼쳐진 바다였다.

꽃처럼 젊은이들이 주검으로 변했다. 바닷물에 수장될 뻔한 군인들의 눈물처럼 비가 내렸다. 누가 이기고 졌건 간에 군인들은 소모품이었다. 사람을 사람으로부터 지키기 위해 고용된 사람들이다. 사람들은 먹고 살며 죽는 자연의 이치도 모자라 그들 스스로 죽음을 앞당기는 사슬을 만들었다.

군대에도 다녀오지 않았던 대통령은 청와대의 지하 벙커에서 연일 안보 회의를 주재했다. 국무위원들도 대부분 군대를 다녀오지 않은 사람들이었다. 이른바 병역미필자들. 나라를 지도하고 모범을 보여야 하는 사람들이 국방의 의무를 저버린 것이다. 병역에 대한 핑계가 그럴싸해도, 그런 자리에 앉아 있기에 거북한 자들이었다. 아무리 국가제도가 완벽한들 이를 조정하고 통제하는 것은 사람임에랴.

사건의 뉴스를 본 날, 현식은 밤잠을 놓쳤다. 근심과 걱정으로 잡다한 뇌리를 견디다 못해 몸을 일으키고 눕기를 되풀이했다. 어둠 속에서도 전등 불빛 같은 것이 눈꺼풀을 밀고 들어오는 느낌을 받았다. 특공대에서 접선 공작을 했을 적의 기억들이 소소하게 돋아났다. 아무래도 기억은 번민에 시달리다가 언젠가 마감되겠지만. 앞이 내다보이는 생을 살고 있으면서 혹시나 하고 어지러운 생각의 늪에 빠져들었다. 얼마나 가소로운 일인가. 현식은 스스로 반문했다. 몸과 정신은 이질적이면서 공통의 세계를 이루고 있다. 무엇엔가 빨려 들어가는 느낌은 그의 의지를 야멸스럽게 내치지 못했다. 나잇살을 먹을수록 의지력은 점점 비굴해져갔다. 자기 자신과는 아무런 상관이 없는 일이라고 머리를 절레절레 흔들었지만 잠은 얼쩡거리지 않았다. 현실의 밧줄은 너무나 굵고 어렴풋한 과거의 기억은 떠나지 못했기 때문이다.

절에서 현식은 부처님에게 수없이 머리를 조아렸다. 뭐든지 바라면 얻어지는 것일까. 갑자기 기억의 파도가 현식의 머릿속으로 밀려왔다. 용범과 609 특공대에서 함께 했던 일들이 주마등처럼 지나갔다. 바로 어제 같았다. 피아의 관계란 자신의 정의에서 구분되어지니까 문제였다. 그때 밤바다는 여전히 파도를 밀고 당기겠지. 용범에게 피 박살난 그 간첩은 저승에서 뭐하고 있을까.

외세에 휘둘러 동족 간에 피를 흘린 지 60여 년. 아직도 양쪽은 정신을 못 차리고 전쟁 타령이었다. 북쪽은 대를 이어서 내리 통치하는 짝퉁 공산당 정권이다. 왕조가 따로 없는데, 백성들은 굶주리며 탈북자는 늘어나고 있다. 남쪽에서는 선거철만 되면 전쟁의 위기를 들먹거렸다. 위정세력에 의해 휘둘렸던 세월이었다.

대국민담화문을 발표했다. 북한과 위태로웠던 시절로 다시 되돌아갔다. 대부분의 국민들은 경비정의 침몰 사건을 미심쩍은 눈초리로 바라보았다. 정부는 상황과 결과를 속 시원하게 알려주지 못했다. 자꾸 의문의 꼬리를 물어내는 이들과, 버블폭파라고 우기는 이들의 말싸움만 공허했다.

전쟁이 일어나는 일을 컴퓨터 게임하는 것처럼 들먹거리는 이들도 있다. 북쪽은 세습 통치의 반동과 화폐개혁의 실패로 이런 일을 저질렀던 말인가. 그렇다면, 억지로 만든 기득권은 언제까지 유지가 될까.

진실이 외면되고 욕망의 파고를 따라 사는 시대. 사람들은 자신의 육신을 위해 타인의 육신을 뜯어먹는 식인의 짓거리를 서슴없이 자행하면서도 문명을 들먹거렸다.

현식은 가슴 밑바닥에서 분노가 치밀어 올랐다. 한번 터져봐라. 이놈들아! 동족끼리 터지도록 싸워서 두 동강이 나고도 여전히 정신을 못 차린 한심한 족속들아! 핵무기로 싹 쓸어 버리면 다 죽고 남아난 것은, 방사능 먼지만 풀썩거리는 헐벗은 산하일 거니까. 모두 미쳐가고 있구나.

이제까지 살아오면서 조바심으로 얼마나 초조했으며 위태로운 곡예를 했던가. 육신은 피곤에 겨워 새우처럼 오그리고 잤다. 푸른바다는 거칠게 밀려오고 나갔다. 사람 사는 게 고해라더니, 그 말이 맞을 것 같았다. 고통이 파도처럼 밀려오면 모래톱에 찍힌 발자국은 지워지고 또 다른 고통이 다시 밀려왔던 것이다. 되풀이되다가 어느새 늙어 병듦이 번질 때 그는 광물질이 될 것이었다.

내 가 너 다

그들은 대웅전에서 다시 종무실로 내려왔다. 동네 부동산사무실처럼 소파며 책상들이 놓여 있었다. 서류 파일과 인쇄물들이 뒤섞여 서가에 꽂혀 있었다. 빗방울은 그만그만하게 계속 땅바닥을 후벼 팠다. 처마에 달린 풍경이 흔들리며 쨍강쨍강 쇳소리를 냈다. 하늘과 부처님의 은덕을 스님이 다 표현하는 것은 아닐 터이다.

김 사장과 용범스님이 주고받은 말들.

"난 법문을 하신 분이 주지 스님인줄 알았습니다."

"아니에요. 저 어른은 가끔 이 절에서 신도들의 요청으로 모서 와 가지고 말씀하시는 분입니다."

용범이 정색하며 말했다.

"그럼 이 절 주지 스님은 어디 갔답니까?"

"어딜 갔다는데, 연락하니까 금방 온대요."

"그 때 술 드실 적에 성깔 한번 대단하던 분 맞죠?"

"감방에서 삼 년을 썩다가 이제야 나와서 그런지 아직 거칠어."

"아니? 스님이 감방을요?"

"안 가려고 제 놈이 발버둥을 쳤겠지만, 부처님이 다녀오라고 했나봐."

"무슨 일로요?"

"남의 돈을 쉽게 먹으려던 죄."

"스님이 설마?"

"스님이 설마? 허허, 설마가 사람을 잡는 겁니다."

얼굴이 해맑고 깔끔하게 생긴 상좌 스님이 용범에게로 달려왔다. 용범이 왔다는 말을 전해 듣고, 조금 전 법문을 한 스님이 부른 모양이었다. 머뭇거리다가 용범은 승용차 문을 열고 승복으로 갈아입었다. 마지못하여 용범이, 아니 풍각 스님은 대웅전으로 걸어갔다. 김 사장과 현식이 다시 용범을 뒤따라 대웅전으로 들어갔다. 훤칠한 용범 아니, 풍각 스님은 당당한 모습이었다. 신도들이 웅성거리다가 조용해졌다. 가부좌로 앉은 용범이 손바닥을 붙였다. 마이크를 지그시 내려다보던 풍각 스님께서 입을 열었다.

"흠흠, 여러분! 우리는 생로병사에서 자유로울 수가 없습니다. 내가 바로 이 세계다, 라는 말이 무슨 뜻일까요? 지금 이곳이 바로 공의 자리다! 라는 말의 진정한 의미는 뭘까요? 흔히 식자들은 무엇이 오고 무엇이 가는가? 온 것도 없고 간 것도 없다, 라고 말합니다. 사실은 많은 불자들이 이 멋진 구절을 알고 있겠지만, 막상 한 꺼풀 벗기고 들어가 보

면 이 말의 뜻을 정확하게 이해하는 사람이 드물다는 것입
니다."

점점 진지하게 말하는 용범의, 아니 풍각 스님의 전혀 다
른 모습이었다. 출입문 옆에서 멀찌감치 용범을 바라본 현
식은 생각했다. 태어나서 병들고 죽어 가는 육신의 되풀이
되는 현상이 나의 본질이란 말인가.

"에, 보이는 이 세계도 사실은 모두 마음 때문입니다. 극
과 극은 통한다고 하죠. 이 마음과 우주는 작용하는 원리가
같아요. 내 마음도 끝이 없고 우주 공간도 끝이 없는 법입
니다. 하늘에 떠 있는 수많은 별 말입니다. 생각해 보세요.
별들, 별아 있어라 하여 저 수많은 별이 하루아침에 생긴 것
도 아닐 것이고, 사람이 생로병사를 하는 것처럼 소멸하고
또 생기고 합니다. 인간 세상 위에는 여섯 하늘이 있대요.
사왕천, 도리천, 야마천, 도솔천, 화락천, 타화자재천, 이렇
게 욕계의 여섯 하늘이라고도 하지요. 말이 나왔으니, 더
합시다. 하늘에 사는 천인들은 어쩌냐? 이승의 사람들과는
비교할 수 없을 만큼 참 아름답다고 해요. 이승에서 어려
서 죽든지 백 살을 넘어서 죽든지 하늘로 갔다 하면 다 젊게
돼! 세 번이나 영체로 가니까, 피부와 눈이 해맑고 아름다워

요. 옷도 하늘하늘거리는 가벼운 천의를 입어요. 거기도 이
승처럼 남성과 여성이 있어! 이곳에서도 애를 낳으려면 부
부 생활을 해야 하는데, 애를 낳지 못해요. 영체니까, 낳지
못하고 욕심만 있으니까 음욕이 생겨나죠. 그래서 음사를
해요. …… 그걸 한다는 말이죠. 그러나 살아생전에 착하게
살고 욕심이 적어서 하늘로 간 사람들이라 음심은 적다는
데. 적지만 사왕천이나 도리천이나 야마천은 가까이만 가
면 기가 통하기 때문에 음양을 이룹니다. 도솔천에서는 음
심을 품고 손만 잡아도 음양이 화합하는 일이 벌어져요. 그
다음 타화자재천에서는 오랫동안 여성을 쳐다만 봐도 만족
을 해버려요. 그렇게 음과 양이 만나고 욕계 하늘을 벗어나
버린 색계 하늘부터는 음욕이 없다는 겁니다. 병들고 늙고
죽음 따위의 고통조차도 없지요. 의식주 걱정도 없고, 사랑
하는 사람끼리 이별하는 일도 없고.”

엉뚱한 생각이 현식의 뇌리를 스쳤다. 용범의 말이 맞는
것 같으면서 도대체 헷갈렸다. 꼭 죽었다가 살아 돌아온 사
람처럼 말하고 있지 않는가. 본질은 하나인데, 해석은 여러
갈래였다. 사람들의 말은 들을 때와 행할 때가 다르다. 말
과 행동은 귀신들의 합의에 의해서만 일치될까?

내가 너다

"우주의 삼라만상이 그러하듯 우리의 마음도 에너지입니다. 내 마음이 일어나면서 동시에 외부의 에너지와 상호작용을 하고 이 물질계의 안에 몸을 들여 넣게 되는 것이지요. 다시 말해서 내 마음에 분별심이 생겨서 아상이 일어납니다. 나라고 하는 물질을 만들어 내는 것이며, 내 마음의 눈높이에 맞춰져서 외부 인연들이 끊임없이 피고 지는 일이 되풀이되는 것이지요. 허상을 직시하면 허상이 사라진다 했으니, 허상이란 바로 사물을 있는 그대로 안 보는 왜곡된 마음입니다. 마치 자석이 자성을 잃어버림으로써 더 이상 끌어당기지 않은 것처럼, 생각에 대한 집착을 버리면 내 마음은 더 이상 물질의 인연을 끌어당기지 않게 되는 거지요."

현식은 자신을 거쳐 갔던 여자들이 설핏 떠올랐다. 그렇다면 첫사랑 신희와 인연도, 다른 여자들도 아니었던가.

"지옥, 아귀, 축생을 악도라고 합니다. 삼악도라고 여러분도 들어보셨을 겁니다. 사람들은 죽어서 거의가 삼악도에 들어요. 탐, 진, 치로 인하여 나쁜 짓을 하게 되는데 아주 나쁘고 무서운 벌을 받게 되는 것이 살인을 하는 일입니다. 정말로 무서운 일이 생깁니다. 내가 들은 이야기인데, 이런 일이 있었어요. 어떤 사람이 길을 가다가 보니까 담장 위에 구렁이가 얹혀 있더란 말이지. 형제들이 몸에 좋다고 하니까, 그걸 잡아서 먹었답니다. 그런데 또 며칠 지나서 자기 형님 집 마루 대들보를 보니까, 전번처럼 꼭 그만한 구렁이 한 마리가 딱 걸쳐져 있었어요. 반드시 수놈이 있으면 암컷이 있기 마련이죠. 전에 죽었던 수놈의 전생이 원래 사람이니까 그 내막을 안다는 말이지요. 이번에도 형이 막대기로 내리쳐서 그 놈을 잡아먹었는데 허어, 요게 문제가 된 게야. 저번 그 사람의 부인이 임신을 해서 사내아이를 낳았는데 성 불구자에 반벙어리를 낳은 거야. 나중에는 또 암컷을 잡아먹은 형이 골수암으로 죽었어요. 돌고 도는 일이죠. 이거, 아무튼 생물을 생각 없이 죽이는 죄는 무서운 일입니다. 옛 말씀에 '어떤 것에도 집착하지 않고 그저 마음을 낼 뿐이다'라는 말이 있어요. 마음의 실체는 진실로 없는 것이 아니라 편견과 사심이 없이 바라보는 그 상태가 마음의 실체인 것입니다. 집착이 풀리면 윤회의 수레바퀴도 멈추는 것이 자연스런 일입니다. 편견이 없는 그것만이 육신이 사라진 후에도 그대로 머물 뿐이고, 진정한 깨달음은 사라지지 않은 것이니까 여러분들은 몇 억겁의 업장도 그냥 벗어

내가 너다

날 수 있다는 겁니다.”

용범 스님은 무슨 책 내용을 달달 외우듯 막힘이 없었다. 현식은 멍하니 용범을 바라보았다. 도저히 땡땡이 중이라고 생각할 수 없는 일을 목격한 것이다. 이상한 노릇이었다. 어느 때는 어린아이처럼 철없는 짓을 하다가도, 어느 순간 갑자기 무겁고 엄숙한 사람으로 돌변하는 것이었다.

그들이 다시 종무소로 왔을 때, 웬 우락부락하게 생긴 스님이 나타났다. 거무튀튀한 얼굴로 눈알이 왕방울만 하게 튀어나오고 검은 구레나룻이었다. 달마화상과 진배없이 어깨가 넓고 손마디가 굵은 게 사천왕의 현신이었다. 부리부리한 눈으로 대뜸 욕지거리가 섞인 거친 말투의 인사였다.

“아 씨발, 온다고 전화나 한 통화 해 줄 것이지.”

“싸가지 없이 또 그런다. 그럼 우리 가 버릴까?”

묘한 것은 말투와 달리 별로 화난 표정이 아니었다. 생긴 꼴에 표정과 말투가 엇나간 어색함까지 자연스러웠다. 너털웃음을 지으며 금세 정반대로 부드럽게 바뀐 용범의 대꾸를, 구레나룻이 중동무니를 끊고 어깃장을 부리듯 내뱉었다.

“내가 말했던 거 준비해왔어?”

"참 그놈의 성질머리는 여전하군. 빵깐에서 저 버릇을 아직도 못 고치고 나왔어."

"시끄러!"

"이쪽은 내 친구 노 화백이고, 이 분은 한 번 만났지? 저번에도 말씀드렸잖아. 김 사장님하고 잘 협의해서 좋은 일 좀 만들어 봐요."

용범, 아니 풍각 스님이 사천왕 닮은 스님에게 부드럽게 말했다. 서로 합장 반, 악수 반으로 어설픈 인사를 했다.

"알았어. 근데 그 새끼들 장난질 때문에 지금도 어려워. 아이구 씨팔 새끼들. 저희들끼리 프리미엄 붙여 몇 차례 권리를 사고팔았던 모양인데, 그걸 내가 인정할 수는 없지."

"그럼 납골당 분양은 어떻게 진행되었는데?"

"납골당 건립은 건립이고, 아무튼 돈줄이 막혔으니까 막힌 건 분양으로 뚫어 봐야지."

"건설업자들이 가만히 있을까?"

"또 나를 열 받게 만드네, 씨팔! 내가 어떻게 만든 납골당인데 그 일로 나를 이 지경까지 만들어서 교도소까지 다녀왔는데, 더 이상 좆 될 일도 없어. 이제는 그 새끼들하고 줄소송 할 일만 남았으니까!"

내 가 너 다

사천왕 현신 같은 스님은 거무데데한 얼굴에 핏대를 올렸다. 용범은 한바탕 열을 올려놓고 눈을 내리깔더니 슬며시 일어서며 한다는 말.

"알았어, 알았다고. 나랑 친구는 차타고 바닷바람이나 쐬다가 올 테니까, 김 사장님하고 좋은 의견들 나누시라고."

"빨리 다녀와서 그건 매듭을 짓자고?"

"그건 당신이 지어야지! 알았어."

사천왕 같은 스님의 말을 용범이 대수롭지 않게 받아넘겼다.

**

승용차로 달리는 섬은 생각보다 넓었다. 뭍과 뭍이 연결된 다리를 지나면서 평야와 마을들을 스쳐 지나갔다. 높은 산을 넘어서자 바다는 멀어졌다. 용범이 운전대를 잡고 콧노래를 불렀다. 서로 만나면 만날수록 미처 몰랐던 일들.

용범이 하는 짓은 마치 양파 껍질 같았다. 그저 철딱서니 없는 군대 생활에서 짧게 만난 느낌, 그 잣대로 잴 수 없는 다양한 행태였다. 스님도 수컷인지라 암컷을 밝히는 건 자연의 이치였다. 계율이야 못 지키면 죄의식은 생길 터. 그런데도 도저히 이해가 안 되는 부분은 무엇일까? 웬만한 제

비족을 뺨치는 기술이라도 있는 걸까. 암컷들이 줄줄이 대기 중이니 부럽고 속물 같았다. 거시기에 무슨 장치라도 했나? 대중 사우나탕에 들어가면 덜렁거리는 것이 마치 흉물스런 사내들도 있다. 의사나 돌팔이에게 돌기 부분을 이물질로 두툼하게 감거나 박아 리모델링한 자들. 뭇 수컷들의 몸에 중독된 암컷들에게 더 강하게 대들고 싶은 근성 때문일 터. 거기까지 상상이 되자, 현식은 피식 웃음이 나왔다.

순간, 운전을 하며 고개를 돌린 용범과 눈이 딱 마주쳤다.

"뭐 좋은 일이라도 있어?"

"아니……."

무슨 생각을 하면서 나를 훔쳐보는 걸까. 이런 씨팔. 전우끼리 몇십 년 만에 만났으면, 재미가 있어야 할 텐데 영 꽁생원 그대로다. 특공대 출신이 그림 나부랭이를 그려 빌빌거리며 사는 것도 그렇고. 아휴, 말을 말아야지. 용범은 급브레이크를 밟다가 액셀을 슬쩍 눌렀다. 도로 가운데로 속도 방지턱이 불쑥 고개를 내민 탓이다. 차량이 쿵덕거리며 엉덩방아를 찧었다.

"살살 몰아."

내가 너다

"아 짜식들, 별 위험하지도 않겠구먼. 여러 군데에 다 만들어 놨네."

용범이 이맛살을 찌푸리며 퉁명스럽게 뱉었다. 이놈은 군대에 있을 때나 지금이나 여전히 꼴통이군. 하긴 그놈의 성깔머리가 하루아침에 바뀌는 게 우습지, 우습고말고. 껍데기만 중이지, 아직은 갈 길이 먼 것 같이 보여. 야생마처럼 강하고 심약하다가도 침착한 듯했다. 뿐이랴, 우유부단함에 천박한 느낌마저 마구 뒤섞인 묘한 성질이었다. 이런 자를 누가 수도하는 스님이라고 할까? 신도들은 스님이라는 선입견에 종교가 주는 무거움에 질려 몰라서 그럴까?

"이따가 일이 잘 풀리먼 한산 하자고!"

완만한 커브를 돌면서 용범이 말했다. 왠지 머리를 박박 깎은 용범의 머리통을 보면 구렁이가 연상되었다. 죽어 나자빠진 간첩의 머리통까지 겹쳐졌다. 메기 매운탕을 먹었던 일이며 구렁이에 관한 용범의 법문까지도 우연일까. 이제까지 용범의 앞뒤가 전혀 안 맞는 상황들까지 꼿꼿하게 고개를 쳐들었다. 왜? 그런 이미지들이 밀물처럼 자신에게 오는지 알 수 없었다.

구렁이라? 이무기를 말함인가. 용이 되려다 만 묵은 뱀.

현식의 머릿속에서는 용범이 법문 중 들은 구렁이 이야기가, 자꾸만 고향 땅 용추산의 전설 따위와 뒤범벅되어 꿈틀거리며 떠올랐다. 그리고 두 마리가 한 마리처럼 똬리를 틀어 칭칭 감겨 흘레붙던 모습.

"이봐? 또 뭘 생각해?"

현식은 흠칫 놀라 용범을 바라보니, 뜨악한 표정이었다.

"오랜만에 바다를 보니 여러 가지 생각."

"우리는 해군도 아녔는데, 군대 생활은 바다 가까운 데서 좆나게 많이 한 것 같지?"

"그랬지. 대간첩작전이나 당야공작이 주로 바다에서 이루어졌으니."

현식은 금세 피투성이 되어 뻗어 있는 사체들이 떠올랐다. 잔인한 녀석! 그 생각을 떠올리고 저 말을 내뱉는 것일까. 아니면, 뱀의 혀처럼 나불거리는 여인들의 웃음처럼 아무런 의미도 없이 그냥 내질러 보는 것일까.

많고 많은 생물 중에 하필 구렁이와 뱀 같은 파충류와 사람은 무슨 인과가 있다는 말인가. 현식은 바다를 보면서도 전혀 앞뒤가 어긋난 이미지들이 떠돌았다. 이상하게도 원래부터 구렁이는 징그럽지도 않았다.

내가 너다

그건 어렸을 적의 일이었다. 오전 수업이 끝날 때보다 빠른 시간에 학교 교문을 나섰다. 그날은 현충일이었던 것이다. 어린이들은 풀죽은 태극기 앞에서 진행되는 식순에 따라 운동장에서 일과를 마쳤다. 학급별로 담임선생의 전달 사항을 듣고 인사를 하면 끝이었다. 햇빛이 내리 훤하게 비치고 째지게 기분이 좋은 날이었다. 현식은 학교 뒤쪽에 있는 탱자나무 울타리 개구멍을 통하여 잽싸게 집으로 달려왔다.

"오늘은 빨리 끝났구나."

"으응 엄마, 숙제도 없고 그런 날이야. 현충일이니까."

바로 그때 어니선가, 아악! 하고 웬 여자의 비명이 들렸다. 엄마는 소리가 나는 뒷마당 쪽으로 달려 나갔다. 현식이 놀라서 허겁지겁 엄마의 뒤를 따랐다.

뒷방에 세 들어 사는 젊고 예쁜 아줌마의 목소리였다. 그 여자는 얼굴과 살갗이 하얀 스물 후반쯤 돼 보였다. 뿐이랴, 머리를 짧게 잘라 파마를 한 최신 유행의 도시적 머리 스타일이었다. 쥘부채처럼 까만 주름이 가지런히 잡힌 치마와 흰 블라우스를 입은 깔끔하고 세련된 모습으로 늘 조용했다. 엄마가 현식에게 말을 해 주지 않아서 정확히 알 수는 없었지만, 여자는 김 씨의 감춰진 짝임이 분명했다. 그랬다. 김 씨라는 마흔쯤 되는 남자는 얼굴이 거무스름하고 살짝 곰보였다. 무슨 사업을 한답시고 여객선을 타고 항구도시인 남항시를 들락날락거렸다. 처음에 김 씨는 혼자 왔었다. 나중에 키가 작은 아줌마와 몇 달 동안 살다가 그 아줌마가 가고 난 다음에 젊은 여자와 함께 온 것이다. 그러니까, 김 씨가 남항시를 자주 오가며 데려다 놓은 것은 확실했다. 현식은 깜냥으로 김 씨와 젊은 아줌마가 부부는 아니라는 것만은 알 것 같았다. 김 씨 아저씨는 가끔 집에 들르면 며칠씩 묵고 떠났다. 댓돌에 구두가 놓인 그 방 앞에서는 대낮에도 이상한 소리가 들려왔다. 간지럼을 타는 소리인가 하면, 곧 숨넘어갈 듯이 컥컥거리는 묘한 신음도 들렸다. 무슨 까닭인지 그럴 적마다 현식의 가슴은 괜히 두근거렸다. 아저씨가 없을 적에는 아줌마는 늘 혼자서 책만 읽었다.

"왜 그래요? 색시?"

엄마가 물었다. 얼굴빛이 하얗다 못해 파랗게 질린 아줌마는 차마 입이 떨어지지 않은 듯 손가락질만 했다. 아줌마가 가리킨 쪽은 변소였다.

내가 너다

"무슨 일인데요?"

엄마는 아줌마를 뒤로 두고 변소를 향해 걸어갔다. 현식이는 엄마와 아줌마를 번갈아 쳐다보다가 엄마를 쫓아갔다. 변소 문짝을 열자 어둠 컴컴한 실내에서 똥 냄새가 풍겼다. 엄마는 어두운 곳을 한참 동안 들여다보더니, 뒤로 주춤거렸다.

"엄마! 왜 그래요?"

"구 구렁이닷! 구렁이."

엄마도 겁에 질린 얼굴이었다. 현식은 용기를 내어 엄마를 밀치고 그 안을 휘휘 둘러보았다. 뱀, 개구리, 참새, 쥐 따위의 동물은 아이들의 장난감이었다. 알다가도 모를 일이었다. 여자들은 하찮은 그것들이 뭐가 무섭다고 호들갑을 떠는지 알 수 없었다.

풍덩. 밑으로 빠지는 변소 한편에는 각목 꾸러미가 놓여 있었다. 집을 고치고 남은 자투리였는데, 창고가 가득 차서 아버지가 그곳으로 옮겨 놓은 것이었다. 각목들이 쌓인 아래였다. 누런 구렁이 두 마리가 서로 똬리를 틀어 칭칭 휘감고 있었던 것이다. 구렁이 한 마리가 현식을 보며 갈라진 혓바닥을 날름거렸다. 구렁이들은 새끼줄로 만든 축구공처럼 똘똘 뭉쳐 교미를 하고 있었다. 뒤에서 엄마가 그를 불렀다.

"현식아? 저걸 어쩌냐?"

"엄마! 어쩌긴, 그냥 내던져 버리든가 죽여 버려야지."

현식은 어깨를 으쓱하며 엄마한테 용감한 척 대꾸했다. 엄마는 이도저도 못하고 망설이는 모습이었다. 그러더니 아줌마를 데리고 집 앞으로 가버렸다. 현식은 순간, 이놈들을 죽여서 엄마하고 젊은 아줌마에게 뭔가를 보여주겠노라는 다짐을 했다. 그런데 은근히 고민이 안 되는 건 아니었다. 상대는 커다란 구렁이이고, 그것도 두 마리였다. 아이들에게는 뱀 종류가 수컷과 암컷일 경우에 꼭 두 마리를 다 죽여야 한다고 믿는 속설이 있었다. 한 마리를 죽이고 나머지 한 마리가 도망을 가면 언젠가 복수를 한다는 말이 떠돌았던 것이다.

현식은 가까운 조무래기들을 찾다가 그만두었다. 아무래도 한두 학년 어린 조무래기들과 큰일을 도모하는 것이 꺼림칙했다. 탱자나무 울타리 개구멍 앞에서 친구들을 만났다. 똘똘이하고 꺽다리였다. 아이들은 동네에서도 소문난 개구쟁이였다.

내가 너다

“야! 똘똘아? 너 어디 갈 거냐?”

“왜 그래? 집에 가야지. 학교 작목장에서 풀 뽑는 일 끝났으니까.”

“무슨 일 있어?”

똘똘이와 꺽다리가 동시에 말했다. 두 아이는 현식을 빤히 바라보았다.

“음, 그게 말이야. 우리 재미있는 일거리가 있는데, 같이 해볼래?”

“뭔데 그래?”

“음 우리 집에 뱀들끼리 흘레붙었는데, 한번 가 볼래?”

“이야, 그거 참 재미있겠다.”

현식은 그들의 눈치부터 살폈다. 친구들이 흥미를 지니고 잔뜩 부풀어 있다는 생각이 들었다. 그러자 친구들과 합세하여 구렁이들을 처치할 수 있다는 자신감이 들기 시작했다. 두 아이는 같은 학급이었지만 나이는 현식이보다 한두 살 더 많았다. 덩치도 컸다.

“빨리 가 보자! 얼른.”

아이들은 달리다시피 빠른 걸음으로 집에 갔다. 변소 앞에서 현식은 친구들에게 귀엣말로 소곤거렸다. 구렁이들이 소리를 듣고 흘레를 끝내 버리면 김새는 일이었다. 세 아이들은 일제히 암컷과 수컷이 똬리를 틀고 있는 모습을 보고 침을 꼴깍 삼켰다. 일이 급하다고 생각했는지 똘똘이가 두 사람의 등을 두드리며 불렀다.

"야! 저거 죽이려면 몽둥이하고 삽이 있어야 해. 현식아? 너희 집에 삽 있지? 가져와 봐!"

"뱀을 잡을 때는 토막토막 쳐야 한다고 우리 아버지가 그랬어."

"몽둥이는 저걸로 하면 되겠는데. 동백나무라서 단단하고 야무지겠다."

세 아이는 누구라 할 것 없이 금방 똑같은 마음으로 뭉쳤다. 현식은 작대기를 잡았다. 똘똘이는 변소 밖에 세워 둔 삽을 들었다. 꺽다리는 장작더미에서 몽둥이를 골라 들었다. 먼저 들어간 똘똘이가 삽을 들어서 얼크러져 있는 구렁이 대가리를 겨냥했다. 탁! 잘 벼려진 삽날이 구렁이 대가리에 박히며 반쯤 잘렸다. 긴 몸통의 덜 떨어진 대가리에서 피가 번졌다. 꿈틀거리던 구렁이의 몸에서 스르르 풀린 다른 한 마리가 구석으로 기어갔다. 변소 구석은 터져서 곧바로 바깥이었다. 꺽다리가 크게 소리를 질렀다.

내가 너다

"야! 씨발, 한 놈이 저쪽으로 도망간다!"

"놓치면 안 돼! 그놈이 살아서 우리한테 원수를 갚을 거니까."

"빨리 잡아! 잡아!"

"뒤로 돌아가 막고 잡아라!"

아이들은 긴장하고 흥분하여 이리저리 뛰면서 들고 있던 무기를 꽉 쥐었다. 장작더미 밑에 기어들어 간 한 마리를 발견한 것은 현식이었다. 현식이 크게 소리를 질렀다.

"여기 있다. 빨리 와 봐!"

"어디? 어디!"

세 아이는 일제히 혀를 날름거리며 대가리를 쳐든 구렁이를 향해서 무기를 꼬나들었다. 퍽! 탁! 꺽다리의 몽둥이와 현식의 나무작대기가 거의 함께 대가리를 때렸다. 똘똘이가 둘을 밀치며 끼어들었다. 그리고 삽을 쳐들었다.

"너희들 저리 비켜 봐!"

장작더미 바깥으로 몸뚱이를 드러낸 구렁이의 대가리를 겨냥한 삽날은 단번에 두 동강이를 냈다. 대가리에서 피가 튀면서 땅바닥에 검붉은 피가 홍건하게 고였다. 구렁이는 몸뚱이를 천천히 길게 뻗었다. 아이들은 죽은 두 마리의 구렁이를 거두어 집에서 좀 떨어진 텃밭에 모았다. 그리고 집에서 가져온 장작들을 쌓아 올리고 그 위에 걸쳐 놓았다. 아이들에게 불을 피우고 지르는 일은 식은 죽 먹기였다. 현식이 성냥갑에서 붉은 인이 묻은 성냥개비를 꺼내어 갑에 대고 문질렀다. 불씨가 피었다. 불꽃이 일어난 장작더미에서 푸르스름한 연기가 피어올랐다. 햇빛은 타오르는 불꽃을 감추려 했지만 거멓게 탄 장작 아래서 노란 불길이 기어 나왔다. 불꽃은 햇빛 때문에 보이다 말다가 했다. 마치 죽은 구렁이가 발악하며 갈라진 혓바닥을 날름거리는 것처럼.

구수한 냄새가 아이들의 코를 찔렀다. 구렁이들의 기름이 타는 냄새였다. 아이들은 시장했는지 입안에 고인 침을 꼴깍 삼켰다.

"야! 맛있는 냄새 난다."

"우리 저걸 꺼내서 먹을까 보다."

"우리 아버지는 뱀술을 담가 놓고 먹었어."

"현식아? 저기서 너희 엄마가 부르는 거 아냐?"

"맞네. 얼른 다녀올게. 기다려."

팔짱을 낀 엄마와 예쁜 아줌마가 멀리서 이쪽을 바라보

고 있었다. 아줌마가 한 움큼 쥐고 있다가 내민 것은 캐러멜이었다. 아줌마의 까맣고 긴 속눈썹이 서늘하게 웃었다. 캐러멜을 쥔 아줌마가 가늘고 하얀 손을 벌렸다. 캐러멜을 집으려고 손바닥에 닿았을 적에 현식은 왠지 겸연쩍어 부끄러웠다. 아줌마가 말문을 열었다.

"현식이 학생은 몇 학년이지?"

"오 학년이요."

"어머, 내 동생하고 같은 학년이네."

아줌마가 하얀 이를 살짝 드러내며 웃었다.

"친구들하고 나눠 먹어라."

옆에서 엄마가 거들었다. 현식은 엿보다 더 달콤하고 우유냄새가 가득한 캐러멜을 받아 주머니에 넣었다. 그리고 바지 주머니에 나눠 담고 아이들 쪽으로 달려갔다.

"야! 껑다리? 너 아까 뱀은 토막을 내서 죽여야 한다고 그랬지? 그건 왜 그러는 건데?"

똘똘이가 유과사탕의 종이 껍질을 까면서 고개를 돌렸다.

"옛날에 어떤 마을에 오래 묵은 구렁이가 굴속에서 살고 있었는데, 해마다 마을 처녀들을 제물로 바쳤단다. 마을 사람들이 얼마나 무서웠겠냐. 용감한 청년이 있었는데, 자기 약혼자가 그만 제물로 뽑힌 거야. 그래서 죽기 살기로 그놈의 구렁이를 죽이기로 했지. 그런데 마을의 늙은 할아버지가 방법을 일러주었대. 구렁이가 잠을 잘 때도 눈을 뜨고 있으나 코 고는 소리가 들리면 자는 거라고. 그때를 놓치지 말고 단칼에 모가지를 벨 적에, 주머니에 참나무의 재를 지니고 있다가 확 뿌려야 한다고. 왜냐면 떨어진 모가지가 다시 몸뚱이에 붙으면 도로아미타불이라는 거지. 그대로 해서 구렁이 밥이 될 뻔한 처녀를 구했다는 거야.”

사탕을 입에 움질거리며 꺽다리가 이야기를 할 동안에도 구렁이들은 기름 냄새를 풍기며 타고 있었다. 이윽고 구렁이들은 까맣게 타서 숯이 되어버렸다.

***

그로부터 며칠이 지난 일요일 아침 무렵이었다. 누군가 허겁지겁 달려와 숨넘어가는 목소리로 현식이 엄마를 불렀다. 자전거집 부인인 떠벌이 아주머니였다. 동네 사람들이 이집 저집을 기웃거리고 돌아다니며 하도 있는 말 없는 말 지어낸다고 하여 붙인 별명이었다. 어떤 사람들은 그냥 줄여서 떠벌네라고도 했다. 웬만한 소문을 듣고 물어내는 것이 떠벌네였다. 그렇지만 동네의 소식통이었다. 작달막한 키의 떠벌네는 질린 얼굴로 마루 앞에 서 있었다. 방문을 열고 나간 현식 엄마가 핀잔을 주듯 말했다.

"아침부터 왜 그렇게 호들갑인가?"

"형니임? 큰일이 났어요."

"무슨 큰일이 나? 땅이라도 꺼졌어?"

"그게 아니구요, 이 집 뒷방에 세 들어 사는 색시 말인데…….."

그제야 현식 엄마는 얼굴을 고치며 약간 긴장한 표정으로 떠벌네를 바라보았다. 하도 평판이 안 좋은 여편네라 그녀의 말을 한풀 접어 듣는 편이었다. 안이한 표정인 현식 엄마의 얼굴빛이 측은하다는 듯 떠벌네가 말을 이었다.

"팽나무에 목을 매달아 죽었대요. 색시가."

"무슨 뜬금없는 소리야. 누가? 다시 말해 봐."

"현식이네 집에 사는 젊은 색시 말이우, 새악시!"

"이 여편네가 무슨 자다가 봉창 두드리는 소리를 하는 거야!"

"정말이라니까요."

"지금 그 색시 뒷방에 자고 있을 거니까, 조용히 말해!"

"그 색시가 돌다리 팽나무에 목 매달린 것을 봤대요. 이장님이. 새벽에 지나가던 이장님이 발견해서 사람들 시켜 수습하고 있대요. 지금! 지서 순경까지 그리로 갔다는데, 등잔 밑이 어둡다고 아이고, 나 미치겠네. 형님만 모르고 있어요.”

현식의 집에서 돌다리까지는 오백 미터도 채 안 되었다. 팽나무 밑에는 벌써 동네 어른들과 아이들이 수십 명이나 빙 둘러 모여 있었다. 예쁜 아줌마는 잠자듯 누워 있었다. 흰 블라우스를 입었으나 아랫도리는 누군가 볏짚 가마니로 덮어놓았다. 가끔 변소 앞에서 현식이와 눈을 마주치면 부끄러운 얼굴로 씨익 웃는 그 모습 그대로인 것 같았다. 조금 있다가 지서에서 순경 두 사람과 의사가 자전거를 타고 왔다. 구경꾼들이 비켜났다.

“애들은 저리 가라!”

“애들은 보면 안 돼지. 빨리들 집으로 가거라!”

순경이 큰소리로 말했다. 어른들이 아이들의 등을 떠밀었다. 아이들은 못내 궁금하여 서운하면서도 어른들의 등쌀 때문에 좋은 구경거리를 놓치고 말았다. 현식이 엄마는 한숨을 내지으며 눈물을 글썽거렸다. 동네 아낙네들이 현식이네 집으로 하나둘 모였다. 그들은 하나같이 색시가 안

되었다는 얼굴이었다. 현식이 엄마가 말했다.

"김 씨 아저씨는 남항에 갔으니까 며칠 더 있다가 돌아올 텐데."

"그럼 그 사람이 올 때까지 지서에 두고 마냥 기다려야 하나요?"

떠벌네가 근질근질한지 입을 열었다.

"그건 우리가 나설 일이 아니야! 의사하고 지서에서 알아서 할 일이지."

늙은 여자가 화가 난 듯 냅다 소리를 질렀다.

그 흰옷을 입었던 젊은 여자와 구렁이와 고목 아래 흐르는 개천. 그게 언제 적 일인데 현식은 엊그제처럼 생생했다. 시간은 머릿속에서 언제나 공간을 마련해 주었다. 머릿속의 이미지들은 서로 엉키거나 튕기는, 알 수 없는 또 다른 성질이 있나보다. 어머니가 서둘러 읍내로 이사를 했던 것이, 그 무렵이었다.

"아까부터 무슨 생각에 그렇게 빠졌어?"

바다를 끼고 돌아서며 차를 멈추더니 용범 스님이 말했다.

****

해변을 한 바퀴 돌아오니 땅거미가 뒤덮었다. 어스름은

밀물처럼 절 가까이 다가왔다. 빡빡 깎은 머리들이 형광등 불빛 아래 빛났다. 종무소 사무실에서 김 사장과 사천왕 닮은 주지 스님이 기다리고 있었다.

"이제까지 뭐하고 이렇게 늦었어? 씨부럴."

"어? 맘 놓고 돈 벌라고 시간을 주니까, 웬 잔소리야."

김 사장은 바깥으로 나가고 현식은 소파에 앉았다. 종무소 안에 방이 있었다. 방에서 웬 서류인가를 들고 나온 주지 스님과 용범이 무슨 말인가를 한참 주고받았다.

"네가 처음에 소개해 준 자식들이 사기꾼이었다면, 풍각 자네에게 줄 돈은 한 푼도 없어. 그게 아니지. 오히려 그동안 내가 빵간에 들어가 개고생 한 거며 고통 받게 한 일을 생각하면, 자네가 내게 손해배상이라도 해주어야 할 거 아냐?"

"뭐라고? 별 거지 같은 소리를 다 듣겠네. 내가 변호사를 구워삶아서 빵간에서 썩어 뭉그러질 놈을 빼 주니까, 기껏 한다는 소리 좀 들어 보소."

한동안 서로 벌이는 눈싸움. 치킨게임으로 치닫던 그들의 싸움은 담배를 물고 온 김 사장의 중재로 휴전에 들어갔다.

내가 너다

눈을 부릅뜨던 주지 스님이 허리춤에서 장지갑을 꺼냈다. 장지갑 속에는 수표가 두둑하게 들었다. 빳빳한 수표 몇 장을 꺼내들고 사천왕현신이 말했다.

"오백이야. 우선 이거 받으라고. 지금 그 새끼들 때문에 내가 정신이 하나도 없으니까, 일 좀 마무리되면 나머지는 어떻게 해 볼게."

전혀 사정하는 빛이 안 보이고 명령조였다. 자존심이 상했는지 용범이 버럭 소리를 질렀다.

"아 씨발! 좆나게 열 받게 하네. 내가 뭐 거지새끼냐!"

"지금 형편이 어려우니까, 그러는 거라고."

"그럼 사정을 하고 빌어도 시원찮은데, 그 행동이 뭐야!"

"아이구 또, 왜들 또 이러실까들! 아까 말씀을 드린 대로 상황 봐가면서 정리하시라니깐."

김 사장이 난감한 표정으로 두 사람 사이에 끼어들었다. 현식의 짐작으로는 용범이 사천왕 현신의 두툼한 지갑만 보지 않았어도 분기탱천하지 않았을 것 같았다. 빚에 쫓긴다는 스님의 지갑도 의아했고, 사정할 형편인 듯싶은데, 큰 소리를 탕탕 치는 것도 모를 일이었다. 그들 사이에 무슨 일이 끼어 있는 것일까.

몸에서 솟아나는 분노와 질시가 뭉게뭉게 피어오른다고 해결될 문제가 아닌 것이다. 세상이 거칠어지면 그 속에 기생하는 사람들조차 짐승처럼 되는 모양이었다. 인간들은 점점 양파 껍질처럼 도덕과 윤리 따위를 한 겹씩 벗어던지려는 것이다. 육신과 정신조차 서로 딴살림으로 나려는 욕망이 가득했다.

내가 너다

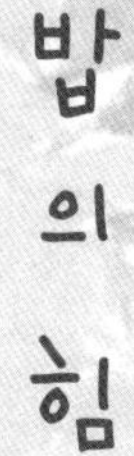

밥의 힘

*

현식은 화상들과 만났을 때 지나치게 홍정
하는 일이 딱 질색이었다. 그림을 사고파는
화상들은 장사꾼이었다. 오랫동안 장사꾼들
과 말씨름을 하다 보니 그들의 생리와 속성을
거의 꿰뚫고 있다고나 할까. 서로를 아는지
라 별 뾰족한 수는 없었다. 문제는 예술을 이
해할 만한 사람들이 이쪽 사정을 빤히 알면서도 눙치는 데
는 당할 재간이 없었다.

같은 나이 또래의 김 씨는 서너 해 동안 현식의 화실을
부지런히 드나들었다. 사람 됨됨이가 조금은 촐랑거리지
만 붙임성이 있었다. 김 씨로 말하자면, 어떻게 하든지 잘

팔릴 수 있는 그림을 싼값으로 후려쳐 가져가는 게 목적이었다. 김 씨는 거의 하루걸러 이 핑계 저 핑계를 대며 찾아왔다. 때로는 점심을 하자거나 어제 화실에 깜박 놔두고 온 물건을 찾으러 온다는 둥 그럴싸했다. 그럴 적마다 현식은 알았거나 몰랐거나 그저 씨익 웃을 따름이었다. 김 씨라는 작자는 삼각지를 떠돌아다니며 먹고사는 것이니만치 별다른 재주가 있는 것도 아니었다.

그 일만은 생각하면 할수록 아무래도 불쾌했다. 점심때도 한참 지나서 짧게 머리를 친 김 씨가 들어섰다. 스포츠머리는 김 씨의 독특한 스타일이었다. 종이커피를 권하자 마시던 김 씨가 주머니에서 금시계 하나를 꺼냈다. 얼핏 보아도 싸구려 금도금시계가 분명했다.

"이거 꽤 비싸게 주고 산 건데, 한번 손에 차 보쇼. 노 화백에게는 잘 어울릴 것 같은데."

"무어요? 나도 시계는 있잖아요?"

현식이 반문하자, 어정쩡하게 서있던 김 씨가 대뜸 말을 토했다.

"아이고, 누군 시계가 없어서 새로 산 줄 아나. 아무리 좋은 시계도 오래 차면 싫증도 나고 하니까, 바꾸는 거지. 그

내가 너다

러지 말아요. 내 성의로 드릴게, 그냥 부담 갖지 말고 한번 차 봐요."

거절할수록 김 씨는 강요하다시피 시계를 들이밀었다.

"아! 됐다니까요."

이쪽에서 그렇게 완강하게 거절하자, 김 씨는 조금 겸연쩍은 낮을 순간적으로 바꾸었다.

"그럽시다. 그러믄 여기 잠깐 놔두지 뭐."

성큼 다가간 곳은 책이 꽂혀 있는 서가였다. 김 씨는 서가 아래 딸린 서랍을 슥 빼더니 그 속에 넣어 놓았다.

"그걸 왜 거기다 놓고 그래요?"

"나 금방 어디 좀 다녀올게요."

그리고 혼잣말처럼,

"아, 자식들이 꼭 시간 약속을 어중간하게 해 놓은 단 말이야."

라고 슬며시 사라졌다.

며칠 전의 그 사실을 까마득하게 잊고 그림 그리는 일에 몰두한 현식에게 아침나절 김 씨가 나타난 것이다. 화실 문을 열자마자 김 씨가 우거지상을 하고 들어섰다.

"어휴, 속 쓰려. 자식들. 술자리가 너무 길어서 혼났네."

이쩌고저쩌고하면서 의자에 앉던 김 씨는 그려 놓은 그림들을 휘휘 둘러보았다. 그 꼬락서니를 모른 적 현식이 커피포트의 콘센트 줄을 꽂았다. 그리고 돌아서 종이컵을 꺼내며 물었다.

"커피 한 잔 할 거요?"

"고맙지요. 탱큐."

"노 화백? 저 건너 장미 화실 영감이 병원에 입원했다가 퇴원한 모양입디다."

"박 화백님이?"

"아까 잠깐 들여다보니 얼굴 꼴이 말이 아니더군. 꼭 저승에라도 다녀온 사람처럼 삐쩍 말랐어."

"요즘 통 안 보이더니 그랬구먼."

물 끓는 소리가 들렸다. 김 씨는 차곡차곡 세워 둔 캔버스를 들여다보더니, 파도치는 바다 풍경의 4호 그림을 집어 들었다.

"아! 이 그림 참 잘 그렸네. 이거 내게 넘겨주소."

"아니 그건 누가 부탁해서 그려 놓은 건데……."

"어허! 내가 맡겨 놓은 그 금시계 줄 테니까, 이거 나한테 넘겨요."

내가 너다

그 순간, 현식은 아찔하니 허를 찔린 느낌이었다. 김 씨가 매양 하는 짓거리를 대략 알고 있다지만, 전혀 새로운 수법으로 치고 들어오는데 은근히 부아가 치밀었다.

"난 시계가 필요 없다니까 그러시네!"

현식이 화가 나서 자신도 모르게 큰소리를 냈다. 김 씨는 개구리눈처럼 눈동자를 굴리더니 목소리를 낮게 깔았다.

"아 참, 친구가 그 시계를 달라고 한 걸 깜빡 잊었구먼. 크게 사업하는 친군데 가져오면 돈을 준다고 했었는데."

커피를 급히 마시고 시계를 집어 든 김 씨가 쏜살처럼 문밖으로 뛰쳐나갔다. 김 씨뿐만 아니라, 그런 비슷한 짓으로 그림을 헐값에 가져가는 사람들이 더러 있었다.

**

박정만은 강파른 몸으로 작달막했다. 주로 정물화와 꽃만을 그리는 화가였다. 뽀글뽀글한 곱슬머리로 마른 대추처럼 작은 얼굴이었다. 가끔 현식의 화실에 놀러와 장기를 두고 갔다. 때로는 쉰 목소리로 화방 근처에서 일어나는 소문들을 전해 주기도 했다. 예순을 훨씬 넘은 강퍅한 성깔은 가급적 내비치지 않았다. 그러나 장기를 두다가 가끔 푸념을 늘어놓기도 했다.

"두 눈으로 작업할 때는 안 그랬는데 원근이 헷갈려 미치겠어!"

몇 년 전부터 각막염으로 한쪽 눈이 실명되었다. 시력을 잃고 그려야 하는 고통으로 그의 그림은 점점 불안해졌다. 박정만이 실명하게 된 원인은 따로 있었다. 신군부시절, 정보기관에 끌려가 조사를 받으면서 그 후유증으로 생긴 병 아닌 병이었다. 50미터나 되는 광목천에 그림을 그렸던 터. 긴 화폭에 담은 내용은, 성난 군중이 거리로 뛰쳐나와 칼을 휘두르는 도깨비에게 저항하는 모습이었다. 누가 보아도 반추상적이고 역동적인 이미지들은 무엇을 상징하는지 알만했다. 더구나 도깨비는 모가지에 시퍼런 칼이 박혀 피를 흘리고 있었다. 보는 이로 하여금 소름이 돋을 정도였다. 그는 어둠 속에서 덕수궁 돌담길을 따라 두루마리 그림을 붙였다. 그렇다고 그가, 소위 민중 화가로 지칭되는 그런 부류는 아니었다.

요즘 그리는 소재는 주로 장미꽃이었다. 빨강, 노랑, 하양. 피어 있는 꽃들은 거의 획일적인 잎과 꽃잎을 달았다. 배경은 아슴푸레하게 처리한 10호 내외의 소품 위주였다. 사진과는 다른 색깔과 질감으로 무난한 그림이었다. 지방에서 온 화상과 거래를 하거나 가끔 삼각지를 기웃거리는 아줌마 일행들에게 싼값으로 팔렸다.

현식은 화실 문을 닫고 골목길을 걸었다. 2층으로 올라가는 낡은 나무 계단이 삐거덕거리는 소리를 냈다. 그는 담배를 물고 의자에 앉아있었다.

"이제야 소식을 들었어요. 통 얼굴도 안 내미시더니, 가까운 데 있으면서도 그런 일이 있었는지 몰랐습니다."

"어서 들어와요, 노 화백! 아이고, 뭐 좋은 일이라고."

"많이 수척하시네. 어디 편찮아서 입원했어요?"

"창자협착증이래. 난생 처음 들어본 병명이지? 못 먹어서 내장들이 달라붙어 버린 것이라는데, 내 참 죽을 때가 다 되어 가니까 세상에 그런 일도 있더라고."

"점심이나 같이 가십시다."

"사흘 전에 나왔어요. 죽었다가 살아났으니, 기력이나 차리면 놀러 가려고 했는데."

두 사람은 거리로 나왔다. 그리고 먹을거리 골목으로 들어섰다. 점심때인지라 긴 골목길은 왁자지껄했다. 설렁탕, 부대찌개, 아귀찜, 대구탕, 냉면, 칼국수, 백반, 경양식 집.

"우리 저거 먹읍시다. 박 화백님, 괜찮지요?"

두 사람은 식당으로 들어가 자리를 잡았다. 메뉴판을 보고 현식이 햄버그스테이크를 주문했다.

"많이 드세요."

현식은 나이프와 포크를 잡은 그를 보면서 고기를 썰었다. 먹이를 씹으며 목구멍으로 삼켰다. 깡마르고 늙은 싸구려 화가는 먹이에 대한 경외감이 든 것처럼 눈빛을 반짝였다. 그리고 이가 성치 않은지 움질움질 고기를 깨물었다. 정신없이 먹이를 입에 넣던 늙은 화가는 한참 만에 말문을 열었다.

"밥을 굶었던 게 몇 번인데, 그럴 줄 알았나 뭐. 우리 어린 시절에는 밥 굶는 집도 많았는데……, 의사가 그러는데, 내장에 음식물이 없어 오랫동안 비어 있으면 내장이 붙어버린다는구먼."

그의 눈에 눈물이 어렸다. 현식은 마치 못 볼 것이라도 본 것처럼 큼큼 콧소리를 내며 물을 마셨다. 사람이란 동물이다. 잘못이라고는 동물로 태어난 죄밖에 없었다. 더욱 단단해져야 했다. 잔인한 계절에도 어떻게 하든지 살아남아야 했다.

"밥은 얻어먹었으니 우리 차 한 잔 할까?"

내가 **너**다

"꽃다방으로 가지요."

햇볕이 도시의 구조물들을 달구었다. 에어컨 바람이 서늘한 1층 다방에는 아무도 없었다. 뚱뚱한 여주인이 웃었다.

"박 화백님, 오랜만이네요?"

둘은 창가에 앉아 지나다니는 사람들을 흘깃 쳐다보았다. 냉커피 컵에 꽂힌 빨대를 입으로 빨던 박정만이 말문을 텄다.

"좀 팔려요?"

"그럭저럭 팔리더니, 요즘은 불황이라 조금 뜸합니다."

"그러겠지. 그래도 노 화백이야 삼각지에서는 잘니가는 편이지."

"여기서야, 잘나가나 못 나가나 거기서 거기죠, 뭐."

"감각이 뛰어나서 어떤 소재든지 소화를 잘 시키니까, 화방 주인들도 좋아하고."

깡마른 박정만은 한쪽의 형형한 눈빛을 잃지 않았다. 현식은 나이가 든 박 화백을 만나면 편안했다. 말수가 적은 그는 칭찬도 아꼈지만, 여느 화가들처럼 남의 작품을 비하하거나 헐뜯는 적이 없었다.

　"저번에 인사동에 잠깐 들러 일을 보고 나서 어떤 교수의 개인전을 가 보았는데, 그쪽 사정은 견딜 만해 보이더라고요."

　"하기야, 이름값으로 갤러리와 언론이 도와주면 안 될 턱이 있겠어."

　"아무리 그렇지만, 너무했더라고요. 쌍팔년도에나 지금이나 똑같은 수법으로 걸어 놔도 팔리니까."

　"허허허허, 다른 사람이 그러면 몰라도, 우리가 그런 소리를 하면 남들이 웃을 걸."

　박정만은 모처럼 웃음 어린 표정을 지었다. 냉커피를 빨던 늙은 화가가 다시 입을 열었다.

　"내가 하는 짓이 예술이라고 생각해 본지도 꽤 오래되었소. 벌써 지겨운 밥벌이로 전락한 지가 얼만데, 나 같은 놈이 미술에 대하여 무슨 말을 하겠어요."

　"아니죠! 당대의 일류와 삼류는 상업성과 밀접한 관계가 있다는 걸 잘 아시잖습니까?" 박수근도 이중섭도 죽은 다음에 평가를 받아서 신화가 되었답니다."

　"그렇지만, 나는 아니고 홍대 다닐 때, 우리 선생님이 그러시더라고. 서구 미학이 동양에서 표준이 되어 버린 현실을 인정하면서 그걸 뛰어넘으라고. 미학을 떠난 예술 행위가 인간을 유치하게 몰고 가는 작태까지 수용하라며, 알타미라의 동굴에 그려진 들소 그림이 피카소까지 이어왔듯, 모방 또한 진화하는 것은 어쩔 수 없는 일이라는 거요. 그런데 나는 지금까지 실험 정신은커녕 먹고살기 위하여, 조형적인 언어를 잃어버리고 하이에나처럼 남들이 흘린 과자 부스러기를 주워 먹으면서 여기까지 따라온 것 같아요.”

“무슨 그런 말씀을!”

현식은 컵을 내려놓으며 당치 않다는 얼굴로 손사래를 쳤다.

“미술품을 돈으로 환산된 일이 자연스럽게 되었고, 화가들은 노동의 대가를 받는 게 당연합니다. 제자나 조수들에게 자신의 그림을 부분적으로 대신 그리게 하는 화가들도 있는 판이고, 갤러리와 화상들은 눈을 감아 주고 있는 현실인데 우리를 누가 욕할 수 있겠습니까.”

“나도 노 화백의 마음을 알아요. 육십 년대 미국에서 건너온 팝아트Pop Art가 주관적인 미학의 반동으로 나왔겠지만, 지금은 리히텐슈타인의 ‘행복한 눈물’ 같은 그림이 구십억에 팔렸다질 않소. 그 만화를 패러디한 것 같은 그림조차, 부동산이나 주식처럼 현금이 되어버린 겁니다. 이를테면 그것도 시대의 조류니까.”

“인상주의가 모던아트Modern Art의 출발점이니, 나중에 어떻게 될지는 모르겠지요. 아무튼 살아있는 게 사람 목숨이니, 이제부터는 박 선생님도 건강을 챙기셔야 합니다.”

박정만의 눈빛이 반짝반짝 빛났다.

“고맙소. 내일은 언제나 희망이었지. 막상 절망으로 변한 현실이 해일처럼 밀려와도 그랬어요.”

“아뇨! 절망은 무슨! 버틸 때까지 사는 겁니다. 선생님.”

“나도 한때는 그랬지. 병원에서 가만히 생각해보니까, 이 세상에 대한 희망의 확신이 없어진 지가 오래인데도, 나는 나를 속이고 달래면서 여기까지 온 것 같아요. 몸을 끝장내고자 하는 공포 때문에 막연히 죽음을 두려워하게 되는 것 같았어요. 목숨 하나 가지고 벌벌 떠는 미약한 인생이 어떻게 세상의 일을 다 설명할 수 있겠소. 세상에 태어났으면 살 만한 가치가 없어도 살아야 하는 것인데 그래서 날마다 잠처럼 죽음이 몰려와도 이를 악물며 고개를 흔들었지요. 절망이라는 건 죽음보다 하위개념이라고. 현실이 그러니까…….”

내가 너 다

그림을 보면 화가가 보였다. 가끔은 동업자들의 그림 전시회를 훔쳐보았다. 천차만별은 그림의 세계에서도 적용되었다. 인사동 골목을 지나가다가 현수막을 보았다. 그림 값이 제법 나간다는 미대 교수의 최근작 전시회였다. 갤러리의 출입문을 들어섰다. 며칠이 지났지만 많은 사람들이 들락날락거렸다. 구경꾼들이 넓은 공간의 벽을 훑어보고 있었다.

유명세를 타고 호가를 맘대로 부른다던 미술대 교수 겸 화가였다. 화가의 실제 모습은 사진보다 훨씬 늙었다. 몇몇 사람들이 고개를 꾸벅거리자, 앉아있던 화가가 히죽 웃었다. 웃는 의미는 어떤 걸까? 현식은 오른쪽에서부터 액자로 걸린 그림들 앞을 지났다. 보랏빛 창포 꽃이 흐드러지게 꽂혀 있는 달 항아리. 검푸른 바다를 끼고 도는 항구도시의 풍경. 말갈기를 날리는 준마에 엎드려 있는 나체의 여인. 몽환적인 환상들과 사물들의 병치. 화가의 소재는 몇 년 전이나 지금이나 변함이 없었다. 배경과 소재의 위치만 조금씩 달리 바꾸었다. 강한 터치 대신 붓끝을 툭툭 던져 형상을 만든 소심한 점묘의 붓질. 그런대도 카탈로그에 쓴 미술 평론가의 글은 이랬다. 날이 갈수록 원숙한 화가는, 이 시대의 화풍을 한 단계 승화시킨 걸작들을 탄생시켰다. 대범한 터치로 화면을 열어 보이는 작품들에서 화가가 고심한 흔적이 뚜렷하다, 라고. 마흔 대여섯 점이 걸려 있었다. 잘 팔리는 8호에서 20호 정도의 규격이었다.

"저 그림들은 얼마나 해요?"

"작품에 따라 다르지만, 대략 호당 백만 원으로 생각하시면 되세요."

출입구에 앉아있는 여직원이 통통한 여인에게 건네는 말이 귓전에 들렸다. 목이 패인 분홍 원피스를 입은 여인은 명품 핸드백을 들고 있었다. 목의 주름살을 굵은 흑진주 목걸이가 감았다. 두 여인이 주고받은 말은, 아예 현식의 달팽이관으로 들어와 버렸다. 호당 백만 원은커녕 십만 원조차 자신에게는 꿈같은 일이었다.

말을 타고 달리는 여인의 나체는 살빛이다. 피부 밑으로 실핏줄이 살아서 바람을 가른다. 내면의 혼을 담아내는 색깔은 무엇인가. 영혼의 흔적이 육신 속에 들어가자면 어떤 색깔의 혼합과 붓질이 필요할까. 물론 색깔은 빛과 어우러져야 한다. 사람들의 살갗은 내면 깊숙이 들어온 빛과 교접을 할 때라야만 살아 있다. 불그레한 얼굴과 허여스름한 얼굴색은 분명 다르다. 인간의 육신을 표현한 화가는 영혼을 불어넣어 주어야 한다. 이목구비를 사실적으로 그리지 않아도 모든 이들이 느끼도록. 살아 있는 것과 죽음의 차이를.

현식은 불현듯 화실에 걸린 신희의 그림이 생각났다. 여전히 미완성이었다. 캔버스에 칠한 신희의 얼굴에는 무엇이 어려야 할까.

어둠 속 그늘

*

그날 밤 용범의 모든 것은 뒤죽박죽이었다. 이제까지 처영과 살아온 2년의 세월이 한꺼번에 꼬여 버린 것이다. 아니, 땅속에 묻혀 사람의 죽음이나 상처를 노리고 있던 지뢰가 터진 꼴이었다. 그녀의 웃음과 말은 늘 예기치 못한 폭발을 야기했다. 적당한 긴장이 흐르는 말의 달고 떫다가 시디신 맛처럼.

"오늘은 무슨 바람이 이쪽으로 불었어요?"

"으흐흐흐, 봄바람인가 봐."

"으이구, 말이나 못하면 이해라도 하지. 느물거리기는."

"별일 없지?"

내가 너다

"요즘에는 왜 전화도 안 받아? 보낸 메시지는 아예 씹어버리고."

"바쁘니까, 그렇지."

"그래 오죽 바쁘시겠어. 여러 보살님들 챙기려면 몸이 거 덜 났어도 한참은 났겠지."

"그걸 말이라고 하는 거야."

"사람을 돌부처로 만들어 놓고 가끔씩 들여다보는 게 그렇게 재미있어요?"

"허허, 왜 또 이러시나? 궁금하면 포교원으로 와 보면 될 것을 왜?"

"당신이 보살들 오니까, 거긴 절대로 오지 말라고 했잖아!"

"또 무슨 시비를 거는고?"

"시비라니요. 당신 또 여자 생겼지? 어떤 년이야!"

장미나무에 돋은 가시라더니. 질투의 화신이었다. 보살은 무슨 얼어 죽을 보살. 백년해로를 언약한 부부라도 이러지는 않을 것 같았다. 처영은 득달같이 안방으로 들어가더니 종이 한 장을 들고 뛰어나왔다.

"이게 뭔지 알아요?"

“그게 뭔데?”

“당신 휴대폰 통화 조회 기록이야!”

“그래서 뭐가?”

“나도 참을 만큼 참았어요. 사채업자년 밑구멍에 시주 들어온 돈을 고스란히 바친 지가 엊그제인데, 벌써 며칠도 안 되어 참으로 대단하십니다. 여기 하루에도 수십 번씩 전화를 해댄 년이 있어! 내가 알아봤지. 내가 뒷조사까지 다 해 보았거든. 돈은 많이 있던데, 돈 때문에 만난 건 아닐 테고, 뭐에요? 내가 더 말해 봐요? 얼굴도 괴물처럼 생긴 년이더구먼.”

“중생을 제도하자면 많은 보살과 처사들을 상대하는 일이 다반사인 줄 당신도 알잖아?”

“누가 그런 걸 따졌어요.”

처영의 차가운 눈초리에는 증오가 이글거렸다.

“이제 참다못하여 살아가는 의미를 잃었다고요.”

“아, 글쎄, 나는 아둔하여 당신의 말뜻을 이해하지 못하겠다니까!”

“처음에 나한테 뭐라고 약속했죠? 늦은 인연이지만, 남아 있는 날까지 함께 간다고 했어요? 안 했어요?”

내가 너다

"내가 그랬었나?"

"내가 어리석었어요. 바보같이 당신의 말을 철석같이 믿고, 같이 있다는 것만으로 사랑한다고 착각을 했으니 미친년이죠."

저녁을 먹을 참으로 아파트에 들렀더니 이 꼴이었다. 용범은 냉장고 문을 열었다. 물병을 꺼냈다. 확 던져 버리려는 자신의 마음을 조곤조곤 타일렀다. 조금 있으면 처영의 하얀 얼굴이 붉게 변하겠지. 관세음보살이 마군으로 변신하는 것처럼. 말대꾸를 하거나 입을 다물거나 보살은 악을 버럭버럭 쓸 것이다. 제 성깔에 못 이겨 손에 잡히는 대로 뭔가를 집어던질지도 모르는 일. 요즘에는 요조숙녀 행세를 했던 이 여인에 대하여 가끔 회의가 일었다. 서로 몸에서 싫증이 나는 일과는 별개의 일이었다.

2년 전이었던가. 여인과 알게 되었다. 마처영은 신도가 되어 절에 자주 왔다. 청소도 해 주고 꽃꽂이 따위도 깔끔히 해 주었다. 무엇보다 얌전하고 고운 자태로 기도하는 모습이 무척 마음이 들었다. 그 뿐이 아니다! 보조개 팬 갸름한 흰 얼굴로 턱 밑의 까만 점까지 첫눈에 용범의 마음을 잡아 흔들었다. 눈웃음을 칠 때 묘하게 잡아끄는 힘이 있었다. 급기야는 넘지 말아야 되는 선을 넘었다. 상좌승이 나간 후부터는 아예 시줏돈 심부름도 맡겼던 터. 처음 만날 적에는 남편과 사별하고 혼자라더니 아들까지 있었다. 그러나 차츰 드러나는 것이, 말과 현실은 어슷하게 비켜 나갔다. 그래도 색정이 들어서 인연은 쉬이 끊어지지 않았다.

시일이 지날수록 문제는 한둘이 아니었다. 기수련 학원을 스포츠센터로 바꿔 주면서 대 준 3억 원은 그렇다 쳐도, 아파트에 관한 공동 명의를 단독으로 바꿔준 일은 잘못이었다. 여인은 슬쩍 그렇게 말을 끄집어냈던 터. 종교인들의 뒷조사를 피하자면, 스님의 재산은 숨겨져야 한다고 꼬드겼다. 아니, 꼬임에 빠진 것은 용범 자신이었다. 보험을 든 셈치고 믿고 살자는 말. 처영이 자신을 충분히 감당하여 노후에도 변함없으리라는 생각이 한창이었으니까.

"그년과는 무슨 관계에요?"

"절에 오신 보살님들 전화가 한둘이냐고!"

"내가 절에 오는 보살과 그냥 여자들의 구분조차 못하는 병신이야!"

"그렇게 따지면 당신도 그냥 여자야."

"뭐라고!"

내가 너다

“당신이 내 마누라야? 뭐야?”

“뭐라고욧?”

“호적에 올라간 것도 아닌데, 도와주기는커녕 일하는 데 쓸데없이 방해나 놓고.”

“방해라니? 스님이라는 당신 자신부터 성찰해 보세요.”

“똥 누러 갈 때와 나올 때 다르다더니, 인간 탈을 쓴 여우가 따로 없군.”

“말 다했어! 정말!.”

“빨리 아파트 등기부터 원래대로 해 놔. 해 놓고 차분하게 정리하자고.”

“당신은 내 영혼을 야금야금 갉아먹은 악마. 나도 당신을 사랑했던 게 아니에요.”

“그럼 뭐였어?”

“꼬여 들어…….”

“됐어!”

황당했다. 변명이고 자시고 할 필요도 없다. 여인은 싸우기로 작정한 듯 눈빛에 독기가 서렸다. 그녀가 눈을 똑바로 치뜨며 쳐다보는 통에 마음이 혼란스러웠다. 다른 여자들보다 남자를 먼저 차지했다는 입장이 너무나 당당했다. 이

것도 기득권이라는 것인가. 일말의 배신감마저 들었다. 그녀의 입장으로 곰곰 생각하자니, 그렇게 말할 수도 있겠다 싶었다. 아직은 젊은 마흔 줄의 여성이 아니던가. 질투하고 집착한다는 것은 본능이겠다 싶었다. 훌훌 털어버리는 일은 관세음보살도 어려운 일일 것이다. 아니면, 똥 밟은 셈 치고 스스로 마지막 다짐을 하는 것인지도 몰랐다.

그렇지만 배신감은 믿음이 깨질 때 오는 것이다. 다 같이 느낄 수도, 한 사람만이 느낄 수도 있겠지만, 배신은 주는 자보다는 받는 자의 몫으로 남는다. 한 사람이 처음부터 상대방을 의도적으로 배신할 작정이었더라면, 당한 입장은 비참하다. 믿음이란 게 가능할까. 인간이라서 존재끼리 의식하는 무형의 가치가 아니었던가. 사람들의 생몰도 끝이 있으니, 시간과 더불어 소멸하겠지만.

"말 않으려고 했는데, 당신의 덫을 피해 가고 싶은 마음은 없구먼. 당신의 이러는 짓 말이야? 외로운 게 아니고 돈 때문이겠지? 요즈음 나는 당신의 눈빛에서 알고 있었어."

"내가 뭘 어쨌게요?"

"으흐흐흐. 부처님을 모신 내가 사람끼리 몇 년을 살았는데, 당신을 보면 몰라."

내가 너다

"이제 부처님은 그만 팔아요."

"자식도 부모를 파는데, 불제자가 스승을 파는 건 죄가 아니고 포교라고 봐야지."

"나 참, 별 천박한 논리로 갖다 붙이기는! 우리는 이제 남 남이에요."

"언제는 남남 아니었나? 살다 살다보니 내 참, 별소리를 다 듣겠군. 그런 말을 하는 걸 보면 아직 내게 뭔가 미련이 남아 있다는 거네?"

"인연이 옷자락에 묻었다고, 손바닥으로 탁탁 털어 버린다고 떨어질까?"

"당신의 그 느물느물한 말장난에도 지쳤어요. 이제는 웃기지 말아요. 착각은."

"그동안 재테크 한답시고 당신의 명의로 등기하고 모은 것들, 다 정리합시다."

"모았다니요? 뭘 모았다는 거에요. 시줏돈 몇 푼 들어오면, 갖가지 명목으로 가져간 돈이 더 많은걸."

"뭐라고! 씨팔. 그렇게 말하면 안 되지!"

용범은 갑자기 어지러움에 사로잡혔다. 아직 모든 유혹의 함정은 도사리고 있었다. 미망에서 깨어나지 못한 것일까. 아니면, 육신에서 오는 노쇠 때문인가. 아직도 어린아이 시절 꿈속에서 헤맨 그 단순성에 머물고 있는 것은 아닐까.

참으로 이상했다. 시일이 지날수록 남녀 간에 엇박자가 생겼다. 대수롭지 않은 일도 까다롭게 대드는 여인 때문에 하루하루 가슴이 터지기 직전이었다. 작은 꼬투리라도 잡았다 치면 여인은 의기양양했다. 여자는 나이를 먹으면서 더욱 동물적으로 변한다던가. 하긴 남자도 여자도 이기적으로 변하면 늙은 아이가 되니까.

서로를 배려하면 안 되는 것일까. 진정성에 대한 이해 부족일까. 의뭉한 성격이 밖으로 드러났을 적에는 도리가 없다. 마음속에 숨어 있는 분노와 타협을 못하면 원망의 화살은 날아가는 것이다. 이제껏 저 여인이 원하는 것은 무엇이었을까. 불성도 아니고, 돈이었는가. 자기 자신은 돈으로 인해 전남편으로부터 상처를 받았으므로 돈에 대하여 관심이 없다던 말은 거짓이었다. 현실은 기대치의 터전 위에서 가능하다.

결국 모든 일이 무위로 돌아가거나 상처로 올 수밖에. 분명히 순간적인 선택을 잘못하여 한참 헛길을 걸어온 것이

내가 너다

다. 되돌아갈 시간이 별로 없다. 지금 이 상태에서 원점을 찾기란 거의 불가능해 보였다. 하지만 너무 억울한 일이었다.

여인이 슬며시 사라졌다. 용범은 거실 소파에 앉아서 연거푸 물을 마셨다. 물병이 바닥을 드러냈다. 물을 가지러 가는 바로 그 순간. 여인은 갑자기 부엌을 뛰쳐나와 번쩍이는 식칼을 들고 용범을 노려보았다.

"너 미쳤어!"

"그래 미쳤다!"

칼이 가슴팍으로 오는 것을 몸을 돌려 옆으로 피했다. 눈을 부릅뜬 여인이 칼을 쥐고 다시 덤벼들었다. 용범이 큰 손바닥으로 여인의 얼굴을 박아 버렸다. 여인은 쿵 소리를 내며 뒤로 쿵하고 나자빠졌다. 바닥에 저만치 떨어진 칼을 용범은 주워들었다. 용범은 점퍼의 윗주머니에서 담배를 꺼내어 피워 물었다. 여인은 웅크리며 울고 있었다.

현관문이 꽝 소리를 내며 닫혔다. 승강기를 타고 내려오면서 용범은 담배 한 개비를 더 물었다. 어차피 이제 완충지대는 깨진 것 같은 느낌이 들었다. 저 여인 또한 이미 계산을 다 끝냈을 것이다. 아들새끼가 있는 여자였다. 동물의 왕국에서는 언제나 새끼들이 문제다. 그렇지만, 인간이 사람의 감정으로 풍덩 빠져버리면 눈에 보이는 것이 없을까? 배신의 법칙이 있다면, 원인 제공과 결과의 상관관계 탓이겠지. 무엇이 아쉽고 말겠는가. 어미의 본능을 가진 여자를 자기 자신은 도저히 이길 가망이 없다. 분노의 불길이 여인 스스로 꺼지기를 바랄 뿐이었다. 놀라웠다. 이제 생각해 보니, 여인은 긍정보다, 부정이 암세포처럼 덕지덕지 붙어 있었던 모양이다. 미국으로 간 아내도 저 여자도 소유에 대한 욕심은 똑같을 뿐이었다. 암컷의 집착이란 저리도 무서운 것일까.

몸뚱이가 어찌 제정신이겠는가. 참담했다. 머리가 어지러웠다. 모든 일에는 원인과 결과가 있다. 부처를 모신 법당에서 암컷과 수컷이 뱀처럼 정염을 불태웠던 까닭인가. 끓어오르는 번뇌를 주체할 수 없어 방황하는 죄의 값이었다. 시간을 기다리지 말고 삶을 소모한 만큼 가면 그뿐이었다. 누가 이렇게 만들었는가. 모두가 자신의 탓이다. 다만 혼자서 처리해야 할 일이건만, 오로지 의무만 남겨졌다고 생각하니 억울할 노릇이었다.

내가 너다

**

　용범은 차를 세웠다. 혼자서 주점에 들어가 술을 마셨다. 술을 마시면 알딸딸한 기운이 그를 다른 곳으로 데리고 가는 느낌이었다. 뱃가죽이 부풀어 살갗이 하얗고 숨 가쁘도록 마시다가 죽어 버릴까. 입에 댄 것은 소주 한 병이었다. 아니, 맥주 두 잔에 소주를 타 마셨다. 성분이 다른 알코올끼리 뱃속에서 화학적 충돌이 있을 수 있으렷다. 상처는 상처끼리 아물 수 없는가.

　여자의 아파트는 요즈음 들어 그에게 움막과 다를 바 없었다. 시간이 갈수록 인내의 한계점에 다다른 느낌이다. 처영이라는 여자를 도통 이해하려고 해도 이해할 수 없는 것도 그랬다. 처음에는 처녀처럼 수줍고 말 한마디도 가려서 대답하고 품격이 있었다. 그럼? 이제까지 이 모든 것이 거짓과 기만이었단 말인가. 아무리 질투의 화신이더라도 그동안 물심양면으로 희생했던 자신의 공은 어디로 갔단 말인가. 그릇이 깨지면 물이 쏟아지겠지. 머리털이 까만 동물은 거두지 말라고 했던가. 자신의 역마살 때문이리라. 언제나 모든 것들은 맞물려 있다. 상대적이었겠지. 여성의 본질을 너무 몰랐어. 지구 안에 있는 먹이사슬의 먹이와 에너지는 그대로인데, 인간들의 탐욕이 웃었다가 울었다가 지랄발광을 해. 이래도 저래도 후회막급이라. 취중에 스스로를 베인 생각의 파편들 때문에 용범은 혼란스러웠다.

술집에서 가까운 곳이라서 차를 몰았다. 음주운전에 대한 도덕적 차단기가 부러졌다. 포교원 빌딩 옆 주차장에서 시동을 껐다. 9시가 훨씬 넘었던 터라 사방은 어두웠다. 가로등 불빛마저 꺼져 있었다.

용범은 승용차 문을 닫고 내렸다. 뒤에서 인기척이 나서 돌아보려는 순간, 뭔가가 뒤통수를 때렸다. 정신이 혼미하고 아랫도리에 힘이 쭉 빠져 내렸다. 왠지 맥을 출 수가 없는데 이번에는 어깻죽지로 또 다른 충격이 왔다. 순식간에 벌어진 일이었다.

용범의 고목나무 쓰러지듯 앞으로 푹 고꾸라졌다. 의식은 마치 구름처럼 둥둥 떠 있는 느낌이었다. 모든 게 가물가물 아스라하게 멀어졌다. 열려 있는 달팽이관 속으로 말소리가 들렸다.

"야! 확 밟아 버려!"

"사복 걸치고 모자 쓰니까, 중놈인지도 모르겠는데?"

"덩치가 큰 중놈이라 얼른 뻗지도 않네. 더 갈겨 버려!"

내 가 너 다

"아냐! 이 정도면 됐어. 죽어서 개 값 물어 주고 빵에 갈 거야?"

쓰러진 용범의 바지 뒷주머니에서 녀석들은 장지갑을 빼냈다. 들리는 목소리로는 스물 초반이거나 십대 후반쯤이었다. 딱 세 녀석이었다. 그들은 각목과 쇠파이프로 용범을 후려쳤던 것이다.

"얼마냐?"

"가만, 가만! 어 이거 봐라? 아홉 장이잖아. 구만 원."

"삼만 원씩 나눠서 가르기도 좋네. 어떻게 우리가 셋인 줄 알고, 히히히."

"시끄러워! 씨팔 놈아! 오늘은 아주 기분 잡쳤어."

"아이 씨팔 중놈의 새끼! 돈 좀 많이 가지고 다니면 뭐가 덧나나. 아주 죽어 버릴까보다. 씨발."

다시 몇 번의 발길질 같은 둔탁한 가격이 가슴과 옆구리를 파고들었다. 그리고 뭔가가 얼굴 위에 툭 떨어졌다. 현금을 빼내고 난 빈 지갑이었다. 점점 의식은 오고 있지만 용범이 아무리 애를 써도 몸은 말을 듣지 않았다.

"야! 가자!"

"진짜 성질나는데, 더 패 버릴까?"

“관둬라. 낼 아침까지는 그대로 뻗어 있을 거니까.”

졸음이 왔다. 잠은 끊임없이 유혹의 마수를 뻗어 왔다. 언젠가도 그런 일은 있었다. 젊었을 적에 자살을 시도하다가 꿈같이 헤맸던 그 일. 정신과 몸이 서로 배반한 고통의 순간에도 살아야겠다는 의지는 남아 있었다. 얼마만큼 시간이 흘렀을까.

“사람이 쓰러져 있네.”

“어디! 어디? 정말 사람이다!”

여성들의 목소리가 아주 멀리서 들려왔다. 의식은 되살아나기 시작했다. 포교원 근처에 사는 동네 아낙네들이었다. 어디선가 구급차 소리가 들렸다. 병원 건물 꼭대기에서 푸른 열십자 표식이 눈꺼풀 속으로 기어들어 왔다. 침대에서 눈을 뜨고 맨 정신이 든 것은 한참 후였다.

거울에 비친 자신의 몰골을 보니 가관이었다. 얼굴은 얼룩무늬 말 같았고, 광대뼈 언저리와 눈두덩이 가맣게 부풀어 올랐다. 갈비뼈도 두 개나 부러진 것이다. 길쭉한 얼굴 안의 짙은 눈썹과 날카로운 콧날을 각이 진 턱이 받쳐 준 생김새가 이렇게 망가졌다니.

업보인가? 여자가 생기면 원수로 끝나고, 정리되기 무섭

내가 너다

게 또 다른 여성이 기다리고 있었다. 못 생긴 보살도 그렇고, 사채업자도 그랬다. 여자들은 다 그렇고 그런 모양이었다. 생긴 것은 관음보살인데 하는 짓들 뒤에는 악마가 숨어 있었다.

또 다른 여자가 떠올랐다. 꽃뱀은 아니었다. 카페에서 만난 마흔이 갓 될까 말까한 여자. 라이브 카페를 운영하는 여인은 키가 작으면서 앙증맞게 생겼다. 여인은 가끔 포교원에 와서 신수와 사주를 보았다. 여인이 처음 보내는 유혹의 눈빛을 바로 어슷한 자리에서 받았다. 카페에서 합석을 하게 되어 소주잔을 주고받았다. 첫눈에 돈푼깨나 있어 보였다. 여자를 따라 그녀가 운영하는 라이브 카페를 몇 번 들락날락거렸다. 여자의 고급 승용차로 대도시 외곽 지역으로 돌아다녔다. 누구라 할 것 없이 육체관계까지 갔다. 처영과 함께 살림한다는 소문을 들었을까. 언제부터 통 연락조차 없다.

단순한 퍽치기인가? 아니면, 누구에게 청부를 받아서 한 일일까? 혹시, 처영의 아들일까? 불현듯 갸름하면서 눈이 생쥐처럼 찢어진 젊은 애가 떠올랐다. 용범은 도리질을 했다. 그럴 리가 없을 것이다. 정식으로 인사를 받은 후부터는 식구로 함께 밥을 먹으며 용돈까지 주었다. 전문대를 다니다가 빌빌 노는 꼴이 자신의 청년 시절과 닮은 것 같아서 아비처럼 토닥거려 주었던 터. 일전에는 승용차를 구입하는데 보태 쓰라고 몇 백만 원을 준 적도 있다. 혼자 오피스텔에 살고 있었다. 가끔 아파트로 찾아오면 친아들처럼 귀여워해 준 처지였다.

***

현식은 용범의 전화를 받았다. 저쪽의 목소리는 왠지 힘이 빠진 느낌이었다. 무슨 일이 생겼다는 직감이 들었다. 근래에는 서로 연락이 뜸했던 까닭이다.

"병원이라고?"

"무슨 소리야. 무슨? 정형외과라니?"

현식은 지하철을 타고 가면서도 별별 생각이 다 들었다. 가끔은 용범이 스님답지 않게 농담을 잘하기 때문이었다. 서로가 얼굴을 본 지 오래라서 혹시 거짓말을 하는 게 아닐까. 왜냐하면 몇 번 만나자는 전화가 왔어도 못 만났던 것이다. 물론 그건 현식의 바쁘다는 핑계였다. 여러 차례 만났지만 현식은 흥미를 끌 일도 없었거니와 서로 길이 달랐다. 맨날 만나서 술을 마시거나 여자의 이야기로 밤을 새운

내가 너다

들 뾰족한 수가 없었다.

병원 정형외과 입원실이었다. 누리끼리한 용범의 얼굴에 생긴 피멍들이 얼룩져 있었다. 수행하는 스님의 얼굴이라고는 생각할 수조차 없었다. 목뼈도 다쳤는지 깁스를 했다. 용범의 몰골은 가관이었다.

"조금 나아서 요 정도야."

"난 그대가 맞았다는 게 정말 이해가 안 된다고."

"내가 이제는 늙었나봐. 하기야 세월에 이길 장사가 따로 없지."

"특공대 출신도 이제는 별 수 없구먼."

현식은 멍청한 느낌이 들었다. 사람은 변하지만, 전혀 다르게 변할 수도 있다. 그 사람이 용범이다. 아니, 그 사람 중에는 신희도, 영길 형도, 스님의 여인들도 자기 자신마저도 마찬가지일 것이다.

왜, 사람들은 모두 서로를 원망할까. 서로의 그 모든 것들이 모여 세상을 이루고 만드는데, 왜? 자신의 탓은 아니라고 발뺌을 할까. 인간들의 꼴이 사나워 천지개벽할 그 많은 일들이 일어났는데.

문명의 발화점은 피라미드 꼭짓점에 있는 것이 아니다.

아래 땅속으로부터 올라가는데, 전유하는 자들은 기생충 같은 소수의 사람이다. 아랫사람들은 꿈만을 먹는다. 그 꿈은 다 이루어질 수도 없거니와 비눗방울처럼 떠돌다가 금세 터진다. 욕망 때문이다. 꿈은 욕망을 탐욕으로 바꾸려 든다. 욕망은 왜, 탐욕으로 변질되는 것일까. 잉여노동이 돈으로 축적되면서 인간의 탐욕과 쾌락은 방탕을 만들었다. 당장에 필요하지 않은 불확실한 미래의 가치를 돈으로 저장하는 인간들. 아직 미련을 두고 있지만, 혈육조차 19세기 이전의 낡은 유물로 변질되고 있다. 이제 인간들은 협력보다 증오, 희생보다 복수를 향해 치닫고 있다.

시간은 그 누구의 편도 아니다. 시간은 시간대로 사람은 사람대로 떠돌다 말 것이다. 어쩔 것이랴. 은하수는 아득하게 멀기만 하고, 백목련 꽃은 바람에 부서지는 것을.

****

링거액은 반쯤 남아 있다. 링거 줄에 매달린 사람의 몸뚱이는 위태롭다. 링거가 뚝뚝, 떨어뜨리는 에너지는 시간의 핏방울처럼 사람을 비굴하게 만든다. 용범은 4인 병실 침상에서 드러누워 있는 자기 자신을 훑어보았다. 칠순 가까운 늙은 사내와 스무 살 정도의 젊은이는 물리치료실에 갔는

내가 너다

지 안 보였다. 주로 교통사고를 당해서 입원한 환자들이었다. 그저께 들어온 마흔 후반의 회사원은 퇴원을 했다. 세 끼니의 밥이 나오고, 가끔 간호사들이 들락날락거렸다. 혈압을 재는 일과 링거주사액을 바꾸는 일이다. 의사들은 간병인이 딸린 옆 병실에 들렀다가 이쪽 병실을 들어와서 건성으로 몇 마디 묻고는 나갔다.

가끔은 병원에 종사하는 사람들이 병실로 들어왔다. 청소원, 식사 담당, 원무과 직원 따위의. 병원도 사회다. 먹고 자고 싸는 일을 되풀이했다. 생산은 소비를 위해 존재한다. 하루하루 가다보면 환자도 간병인도 지쳐서 시들어 버릴 것이다. 같은 방에서 하루 내내 함께 먹고 자고 쳐다보니 빨리 정이 들었다. 귀찮은 육신이라니. 퇴원하여 떠날 때는 아쉬운 표정을 짓는 것은 순간이다. 인연이란 그저 민들레 꽃씨처럼 훨훨 날아가 버릴 것이었다.

음료수 상자를 놓고 간 현식이 떠올랐다. 군대에서도 현식은 말수가 적었다. 오랜 세월이 지났어도 천성은 변하지 않은 것 같았다. 쉰을 넘은 나잇살의 무게는 삶이 감당하기 벅찬 것인가. 힘든 표정이 역력했다. 여태껏 혼자 살고 있는 것도 그렇고, 그림을 그려 밥을 먹고사는 일도 그렇게 보였다. 가쁜 숨을 몰아쉬며 사는 현식의 외로움은 나와 다를까? 가끔 술을 마실 때 낯설게 동정어린 눈으로 재수 없이 바라보는 표정이라니. 여전히 멀찌감치 바라 본 친구의 마음을 자신의 관심법으로 들여다볼 수는 없었다.

5층 입원실 건너편 고층 아파트와 이쪽 사이에 큰길이 흐르고 있다. 대각선 상으로 그만그만한 상가 빌딩들이 모여 있다. 회색 빌딩 꼭대기에 잘린 로봇 팔뚝을 얹어 놓은 형태가 보였다. 손가락들이 허공을 향해 벌리고 있다. 휴대폰 전파를 쏘아 대는 송수신 중계 패널이다. 길쭉길쭉한 패널들의 끝과 아래로 무엇인가 거뭇거뭇한 점들이 움직거렸다. 점들은 펄쩍펄쩍 떴다가 주저앉았다. 바닥과 공중을 오락가락하는 것들의 정체는 날짐승이다. 새들이었다. 새들이 솟구쳐 올랐다. 그중 한 마리가 고층 아파트 쪽으로 날아갔다. 서로 신호가 오갔음인가. 여러 마리가 일제히 솟구치며 그쪽으로 날아갔다. 새들의 모습이 점점 커지며 또렷하게 보였다. 비둘기다. 비둘기 떼는 아파트 꼭대기의 위태롭기 짝이 없는 모서리를 걸어 다녔다. 그것은 직립동물의 생각일 뿐이다. 저것들은 무슨 짓일까. 낟알 하나라도 쪼아야 생명을 유지하리라.

내가 너다

마음이 뜬구름 같았다. 그랬다. 실컷 마시고 나면 취해서, 무슨 말을 한없이 퍼붓고 나불거렸는지 기억조차 안 났다. 요즘에는 날마다 감정이 다르고 기억조차 흐물흐물해졌다. 용범은 불현듯 미국에 가 있는 딸아이 모습이 떠올랐다. 이제는 차마 가서 닿을 수 없는 피안이 되어 버린 것인가. 요즘에는 연락조차 없다. 한동안 아이의 그림엽서를 받았건만 이제는 그나마 끊겨 버렸다. 뿌린 대로 거두는 게 세상의 이치다. 생각해 보면, 자기 자신도 이기적이었다. 부모란 그저 아쉬울 적에 필요한 그늘 밖에 무엇이랴. 사람이란 크면 클수록 자신의 존재가 다시 중심을 이루므로.

햇빛이 낮게 떠 있다. 크고 작은 상자들이 거켜이 나열된 획일적인 구조물들의 윤곽. 햇빛이 투과하지 못한 구조물들 사이로 어두운 그늘이 드러났다. 개미 떼처럼 바글거리다가 어둠이 되어 버리는 육신들. 육신이 육신의 고기를 뜯어 연명했다. 먹이사슬의 정점에서는 그들끼리 먹히고 먹어 치웠다. 도시는 지옥과 다름없었다.

리모컨으로 텔레비전을 깨웠다. 화면이 바꿔지다가 멈췄다. 스님의 다비식 장면이 녹화된 방송으로 나온다. 무소유라는 말을 남기신 그 허우대 훤한 큰스님.

삭발, 목욕, 세수, 세족, 착군, 착의, 착관, 정좌, 입감, 기감, 하화, 창의, 습골, 기골, 쇄골, 산골의 순서로 식은 진행될 것이리라. 개울가 바위 위에 입었던 옷을 곱게 접어 발가벗고 열반에 든 스님도 있었던 터. 나무들의 시체가 켜켜이 쌓여 있다. 죽은 나무들은 죽은 사람을 안고 함께 변할 것이다. 장작더미 속에 누워 계실 큰스님의 몸뚱이.

―큰 스님! 불 들어갑니다!

불쏘시개의 불은 봉홧불처럼 옮겨붙었다. 불꽃은 날아갈 듯 훨훨 춤을 추더니 점점 커진다. 불은 세력이 커지며 악마가 된다. 날름거리는 화마. 불꽃은 소리를 내며 이내 불길이 된다. 장작더미는 몸뚱이의 기름을 이끌어 내어 활활 기승을 부린다. 불의 에너지는 불을 만들고 스러진다. 에너지들은 불에 타서 재가 된다. 뿌려지거나 흙이 되거나 화학적이거나 물리적이거나 동물이거나 식물이거나 대상은 불로 인해 변형된다. 모든 자연은 짧은 혼돈의 소용돌이를 거쳐 일순간에 존재를 상실한다.

아, 저 활활 타오르는 불길. 저 불꽃이 저지른 푸르스름한 연기. 연기의 꼬리가 만들어 내는 연막 주변에는 사부대중이 울고 있다. 죽으면 돌아가는 것일까. 울고 있는 자들

내가 너다

은 이별이 안타까운 것인가. 자기 자신의 처지를 동질화하
므로 울고 있는 것일까.

하루가 타면 하루는 날아갈지니, 날아가도 그 자리에 있
는 것. 무소유라는 말 자체가 소유라고 빈정거렸던 사람들
도 있었다. 인간이란 자체가 욕망 덩어리의 시작이자 탐욕
의 끝 아닌가. 기름을 머금은 불길이 푸른 연기로 떠나는
이승의 적멸.

하늘은 해맑다. 바람이 건듯 부니 장작불은 더욱 기세등
등하다. 나무아미타불, 나무아미타불……. 사람들의 입에
서 입으로 이어지는 암송은 어떤 바람을 의미하는가. 살아
있는 사람들은 죽은 사람으로부터 머잖아 있을 자기 자신
의 흔적을 미리 본다. 살아 있음과 죽음이 다른 것은, 소통
부재이다.

이제 장작의 불길은 더 거친 힘을 얻는다. 용이 하늘에
서 뿜는 불길이 저럴까. 불길이 커질수록 장작더미는 쏟아
지며 거뭇한 잿더미로 변질된다. 잿더미는 흙으로 돌아간
다. 모든 것은 흩어졌다가 모이고 모였다가 흩어진다. 삼라
만상의 이치가 그러하다. 빛과 어둠이 동일 공간 속에서 같
되, 등분의 비율은 시시각각 변한다. 그 순간, 스러지는 존

재는 어둠과 빛, 그 어디에 속하는가. 행복과 불행조차도 곧 꺼지고야 말 저 불길 속에서는 건지지 못한다.

한낱 잿빛 가루로 변하는 저 주검께서 살아 있을 적에 하셨다는 말.

―사리를 찾지 말라. 남겨지는 것이 싫다.

무소유라는 말 자체가 소유를 함축하는 말이라고, 호사가들은 입방아를 찧었다. 말이 말을 부르는 말장난! 어쨌거나 그의 이름은 남겨졌다.

―이와 같이 나는 들었다. 모든 빛, 소리, 냄새, 맛, 촉감은 사람을 도취시킨다. 이천오백여 년 전 스승의 말씀이 제자들에 의해 〈숫타니파타〉로 남겨졌듯, 남겨지는 것은 본인의 의지와 상관없다. 남기려 하는 자나 남지 않으려 하는 자, 모두 생존의 상태에서 욕망을 염두에 둔 탓. 인간의 의지는 살아 있을 때 뿐이다. 더 오랜 시간이 흐르면 그 또한 모를 일.

히말라야산맥 보리수나무 아래에서 그는 과연 깨달았을까? 이 끝없는 의심을 여태껏 하고 있던 자신의 미혹인가. 용범은 불현듯 현식이 무심코 뱉은 말이 생각났다. 술을 마시다가 예전 609 시절 간첩 사건을 들먹거리면서 했던 말.

내가 너다

"죽음 이후에 정말 뭐가 있겠어? 부처님께서 해탈하신 것은 우주의 법칙을 이해하신 거 아니겠어. 인과론이란 것도 그저 사람들 하는 짓이 하도 개지랄 같으니까, 세상에 사는 동안 서로 이해하고 갈등 없이 잘 살라고 설파하신 거 같아. 그런데 나중에 세월이 흐르다 보니, 부처님의 뜻에 살과 뼈를 조금씩 붙여서 자꾸 변질될 수도 있지 않겠어. 기독교나 불교나 어떤 종교도 사후의 세계는 다 있으니 말이야. 대개 어떤 종교든지 경전들을 읽어 보면, 종교나 선지자 심지어는 목회자까지 의심을 하면 절대로 안 된다는 철칙을 못 박아 두고 있더라고. 죄라는 게 모든 사람들이 저지를 수 있는 기준선이거든. 그러니까 모르지, 천낭이나 극락, 지옥이라는 곳을 상징적으로 만든 이유가 죄 짓지 말고 착하게 살라고, 해결의 장치로 만들었는지……."

"으흐흐흐, 자네가 부처님하고 예수님 친구라도 되나?"

"불제자한테 매 맞을 소리를 했으니, 이제 나는 어떻게 하지? 아이고 무서워라."

더 있으라는 의사를 권고를 뿌리치고 용범은 퇴원했다. 며칠 동안 비웠던 포교원은 먼지가 쌓인 것 같았다. 공양주 보살에게 별도로 열쇠를 맡겼건만, 오지 않았던 모양이다.

용범은 화장실에 들어갔다. 옷을 벗었으나 몸보다 머리로
먼저 손가락이 올라갔다. 머리털이 웃자라 있었다. 면도거
품을 머리에 문질러 비볐다. 용범은 면도기를 들어 머리털
을 박박 밀었다. 그리고 샤워기 물을 틀어 온몸을 씻었다.
마음속까지 개운한 느낌이 들었다.

내가 너다

운명은 어디

*

비가 오고 있었다. 전철역에 내려서도 비가 주룩주룩 내렸다. 빗줄기는 그칠 줄 몰랐다. 포교원 앞길에서 오른쪽으로 꺾어 돌아가면 중국 음식점과 아귀찜 집 따위의 상가가 다닥다닥 붙어 있었다. 지하 다방이었다. 현식은 검정 우산을 접었다. 빗물이 줄줄 떨어졌다. 낡은 건물의 지하 계단을 따라 발을 디뎠다. 아래로부터 올라오는 음습하고 퀴퀴한 냄새가 코를 찔렀다. 바깥 출입구에서 본 생각보다 공간은 넓었다. 반질반질 닳아진 주황색 비닐 의자에 앉았다. 우중충한 벽에는 시뻘건 모란 꽃들, 산수화가 싸구려 그림 액자에 담겨 걸려 있었다. 먼지 더께 끼어 색이 바래 버린 장미꽃들이 실실 웃는 뒤로 카운터였다.

　서른 후반쯤 되었을 여인이 앉아있었다. 텔레비전 화면에서 가수들이 노래를 불렀다. 구석진 자리에 빼빼 마른 사내가 휴대폰을 귀에 바짝 댄 모습으로 가끔 말했다. 카운터에 앉아있던 여인은 현식을 흘깃 바라보더니 탁자로 다가왔다. 작은 쟁반을 들고 서 있는 동글납작한 얼굴의 여인은 뭘 주문할 거냐는 표정이었다.

　"커피요."

　빨강 매니큐어를 칠한 가느다랗게 긴 손가락으로 물컵을 내려놓았다. 여인은 휴대폰을 들고 있는 사내에게로 다가갔다. 그리고 머리털이 성긋성긋한 사내의 어깨에 손을 올렸다.

　"사업상 할 수 없지. 나 지금 중요한 상담을 하고 있으니까, 이따가 전화해!"

　사내는 긴 목을 뽑으며 여인에게 말했다.

　"나도 냉커피 하나 줘!"

　누군가 계단에서 내려왔다. 분홍색 비옷을 입은 여자가 인상을 찌푸리며 들고 온 배달 보따리를 카운터에 탁, 소리

내가 너다

가 나도록 내려놓았다. 비옷을 벗어던진 여자는 키가 컸다. 여인이 삐삐 마른 사내에게서 떨어져 여자를 향하여 걸어 왔다. 동글하게 생긴 여인이 카운터 앞에 서서 여자를 바라 보았다.

"에이 씨팔! 날더러 그러잖아, 그 개새끼가. 어제도 커피 한 잔 주문해 놓고 엉덩이를 만지질 않나. 머리에 비를 맞 아서 시원하겠다고! 그게 무슨 개뼈다귀 같은 소리냐고. 그 냥 도끼 하나만 있으면 쳐 죽이고 싶더라니."

"배달 다니면 가끔 그런 똘아이들이 있어, 신경 쓰지 마."

"언니? 그래 언니는 부처님 토막이니까."

여자는 길게 묶은 머리에 묻은 물기를 수건으로 쓸며 닦 아 냈다. 분을 삭이지 못했는지 키 큰 여자의 이맛살은 펴 지지 않았다. 선풍기 2대가 서로 마주 보며 힘없이 돌고 있 었다. 삐삐 마른 사내가 풀풀 날리던 담배 연기는 바람에 쫓겨 실내에 퍼졌다. 여전히 매캐한 냄새가 떠돌았다. 커피 한 모금이 현식의 위장을 적셨다. 카운터에 앉아있던 여인 이 가끔 이쪽을 흘낏흘낏 내려다보았다.

용범으로부터 연락이 온 것은 아침나절이었다. 여신도에 게 그림을 주문 받았다며 급히 오라고 재촉을 했다. 아쉬운

이쪽은 응당 올 수밖에. 원래 일방통행이므로 덧붙인 말까지 있었다. 만약에 포교원의 문이 잠겼거나 연락이 안 되면 기다리라는 것이다.

"오래 기다렸지?"

용범의 목소리가 들렸다. 졸린 눈이 떠졌다. 검정바지와 빨강색 반팔T셔츠를 입은 채 서 있었다.

"깜박 졸았나?"

나이키 운동모자를 쓴 채 용범이 맞은편으로 앉았다. 카운터에 앉아있던 여인이 금세 뒤따라왔다. 웃음을 실실 흘리는 여인이 두 사내들을 번갈아 보며 입을 열었다.

"아이구, 무슨 바람이 불었나? 어쩐 일이세요. 요즘엔 통 얼굴 구경하기 힘드시네요."

"신수가 좋아 보이는데?"

"장사가 안 되어 죽겠는데, 누구 염장 지르시나요?"

여인이 눈웃음을 치며 손으로 용범의 어깨를 툭 쳤다. 용범이 턱을 들어 올리며 현식을 바라봤다.

"이봐, 죽는 소리 그만하고! 여기 차 줘야지. 뭘로?"

용범이 바지에서 쭈그러진 담뱃갑을 꺼냈다. 두 사람은 담배를 피워 물었다. 그리고 아무 말 없이 서로를 흘깃 바라보았다.

"그것 있잖아? 그림 때문에 오라고 한 거. 우리 절에 자주 오는 보살이 바닷가에다 펜션을 지었대. 남편이 건설업자라 상당히 규모가 크게 지었나봐. 아마 거기에 쓸려고 그림이 필요한 모양인데, 중간 크기로 한 서른 개 정도를 구입하겠다고 해서."

"자네가 압력을 넣었겠군. 나를 도와주려고."

"압력은 무슨! 서로가 손해 안 보고 연결되어 좋으면, 나도 좋은 거지."

"어떤 소재나 특별히 주문한 건 없고?"

"아 씨팔! 그 보살이나 나나 뭐 알겠어. 그냥 아주 예쁘게만 그려 주면 되겠지."

여인이 유리컵에 얼음이 든 커피를 가져와 내려놓더니 용범 옆으로 앉았다. 덥석 용범의 허벅지에 손을 올려놓은 여인이 현식을 쳐다보았다. 현식은 슬쩍 외면하면서 컵을 들어 꽂힌 빨대로 입을 가져갔다.

"스님? 날씨도 꿀꿀한데 술 한 잔 안 하실래요?"

"또, 시작이다. 발동을 거는군."

"딱 한 잔이야! 친구? 비도 오는데, 여기서 가볍게 한 모금만 빨자고."

언제 꺼내왔는지, 여인은 육포와 땅콩이 섞인 마른안주를 금방 내왔다. 이어서 담갈색으로 가득 든 작은 양주병을 들고 앉았다. 현식은 홀짝 마셨다. 몸에서 열이 났다. 술기운은 머릿속까지 영역을 넓혔다. 여인이 따라주는 술잔을 현식은 받았다. 갑자기 용범이 큰소리로 말했다.

"땅속으로 들어오면 나는 도무지 시간을 모르겠어!"

현식은 고개를 들었다. 벽에 걸린 둥그런 시계의 바늘들이 아래로 겹쳐져 있었다. 건포도를 씹으며 현식이 입을 열었다.

"나 그만 가볼게."

"그냥 가려고? 밥 먹고 가지 그래."

"아니야! 일거리를 받았으니 가서 일부터 해야겠어."

붉어진 얼굴로 현식이 일어섰다. 바깥에는 여전히 빗줄기가 쏴쏴, 퍼붓고 있었다. 현식은 우산을 폈다. 용범은 그 여인과 또 밤을 새우려 들 것이다. 그렇게 보낸 세월과 앞으로 이승에서 남은 시간은 유효한데 언제까지 비아그라의 신세를 지고 다닐까. 등급으로 나눌 수야 없지만, 인간들이 하는 짓은 천차만별이다. 보통의 여자들이 평범한 남자가

내가 너다

아닌 스님에게 꽂힌 이유는 무엇일까. 한 여인이 지나가면 또 다른 여인이 기다리는 팔자는 좋은 팔자일까. 부익부 빈익빈이다. 여자를 마다해야 할 사람은 줄을 서 있고, 여자가 필요한 홀아비에게는 입이 삐뚤어진 여자조차 없다. 태초부터 불공평은 존재하며 계승되고 있음이다.

조각난 생각들을 쫓아가던 현식은 화들짝 놀랐다. 지금 누가 누구를 탓하고 있는 것인가. 내가 하면 로맨스, 남이 하면 불륜? 이기적인 발상이 그를 꼬드기고 있었다. 그렇다면, 아직 암컷이 그리운 자신은 왜, 용범처럼 저지르지 못하고 있는 것일까. 막연히 용범을 더럽고 추잡하다고 매도하는 것은, 친구로서 잘못된 일이다. 사람들은 어떤 것을 믿음의 본질이라고 생각하는가. 사람들의 삶이란 다 그렇고 그렇지 뭐. 어디선가 그런 말소리가 들리는 것만 같았다.

**

바깥바람은 차디찼다. 바람은 골목길을 휩쓸다가 고층 빌딩 사이로 빠졌다. 우우~ 몰려다니던 바람들은 모아져서 바다로 들어가려던 강물처럼 한꺼번에 대가리를 들이밀 것이다. 현식은 지하철을 탔다. 용범 아니, 풍각 스님이 전화로 불렀다. 건설업자 김 사장이 사무실을 옮겨서 염불을 해

주러 간다고 했다.

　전철 안이나 버스 안이거나 사람들로 넘쳐났다. 얼굴들은 모두 무표정이다. 자세히 보면 잔뜩 우울한 빛이다. 노약자 좌석뿐만 아니라, 일반석까지 늙은이들은 점점 자리를 채워 갔다. 피하 세포의 썩은 냄새가 슬슬 풍기는 나이는 누구나 예외가 없다. 악취가 코를 찌르는 타인들의 일은, 자기 자신들을 들여다보는 것처럼 미래의 현재다.

　지하의 구간을 빠져나온 열차는 밍밍한 햇빛을 맞았다. 차창 밖으로 고층 빌딩들이 멀어져 갔다. 세상의 파도는 몰려오는데, 개개인의 저항은 얼마나 무기력한가. 세상에서 오는 갖가지 억압과 공포는 인간들이 스스로 만들어 놓은 덫이었다. 삶의 해결이란 언제나 불확실했다. 하나의 어려움이 지나면 또 다른 파도가 밀려왔다. 전동열차는 달리다 멈추고 달렸다. 속도를 조절하기에는 너무나 버겁게 되어 버린 무게. 브레이크 없이 굴러가는 세상은 삶 곳곳에 매설된 비극의 장치로 말미암아 불안하기만 하다.

　열차가 도착했다. 우르르 계단을 올라가고 내려오는 승객들로 난리였다. 현식은 용범이 알려 준 대로 택시를 타고 네거리에서 내렸다. 자그마한 빌딩의 승강기를 타고 내렸

내 가 너 다

다. 칠 냄새가 훅 끼쳤다. 사무실 입구에 십여 명의 사람들 사이에 있던 김 사장이 둥그런 얼굴로 웃음을 머금고 현식의 손을 잡았다.

"이거 먼 길 오시느라고 수고하셨습니다. 비좁아서 그냥 옮겼을 뿐인데, 화분까지 보내 주시고 아무튼 영광입니다. 스님께서는 지금 염불하시느라고 저쪽에 계세요."

"축하드립니다. 오랜만이지요?"

사장 방에서 목탁 치는 소리가 멎었다. 현식은 멈칫거렸다. 고개를 돌리던 풍각 스님과 시선이 마주쳤다. 가사 장삼을 걸쳤던 용범이 나왔다.

"왔어? 왔으면 절을 해야지."

용범이 상이 있는 쪽을 손으로 가리켰다. 돼지머리와 시루떡, 과일 따위를 차려 놓은 고사 상이었다. 절을 한 다음, 푸른 지폐 한 장을 돼지주둥이에 끼워 넣었다. 현식은 사람들에게 끼었다. 김 사장은 탁자를 가운데 두고 소파에 앉아서 손님들에게 막걸리를 한 잔씩 권했다. 한 잔 마시다가 둘러보니 용범은 보이지 않았다. 옷을 갈아입으려고 자리를 뜬 모양이었다.

"음복하시는 셈치고 한 잔 더 하세요."

칸막이가 된 옆 사무실에서 귀를 기울여야 할 정도로 무슨 소리가 들렸다. 신음처럼 끙끙 앓는 소리였다.

"저거 무슨 소리 안 들려? 김 부장?"

의심쩍은 눈초리로 김 사장이 옆에 앉은 직원을 둘러보았다.

"잘 모르겠는데요. 사장님."

김 사장이 의아한 얼굴로 현식을 쳐다보았다.

"무슨? 어! 그리고 보니, 스님이 안 보이는구먼."

"아니야! 김 사장이 한번 들어가 봐요. 아무래도 이상한데 그래."

현식은 단박 초조한 어투로 다시 채근해 버렸다.

"노 화백 말이 맞는 것 같아요."

옆에 있는 사람들이 동조하고 나선지라 그제야 김 사장은 마지못해 일어섰다.

"내 얼른 보고 올게."

조금 후였다. "어이! 모두들 이리 좀 와 봐요! 스님이 이상한데, 이상해!"

모두 엉거주춤 서서 어안이 벙벙했다. 그리고 서로의 얼굴을 보다가 소리 나는 쪽으로 몰려갔다. 옆 사무실의 문이 열렸을 때, 어쩔 줄 모르는 김 사장 뒤로 소파에 길게 누운 용범이 늘어져 있었다. 현식은 가슴이 두근거리며 가깝게 다가갔다. 용범은 아주 괴로운 표정이었다. 눈을 까뒤집고 입술이 타들어 가서 혀가 말려들어 간 모양이었다. 목구멍에서 나오는 소리인지 거친 숨소리가 방 안에 가득 찼다.

"술을 많이 먹은 것도 아닌데, 오기 전부터 전작이 있었나? 아닐 텐데……."

안절부절 못하던 김 사장이 손사래를 쳤다.

"술을 마셨을 거야. 모두 나가자고. 좀 자고 일어나면 괜찮을지도 모르니까."

김 사장은 미안한 얼굴로 모두에게 안도하라는 손짓을 했다.

현식은 아무래도 의심쩍은 마음을 돌리지 못하여 이상한 생각이 들었다. 함께 들어왔던 구레나룻도 비슷한 생각을 했는지, 단호하게 큰소리로 말했다.

"아무리 봐도 술 먹은 건 아닌 것 같아."

신음이 아까보다 더 크게 들렸다. 김 사장의 표정이 다시 굳어졌다.

"안 되겠군. 안 되겠어. 119에 전화라도 하여 우선 병원으로 옮겨야지.”

조금 후에 구급차가 지르는 사이렌 소리가 들렸다. 쿵쿵 거리는 발자국 소리와 함께 황색 제복을 입은 소방대원들이 몰려왔다. 그들은 응급 침대를 들고 와서 낑낑거리며 용범을 실어 눕혔다.

“이상한데? 약을 먹었나?”

“스님이 뭐가 답답해서 약을 먹었을라고.”

“모르지, 그건 아무도 모르지. 도저히 돌파구가 없으면 스님 아니라, 목사님과 신부님이라도 약을 먹을 수도 있겠지요.”

김 사장이 두런두런 거리는 사람들에게 손가락을 입술에 가져가며 눈을 부라렸다. 그리고 한숨을 내뱉으며 말했다.

“오늘 참 일이 복잡하게 돌아가네.”

김 사장과 현식이 응급차에 함께 탔다. 가까운 종합병원이었다. 두 사람은 밖에서 대기하다가 불러서 들어갔다. 링거 줄이 달린 용범 옆에서 있다가 걸어오던 당직 의사가 입을 열었다.

“의식불명이라 담당 선생이 와서 자세하게 진단하겠지만, 제가 봐서는 뇌출혈 증상입니다.”

내가 너다

"뇌출혈이라니 그게 어떤 건데요?"

김 사장이 조급한 목소리로 물었다.

"병명은 나중에 알게 되실 테고, 급성이라고 판명되면, 거의 치사하니까 문젭니다. 이 환자 같은 상태가 급성에 가깝다고 봐야 합니다."

모두 응급실 밖으로 나왔다. 김 사장은 급한 일이 있다며 슬며시 자리를 떴다. 현식은 용범이 중환자실로 옮겨진 것을 지켜보았다. 이튿날 현식은 화실로 가지 않고 곧바로 병원으로 갔다. 산소호흡기를 쓴 용범은 눈을 감은 채였다. 거의 하루를 복도에 있었다. 간호사들이 들락날락할 적에 빠끔히 열린 출입문 틈으로 들여다보는 게 고작이었다. 면회 시간에도 김 사장은 보이지 않았다. 여러 날이 지나서 현식은 김 사장의 전화번호를 눌렀다. 두 번 만에 전화를 받은 그의 대답은 지방에 출장을 와서 며칠 걸리겠다고 했다. 처영이라는 함께 살았던 그 여인의 모습은 더더욱 볼 수 없었다.

***

날빛이 차마 어른거리지 못한 어둠. 밤이 이슥할 무렵에야 현식은 택시를 타고 집으로 들어왔다. 처절한 고요가 방에서 현식을 기다리고 있었다. 어디를 가도 세상은 유배지였다. 모든 일은 시간과 자기 자신의 싸움이었다. 의지해야 할 인간끼리도 서로의 욕망이 부딪치면 파생음을 내기마련이었다. 그렇다, 외로운 시간을 보듬고 뒹구는 일도 이승에서 얻는 자유가 아닐까. 여태껏 살아오며 느껴왔던 일상의 체념들을, 현식은 질겅질겅 씹다 만 껌처럼 삼켜 버렸다.

욕실 거울에 비친 남자의 얼굴. 둥근 윤곽 안을 까만 눈썹과 꽉 다물어 두툼한 입술로 무표정이다. 저 속에서 이쪽을 바라보는 사람은 과연 누구인가? 낯이 설다. 아니, 무척낯이 익다. 보면 볼수록 생면부지의 저 사람의 정체를 모를 것만 같다. 현식은 혼란스러워 고개를 절레절레 흔들었다. 그리고 걸레에 물을 적셔 방바닥을 닦았다. 꼬불꼬불한터럭들, 의자 다리 틈에 낀 손톱부스러기. 허연 각피질이며머리카락과 먼지 따위. 몸뚱이는 쇠락하건만, 몸에서 떨어지는 잔해는 얼마나 많은가. 세상이 어떻게 돌아가든 목구멍 속으로 밥을 꾸역꾸역 처넣는 동물적 본능을 어찌할 수는 없다. 생은 짧아서 먼 어느 하늘에서 날아와 떨어진 별똥별의 운석처럼 흙에 묻히게 될 인생이다. 그럼에도 스스로 교만하고 뭇 자연을 경멸했다. 그 속에 동질화하고 있는 이율배반적 삶을 더럽게 구걸하다니. 아아, 죽음이 올 때까지 스스로 만든 덫을 치우지도 못하는 비겁한 속물들. ★

지난 여름은 무덥고 길었다.

내게 절절하게 달려들었던 것들

조차, 사뭇 질기고도 깊었다.

외로움을 끌어안고 긴장했던 시간

은 지났는가.

이제야 또 한 차례의 샅바 싸움이 어렵

사리 끝났구나.

그러나 갈수록 발걸음이 무겁다.

내 기억이 미처 닿을 수 없는 곳까지는 너무

나 멀었다.

용기   와 발랄함이 시들어진 나무의 수액은 우듬지까

지 도달하지 못한다.

　　같은 시대에 사는 사람들은, 증오와 애증의 발화점조차 같다니. 현실의 이중성과 꿈에 대한 단순성까지도 공유할 거라는 내 생각은 미흡했다.

　　가을바람이 곧 삭풍으로 이어질 것인데, 나는 또 망망대해의 어디 쯤 떠밀려가고 있는 것이더냐.

　　이 잔인한 관 속으로 나는 다시 돌아와, 또 꿈을 꾸게 될 것인가.

　　어렵구나.

　　아무리 발버둥을 친다 한들 시간은 흘러갈 터.

　　또 다시 절망해야 한다, 나는.

4345 임진壬辰년 가을

가파른 계족산鷄足山 아래서

작가 약력

▶ 땅끝 해남 출생

▶ 소설집 : 『물살』, 『발기에 관한 마지막 질문』,

　　　　　『무인시대에 생긴 일』, 『개밥』,

　　　　　『은밀한 대화』, 『흔들리는 불빛들』

▶ 장편소설 : 『침묵의 노래』, 『바다 건너서』

▶ 산문집 : 『그 시간을 묻는 말』

▶ 시집 : 『내 마음의 거처』,

　　　　『파란하늘아래서는 그리움도 꿈이다』,

　　　　『뜨거운 바다』

〈제3회 문학저널 창작문학상〉,

〈제3회 한국문학 백년상〉 수상

넘다

초판 1쇄 인쇄일	2012년 12월 22일
초판 1쇄 발행일	2012년 12월 24일
지은이	최성배
펴낸이	정구형
출판이사	김성달
편집이사	박지연
편집/디자인	이하나 정유진 이원숙
마케팅	정찬용 권준기
영업관리	한미애 천수정 심소영
인쇄처	미래 프린팅
펴낸곳	새미

등록일 2006 11 02 제2007—12호
서울시 강동구 성내동 447—11 현영빌딩 2층
Tel 442—4623 Fax 442—4625
www.kookhak.co.kr
kookhak2001@hanmail.net

ISBN	978—89—5628—608—2 *03800
가격	12,000원

* 저자와의 협의하에 인지는 생략합니다.
새미는 국학자료원, 북치는마을의 자회사입니다.
잘못된 책은 구입하신 곳에서 교환하여 드립니다.